Tyrian

Av Dennis Ljungqvist

ISBN 978-91-7699-824-3

Copyright © Dennis Ljungqvist 2018

Förlag: BoD – Books on Demand, Stockholm, Sverige

Tryck: BoD – Books on Demand, Norderstedt, Tyskland

Omslagsillustration Dennis Ljungqvist

www.bod.se

Stort tack till

Mina korrekturläsare Joel, Kerstin och min mor Iréne

Hans för tips och råd

Min sambo Therése för den tid jag spenderat skrivandes

och alla andra som trott på projektet

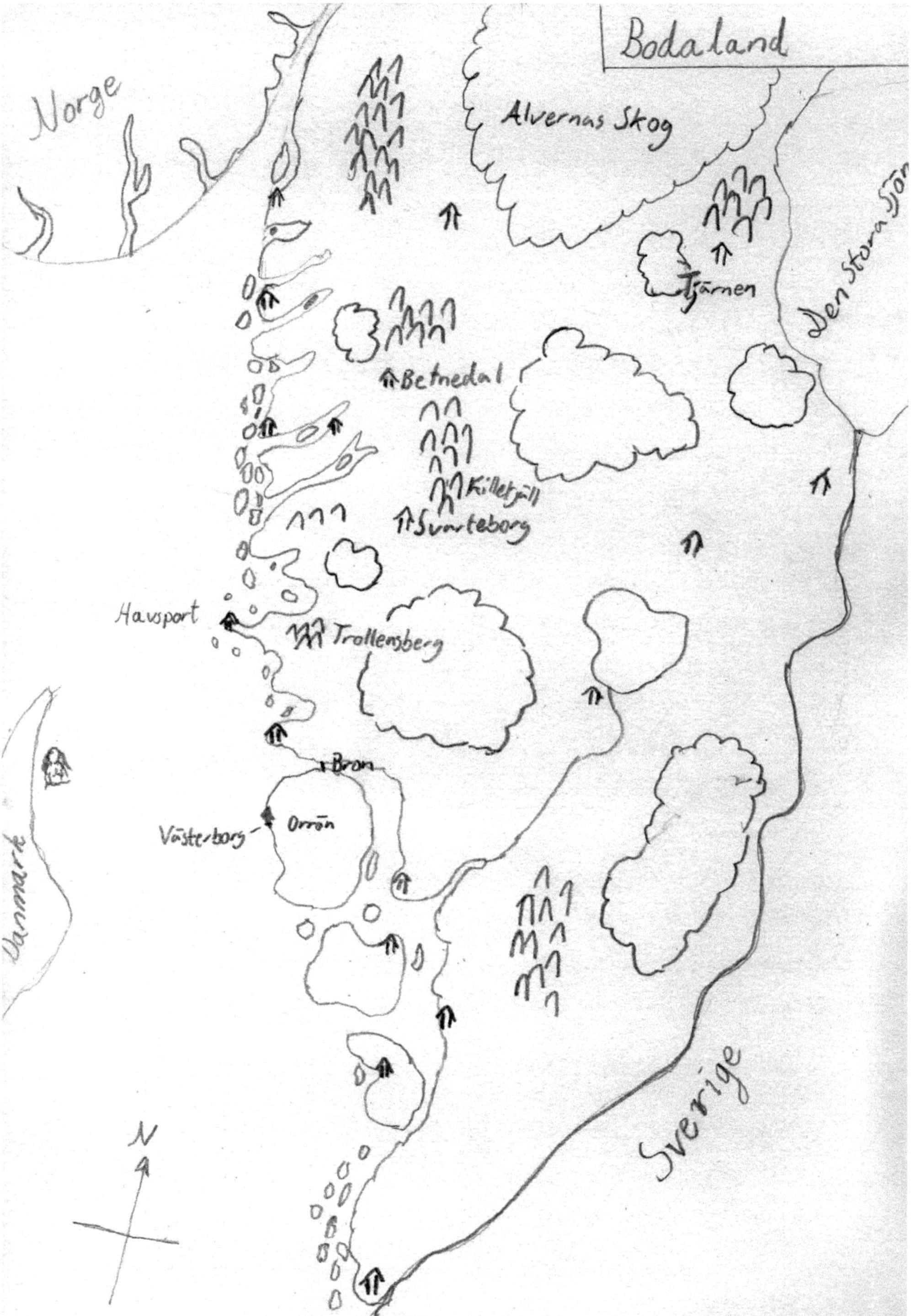

Norge
Danmark
Bodaland
Alvernas Skog
Den Stora Sjön
Tjärnen
Betnedal
Killefjäll
Svarteborg
Havsport
Trollensberg
Bron
Västerborg
Orrön
Sverige
N

Kapitel 1
Tyrian och Vinden

Det var en gång en pojke. Inte en vanlig pojke utan en nyfiken och listig pojke vid namn Tyrian. Han växte upp på sin faders gård i lugn och ro. Eller ja, lugn och ro kanske inte är vad man skulle kalla det då hans nyfikenhet och list ofta livade upp tillvaron för de andra. Något år innan berättelsen börjar föddes en liten häst på gården, en linfux som helt enkelt fick gå i en hage med sin mor tills det att den vuxit upp. Så var det i alla fall tänkt från Tyrians faders håll men om det skulle bli så återstår att se.

Tyrian hjälpte till på gården som alla de andra och hade många uppgifter, en av dem var att vakta fåren. Den kväll när sagan börjar gjorde han just det. Solen hade gått ned och skymningstimmen var långt skriden då Tyrian märkte något. Inte ifrån gärdet där fåren gick utan längre bort från hästarnas hage. Han tog sig dit för att se vad som stod på. Han blev väldigt förvånad när han såg tre mystiska gestalter drar med sig unghästen ut ur hagen. Hästen stretade emot men blev ändå tvungen att gå med då förövarna var för starka. Tyrian beslutade snabbt att följa efter. Det var för långt tillbaka till gården för att varna de andra. In i skogen sprang de i en väldans fart med Tyrian hack i häl. Med sig hade han enbart sina kläder, sitt bälte, en tom penningpung och sin kniv.

Efter någon timmes flykt saktade de in och det blev lättare för Tyrian att hålla takten med förövarna. De började tala med varandra och Tyrian märkte snart att det inte var människor han följde. Deras tal var kraxande och morrande. De gick hela natten. Strax efter att dagen hade grytt så stannade tjuvarna nere i en sänka med en bäck rinnandes igenom. De var fortfarande inne i skogen. Tyrian lade sig under en gran på krönet. Därifrån var han väl skyddad både från tjuvarnas blickar och vädret. Han hade god sikt ner i sänkan. De var vättar, två långa och en kort, den ene av de långa bar en stor säck över ryggen och verkade kallas för Rack. Den andre av dem var den som höll hästen och den hette Kack. Den korte av de tre var den som verkade ha mest temperament och dessutom vara deras ledare. Denne hette Olg och bar en stor medaljong av guld med en rubin i mitten i en grov guldkedja runt halsen. Olg hade ett spetsigare ansikte än de andra två med en lång näsa medan de andra två hade korta trubbiga näsor. Alla hade de spetsiga öron och var gråa i hyn.

"Rack! Ta fram något att äta och Kack bind fast hästen" beordrade Olg.

"Ja, Olg!" svarade de båda i fas.

 Kack band fast hästen i en björk nära bäcken. Den lilla stackaren ställde sig så långt ifrån förövarna som repet tillät. Rack rotade i säcken och tog snart upp en stor bit bröd och ett stycke kött ur den. Efter en stund tog den lilla hästen ett par trevande steg ned till bäcken och drack oroligt. Efter att de tre bestarna ätit la de sig att sova. Tyrian kände sig manad att smyga ned och försöka få med sig hästen hem men vågade inte. Han beslutade sig för att vänta och hoppas på ett bättre läge. Han somnade snart också under granen.

Tyrian vaknade till med ett ryck när han hörde vättarna kivas om nästa mål mat. Pojken var stel och frusen. Han förde handen genom sitt blonda hår. En grankvist hade fastnat. Han trasslade ut den och svepte manteln tätare om sig. Han var glad att det i alla fall var sommar. När de tre ätit klart så beordrade Olg dem att fortsätta. Kack hämtade hästen och Rack tog med sig säcken. När vättarna nästan inte gick att se längre följde Tyrian efter. Väl nere vid bäcken tog Tyrian och släckte sin törst i det kalla rinnande vattnet.

Han såg då tre runda stenar sakta snurra runt runt runt i vad som såg ut som en skål slipad i berget på botten av bäcken. Han tog snabbt upp dem och stoppade dem i sin penningpung. Han gav sig av efter vättarna igen. Det skymde snart och han tvingades att följa dem i mörkret. Det var stjärnklart den natten och månskenet lyste klart ned mellan grantopparna. Han följde efter dem över ett stort berg. Framåt gryningen gick de nedför sluttningarna från berget. Tyrian var helt utmattad när vättarna slog läger. De valde en plats i en ljus och öppen lövskog. Dagen grydde. Han spanade på vättarna från andra sidan en stor sten. Olg beordrade ännu en gång Rack att plocka fram något att äta och Kack att binda fast hästen. Efter att vättarna hade ätit så lade de sig att sova. Tyrian tog då en liten promenad runt om i skogen. Han fann blåbär att äta och vatten att dricka i en liten bäck strax intill. Det var inte tillräckligt med bär för att äta sig mätt men det dämpade hungern. Strax därpå fann han en mycket fin och rak ung rönn. Pojken beslutade sig då att göra rönnen till en vandringsstav och täljde snabbt av den. Han trubbade av ändarna i bägge sidor och barkade av den. Staven blev helt slät när den var klar och ett huvud längre än vad Tyrian själv. Sen gick Tyrian tillbaka till sitt gömsle bakom stenen och la sig att sova en liten stund.

Tyrian vaknade av att vättarna var i full fart med att ordna något att äta. Det var redan kväll och Tyrian visste att de snart skulle börja gå igen. Han lämnade sitt gömsle och gick bort till blåbärsbuskarna igen. Han fick i sig några bär till. När vättarna satte av så följde pojken efter. Denna natt vandrade de upp över en hög ås som var täckt med mossa och gamla väderbitna tallar. En stark vind kom ifrån väster. Tyrian frös när vinden drog igenom kläderna. Han svepte sin mantel så tätt kring sig som möjligt. Det hjälpte knappt då vinden ryckte i manteln och den fladdrade åt alla håll. Han var fast besluten att ta med sig hästen hem. Annars skulle aldrig hans far tro på hans äventyr, ej heller förlåta honom för att han tappat bort hästen.

Åsryggen var lång och de färdades på den under hela natten. Till Tyrians glädje så verkade Olg vara lugnare så här långt bort från gården. De sänkte farten något och tog fler raster än de brukade göra. Tyrian började märka av solens uppgång. När himlen blev blå istället för svart i väster såg han en by ner åt söder. De var på väg åt söder så Tyrian tänkte först att han nog skulle kunna få hjälp därifrån. Sedan slogs han av tanken att de kanske var på väg mot byn. Tänk om Olg hade något lurt i görningen. Han beslutade sig för att han måste varna byn på något sätt. Åsen började slutta ned mot byn och skogen gick ifrån tallskog till att mest bestå av lövträd.

Vättarna stannade intill en stor stenbumling och runt den fanns gott om buskage. Tyrian smög runt stenen.

”Rack! Tag fram något att äta och Kack bind fast hästen” beordrade Olg.

”Vi vilar här under dagen sen så slår vi till mot byn.”

”Ja, Olg!” svarade de.

Kack band fast hästen som nu såg mycket trött ut och Rack började rota i säcken. Olg gick fram och tillbaka och pillade på halsbandet.

”Om vi slår till efter att de har gått och lagt sig kan vi säkert få med oss mycket av värde” sade han. ”Jag såg ett kyrktorn, så med lite list kan vi nog komma åt silvret där inne.”

”Höhöhö, silver hade varit bra” skrockade Kack. Vättens skratt kucklade som en hönas.

”Rack! Får vi nåt att äta någon gång” ropade Olg till vätten med säcken.

Rack rotade runt i full fart i säcken och kom upp med ett flämt. Med stressade ögon stirrade han på Olg.

”Maten är slut” sade Rack. ”Vad gör vi nu?”

”Är du säker?” frågade Olg.

”Ja” svarade Rack.

”Du din nedrans idiot” gormade Olg. ”Har du slarvat bort maten?”

”Nä, jag tror nog att den bara var slut nu eller ja vi har ju ätit upp det vi tog på den där gården” svarade Rack eftertänksamt.

”Men varför sa du inget om det, du din korkskalle” fräste Olg så att han var alldeles röd i ansiktet. ”Tänkte inte på det” svarade Rack. Den stora vätten hängde med huvudet. Han skämdes.

”Ja, då får vi väl slå ihjäl den sabla hästen då så vi får nåt i magen då” röt Olg. ”Jag hade tänkt vi skulle spara den ett litet tag till.”

En rysning gick igenom Tyrian. Han var tvungen att göra något innan vättarna skulle äta upp faderns häst. Han tänkte ivrigt på vad han skulle göra. Han såg att Kack var på väg bort mot hästen och samtidigt drog besten ut en stor lång sax ur bältet. En eneggad långkniv. Tyrian kom att tänka på stenarna som han plockat upp ur bäcken. Han fipplade med penningpungen och fick till sist upp dem. Han rörde sig runt stenbumlingen så han fick ett bra läge. Han kastade en av stenarna i huvudet på Kack. Tyrian gömde sig fort igen. Kack röt till och undrade vem som gjorde det. Rack ryckte på axlarna och såg frågande ut. Tyrian slängde iväg nästa sten ut i snåren åt andra hållet från vättarna. Kack rusade ut i snåret och Rack tog upp en klubba ur säcken och följde efter. Olg stod kvar i mitten och tittade med en finurlig min runt sig. Tyrian kastade nästa sten längre bort i samma riktning. När stenen var i luften hoppade Olg ut i snåret. Vätten dök upp runt stenen rakt mot Tyrian. Olg drog upp en bredbladig skäggyxa ur bältet och sträckte ut den mot Tyrian. Pojken handlade utan att tänka och svingade vandringsstaven rakt upp i luften med båda händerna i änden på staven och sen rakt ned i hjässan på Olg som slocknade lika hastigt som han överraskat Tyrian. Han såg på vätten som låg framför honom. Guldet runt vättens hals glimmade och den röda stenen glittrade i de första solstrålarna. Med medaljongen skulle det vara lättare att övertyga far om vad som hänt. Så han drog den snabbt över vättens huvud och tog på sig den själv.

Sen sprang han över lägerplatsen fram till hästen som stod bunden vid en björk. Han lugnade hästen samtidigt som han knöt loss repet från trädet. Tyrian började leda hästen ned åt byn men hörde att Kack och Rack var på väg tillbaka. Han gjorde då ett försök att sitta upp på den långbenta men ändå skrangliga lilla hästen. Upp kom han och det bar iväg i en väldans fart nedåt byn. Han lämnade vättarna bakom sig. Trots att hästen aldrig ridits förut följde han Tyrians minsta vink. De nådde ned till byn på mindre än ett halvt glas vilket var en otrolig tid för den sträckan. När Tyrian närmade sig byn kände han igen den. Han hade som liten besökt byn med sin far och sina äldre bröder en gång. Byn heter Tjärnen och låg intill en mindre sjö. Sjön var ansluten till ett kanalsystem som användes för att frakta timmer och pälsar ifrån byn. Han tog sig ned från hästen rygg och tackade denne för åkturen genom att klappa den på halsen. Han ledde in hästen genom byn och till vaktstugan som han sett vid sin vistelse i byn. Ett korsvirkeshus i två våningar som låg intill torget mitt i byn. Det var tidigt på morgonen men många av invånarna var redan uppe och skötte viktiga ärenden så som var brukligt. Somliga hämtade vatten i brunnen medans andra hämtade bröd hos bagaren. När han kom fram till vaktstugan mötte han en knekt som satt på vakt utanför ingången.

”Men vad i all sin dar, pojk. Hur ser du ut?” frågade knekten. ”Du ser ut som att du har bott i en håla i marken i flera dar.” Tyrian var täckt med jord och grenar efter att ha sovit på marken.

”Jag har följt tre vättar i tre nätter från min fars gård” pustade pojken. ”De stal hästen och jag följde dem tills jag fick en chans att ta tillbaka honom.” Knekten började skratta och bankade i dörren bakom sig.

"Vi har en liten spoling här som har jagat vättar säger han" ropade knekten.
"Sheriff du måste se det här."Ut klev en stor bredaxlad karl i vadderad jacka
och med svärd vid sidan. Han hade kort mörkt hår och skägg. Mannens
ögon var gröna och mötte Tyrians blå ögon bakom smutsen.

"Vad säger du, pojk" frågade sheriffen. "Har du jagat vättar?" Sheriffen såg
skeptisk ut.

"Ja, det har jag och de sa att de skulle slå till här ikväll" sa Tyrian.

"Vad får dig att tro att de skulle våga slå till här ikväll?" frågade sheriffen.

"Vi är ju en stor by med många knektar." Sheriffen vände blicken mot
knekten och sedan tillbaka till pojken.

"De tänker slå till mot kyrkan efter att ni har somnat" svarade Tyrian. "Jag
hörde dem säga det själv."

"Och varför skall vi tro på en liten slyngel som kommer hit på en troligtvis
stulen häst" genmälde knekten. "Här har vi inte sett vättar på femtio år."

Tyrian blev nervös, han visste att hans situation inte såg bra ut. Att bara
dyka upp som en ung pojke med en fin liten häst och skylla på vättar var ju
kanske inte så trovärdigt men nu var det ju sanningen. Plötsligt kom han att
tänka på medaljongen som han tagit från Olg. Han hade hängt den innanför
skjortan.

"Jo, jag kan bevisa att jag har varit i kontakt med vättarna" sa Tyrian och
drog fram medaljongen. "Denna tog jag ifrån deras ledare efter att jag
klappat till honom med min vandringsstav."

Sheriffen fick en konstig uppsyn men knekten fortsatte att fråga ut pojken.

"Att du har snott någons halsband och sen visar det för oss gör inte din
historia sann eller?" frågade knekten.

"Jag får se på den där" sa sheriffen innan Tyrian fick en chans att försvara
sig mot knektens påhopp.

Tyrian räckte över amuletten till sheriffen som inspekterade den noggrant.

Sheriffen vände blicken mot knekten och beordrade honom att samla upp två grupper med 6 man vardera och förbereda sig på att ge sig efter vättarna. Snopet krystade knekten fram ett "Ja, sheriff" när han till slut insåg att han menade allvar. Sedan tog sheriffen med sig Tyrian in i vakthuset och bjöd honom på frukost. Han frågade Tyrian om var han sett vättarna senast. Han kände mycket väl till stenbumlingen uppåt åsen och när männen var klara så red sheriffen med dem åt det hållet. Tyrian fick stanna i vakthuset och vila upp sig för att få åka hem dagen efter. Han fick även tillbaka medaljongen innan sheriffen red ut efter vättarna. Adjutanten i vaktstugan såg till att Tyrian fick en fin säng och att hästen fick en stallplats. Tyrian tog hand om hästen och matade den med hö och ryktade den. Tyrian tog ett bad i sjön och adjutanten lät tvätta hans kläder. Han åt både middag och kvällsmat. Han var riktigt trött under dagen men beslutade sig att vända rätt på dygnet och höll sig vaken. Han gick och la sig efter kvällsmaten. Han somnade direkt.

Tyrian vaknade av ljudet av hovar utanför. Det var mycket sent på natten men Tyrian blev väldigt nyfiken och tog på sig sina kläder och gav sig ut till stallet. Där mötte han sheriffen som lyste upp när han såg Tyrian.
"Vi fick dem alla tre, Tyrian" sa sheriffen. "De ändrade planerna efter att du tagit hästen och verkade vara på väg åt öster istället för hit men vi hann ikapp dem."
Tyrian blev glad. Han stannade uppe en liten stund och såg till sin faders häst samtidigt som han lyssnade på historierna som knektarna berättade om striden med vättarna. Sedan gick han och la sig igen.

Dagen efter vaknade Tyrian tidigt. Han fick en rejäl frukost. Tyrian sa farväl till sheriffen och tackade för hjälpen. Sedan sattes han på en kärra ihop med en handelsman som skulle åt faderns gårds håll. Även en av sheriffens knektar färdades med dem. Handelsmannen hette Ludvig och sålde mestadels päls. Knekten, Aron, skulle hem till sin faders gård för att gå på ett bröllop. Gården råkade vara en av granngårdarna till Tyrians fars gård. Hästen fick givetvis hänga med hem på släp efter vagnen då sheriffen tydligt sagt att han egentligen var för ung för att ridas. På vägen hem så verkade världen underlig, tyckte Tyrian.

”Det är som om skogen har fått ögon” sa han till knekten.

”Haha, du behöver inte oroa dig för vättarna något mer” sa Aron. De var framme vid gården redan samma kväll. Det blev ett väldans liv när de fick syn på Tyrian och hästen. Tyrians far, mor och hans två bröder kom springandes. Pojken reste sig och försökte förklara vad som hänt men fadern var snabb och började skälla på honom.

”Var har du varit!” skrek han. ”Förstår du inte hur oroliga vi har varit.”

”Det kom några vättar och tog hästen när jag vaktade fåren så jag gav mig av efter dem” svarade Tyrian.

”Är du från vettet, pojk!” ropade fadern. ”Det finns väl inga vättar här?”

”Ulf lyssna på pojken nu” sa Aron och reste sig från kärran. ”Vad han säger stämmer och vi har tagit itu med dem.” Tyrians far kände Aron sedan barnsben och blev glad över att se sin gamle kamrat. Fadern lugnade sig. Tyrians mor, Stina, rusade fram och kramade om Tyrian. De bjöd in både Ludvig och Aron till bords och lät där Tyrian berätta hela historien. Han berättade om hur han följt efter vättarna, hur han hittade stenarna och gjort staven. Hur han lurade vättarna och klubbade ned Olg. Han berättade även om hur hästen hade sprungit snabbt som vinden ned till byn och om all hjälp han fått där. Aron fyllde i där han visste mer. Alla var de riktigt stolta över Tyrian. De tittade med stora ögon på medaljongen och var glada över att ha sin son, bror eller allmänna busfrö hemma. Men gladast av dem alla var nog fadern och han proklamerade samtidigt som han höjde sitt stop.

"Efter ett så modigt och hårt arbete vill jag belöna dig mer. Du får hästen av mig och kan börja träna honom när han har vuxit till sig lite mer. Jag döper hästen till Viento som betyder vinden."

Tyrian blev jätte glad och tackade sin far med en kram.

Kapitel 2

Tyrian och Rövarna

Åren gick och Tyrian gick ifrån pojke till den åldern då man inte riktigt kan kallas man men heller inte längre barn. Vi kan kalla honom för yngling. Liksom gick Viento från att vara föl till vuxen häst. Sent en kväll hemma på gården knackade det på dörren. Det var en gammal gumma med böjd rygg och en krokig näsa. Tyrians far öppnade dörren och frågade vad han kunde stå till tjänst med. Kvinnan sökte husrum för natten. Ulf erbjöd henne att stanna. Hennes namn var Viveca och hon reste runt i landet för att hjälpa till med skadade och sjuka. Hon blev tilldelad en säng i tjänstefolkets stuga. Samtidigt var Tyrian och hans två bröder, Frej och Fjalar, ute och tog hand om fåren. Tyrian var den yngste av bröderna och de delade på samma rum. När de konstaterat att hagen höll måttet och att fåren hade det bra hörde de ljudet av klockan som kallade till kvällsmat. Så de gav sig av i en väldans fart till huset. De brakade in genom dörren med ett högt ljud till deras mors förtret.

”Ni får ta det lite lugnt” sa deras mor. ”Vi har en gäst ikväll.”

”Vem då?” frågade ynglingarna nästan som i kör.

”En tant Viveca som är resande helerska” sa modern. ”Hon är gammal så ni får ta det lite lugnt.”

”Ja, Stina” lovade bröderna lite retsamt då de visste att det retad deras mor när de kallade henne vid förnamn.

När maten stod på bordet och bröderna, fadern och både pigan och drängen satt till bords öppnades dörren. In kom den gamla kvinnan. Hon gick långsamt fram till bordet. Ulf reste sig och välkomnade henne till bordet.

Han föreslog med handen en sittplats. Hon tackade och satte sig samtidigt som Stina kom in med den sista grytan. Även hon satte sig till bords. Till en början sades inte så mycket vi bordet. De var alla hungriga och maten tystade dem. Tanten sade ingenting men Tyrian kände att hon tittade på honom. När det ätit färdigt dukade pigan av. Drängen gick ut för att hämta mer ved. Då hände något konstigt. Det var som en vind gick in igenom rummet. Ljusen fladdrade och det blev väldigt kallt. Gumman sträckte sig i sin stol och spärrade upp ögonen, stirrandes på Tyrian sade hon med en mörk och hes röst. "Du skall ge dig av härifrån och dra land och rike runtomkring. Du skall vara med om många äventyr och se mycket av de konstigaste sakerna här i världen. Du kommer att utföra stordåd och komma långt. Ära och berömmelse kommer att stå dig bi. Du skall ge dig av i en hast och aldrig se bakåt på det som har varit. Om du inte gör detta så kommer sjukdom och misär att drabba dig och dina nära." Plötsligt avtog vinden och gumman sjönk ihop till sitt normala tillstånd. Värmen återkom till rummet men hela Tyrians familj satt som förstenade. De såg frågande på varandra. Tant Viveca tittade upp igen som hon just vaknat. Hon frågade vad som hänt med en ljusare kraxande stämma. Ulf fick till slut fram orden och berättade för gumman vad hon just hade gjort.

"Oj, jag får be om ursäkt" svarade hon. "Jag får nämligen syner och andarna väljer ibland att tala genom mig."

"Brukar dessa syner slå in?" frågade mamma Stina.

"Alltid!" kraxade gumman. "Så detta är att ta på största allvar. Om ni inte vill att sjukdom och misär skall drabba er så måste ynglingen försvinna långt bort här ifrån. Dessutom så lämnar ju profetissan en möjlighet för honom att bli en hjälte tycks det mig. Eller vågar du inte det yngling?"

Frågan var riktad mot Tyrian som mest satt och stirrade ned i bordet. Hans tankar for snabbt tillbaka till vättarna och Viento. Var det hans uppgift i livet. Att dra runt från plats till plats och vara med om hemskheter som dessa. Skulle han inte få träffa sin mor och far igen utan söka lycka någon annanstans.

”Jo, det är klart jag vågar det” svarade Tyrian. ”Jag vill ju inte att något skall drabba min familj.”

”Du tror väl inte att vi skall gå med på detta” ropade fadern. ”Vi kan väl inte skicka ut vår son i vildmarken helt själv bara för att någon gammal kärring dyker upp här och låtsas få en profetia.”

”Går du emot vad andarna säger till dig” frågade gumman. ”Det är inte mig du skall vara vrång mot utan ödet.”

Tyrians mor gav sig också in i diskussionen. Till slut även bröderna. De diskuterade länge. Alla ville få sitt sagt. Det blev hetsigare med tiden men slutligen blev det bestämt att Tyrian skulle ge sig av. På gummans inrådan så tidigt som möjligt. Så de kom överens om att han skulle lämna gården redan nästa morgon. Tyrian sov knappt en blund. Han gick upp tidigt för att packa. Frej och Fjalar hjälpte honom. Stämningen var dyster mellan de tre annars så muntra grabbarna. Han fick två sadelväskor som hängdes över Viento. Den ena fylldes med mat, en gryta och lite andra husgeråd. Den andra fylldes med kläder, en ordentlig filt och några verktyg. När han rotade runt i sina lådor så fann han medaljongen som han tagit av vätten Olg. Han hade lagt den där när han kom hem från äventyret med vättarna för att inte tappa bort den. Han tog på sig den och hängde den innanför skjortan. När han gick ut på gårdsplanen stod hela hans familj där tillsammans med dem som arbetade på gården. Viento var sadlad och klar med sadelväskorna redan hängandes på sadeln. Tant Viveca hade redan gett sig av. Först sade pigan och drängen adjö. Sen Tyrians bröder. Därefter kom Tyrians mor fram med en ny mantel och hatt som hon gav Tyrian. Hon hade suttit uppe hela natten och sytt för att han skulle ha en bra mantel med sig. Hon sade gråtandes adjö till sin son samtidigt som hon drog på honom manteln. Hon gav honom en kram. Sist att säga adjö var Tyrians far som stod och höll i Vientos tyglar. När Tyrian kom fram så räckte fadern över en penningpung full med koppar och silver till honom.

"Ta med dessa ifall de skulle behövas" började Ulf. "Har det inte hänt något innan vintern så kommer du tillbaka hit. Jag litar inte på den där kärringen och hade jag bestämt helt själv i denna saken så hade du stannat. Se det nu som ett litet äventyr. Blir det för jobbigt så kommer du hem. Ta väl hand om Viento nu."

Tyrian tackade sin far och sade till honom och de andra att allt skulle bli bra. Han satt upp på Viento som stegrade lite samtidigt som Tyrian vinkade med hatten och de red iväg.

Tyrian visste inte vart han skulle resa så han tog ut en sydvästlig riktning. Han bara fortsatte att rida. Han sov utomhus för det mesta men någon natt ibland sov han hemma hos folk som han mötte längsmed vägen. När han ridit i sju dagar var han längre bort än han någonsin varit. Han red igenom en stor skog. Det var en ljus skog med mestadels lövträd, björk och asp. Han red i eftermiddagssolen. Det var en varm vårdag men skuggan från träden svalkade. Plötsligen slog en pil ned i den smala stigen framför honom. Viento hoppade till. Tyrian stannade honom och tittade upp. I ett träd en liten bit framför honom satt det en man med en pilbåge. Han hade luva på sig och en halsduk uppdragen framför näsan. Två män till som också bar maskering steg fram. En framför honom och en snett bakom honom. Mannen bakom Tyrian bar ett spjut och harklade sig för att göra sig säker på att Tyrian sett honom. Mannen framför honom hade ett draget svärd i handen och verkade vara den som ledde denna brokiga skara.

"Vi är kungens män och i kungens namn så kräver vi vägskatt" sa mannen.

”Det kostar dig alla mynten i den där fina lilla börsen du bär i bältet.”

”Kungens män!” utbrast Tyrian. ”Om ni varit det hade ni väl knappast gömt och maskerat er. Inte heller hade ni skjutit mot en ryttare. Nej, ni är inget annat än simpla stråtrövare.” Mannen tog ett steg fram och fattade snabbt ett grepp om Vientos töm.

”Du är inte särskilt smart du din spoling” sa mannen. Han sänkte rösten och gjorde den mörkare. ”Jag tror nog att taxan gick upp lite för din del. Jag tar nog både den där börsen, sadelväskorna och den där fina manteln. Se så, släng hit grejerna annars kanske jag tar hatten och hästen och låter honom där sätta ett par pilar i dig.” Mannen pekade på bågskytten i trädet med svärdet. Tyrian kände sig förfärad men han ville ju givetvis inte bli av med Viento och absolut inte bli skjuten av någon skurk. Han lämnade över allt som stråtrövaren bett om. När rövarna fått det de ville ha så lät de Tyrian passera. Tyrian bestämde sig direkt för att återvända till platsen och försöka spåra upp rövarna för att återfå sina ägodelar. Han red vidare.

Han följde stigen vidare genom skogen. Efter bara någon fjärdingsväg nådde han fram till ett litet hus med en vattenkvarn intill. En bäck gick ned till en liten damm som låg i höjd med kvarnen och fortsatte sedan vidare ner längs sluttningarna. Bäcken gick efter det ned i en ravin och försvann ur sikte. En äldre man kom ut och mötte Tyrian när han närmade sig husen. Han presenterade sig som Frans och frågade vad som hade hänt. Tyrian berättade om stråtrövarna och att de tagit hans ägodelar. Frans bjöd då in Tyrian att stanna för natten. Han erbjöd honom kvällsmat. Efter det så gick de in stugan. Det var en liten stuga med endast ett rum och ett sovloft. Ett yngre par var där inne. En kvinna stod och lagade mat och mannen satt och skrev i en bok. Frans presenterade dem för Tyrian. Kvinnan var hans dotter Sara och mannen hennes make Edwin. Frans berättade för dem att Tyrian hade blivit rånad av stråtrövare.

”Det är ju den femte gången denna veckan” utbrast Edwin. ”Vi måste få stopp på dessa förbaskade rövare.”

”De hinner ju alltid undan innan knektarna hinner hit” svarade Sara.

”Slugare än rävar är de. Var såg du dem?” Tyrian svarade så gott han kunde. De verkade förstå var han blivit rånad.

”De byter ju plats varje gång” genmälde Frans. ”Knektarna kan ju inte bevaka hela skogen heller. Men vi måste få ett stopp på detta någon gång. Vem vet, vi kanske står på tur.” De talade en stund och åt ihop. Sedan visade Edwin Tyrian ut till kvarnen där han skulle sova.

Det var fortfarande ljust när Edwin lämnade kvarnen. Strax därpå smög Tyrian ut. Viento stod bunden utanför huset. Tyrian såg det som säkrast att lämna honom där. Det var ju trots allt inte så långt till platsen där han blivit rånad. Så han tassade iväg längs stigen. Dagens sista ljus höll på att ta slut när Tyrian kom fram till platsen. Han nyttjade ljuset som fanns kvar att finna spår efter rövarna. Det dröjde inte länge innan han fann ett spår och började följa det. Månen var redan uppe. Det verkade bli en riktigt fin natt. Spåren ledde honom in genom skogen. Ju mörkare det blev ju svårare blev det att spåra. Han fick en viss trygghetskänsla av att gå igenom skogen på natten. Den kanske var ogrundad. Han visste ju inte om rövarna satt och lurade på honom längre fram. När de sista solstrålarna försvunnit märkte Tyrian att månens sken räckte gott. Han märkte även att spåren ledde mot en kulle djup inne i skogen. Han använde den som riktmärke. När han närmade sig kullen öppnade skogen upp sig till en glänta. Det visade sig att kullen hade en brant, kal bergvägg mot gläntan. Mellan honom och branten bredde en sjö ut sig. Ett litet vattenfall rann ned för branten och ned i sjön. Till vänster om Tyrian rann en liten bäck ut ur sjön. Tyrian undrade om det kunde vara samma bäck som rann genom kvarnen. Han följde spåren ända fram till vattenkanten där de helt försvann. Han följde strandkanten åt båda hållen för att se var de kom upp men kunde inte finna ett spår. Han vankade av och an. Han var redo att ge upp hoppet om att finna dem. Han vände sig om och såg då plötsligen ett ansikte ute i skogen. Tyrian gick närmare och tittade rakt mot främlingen. Han såg lite annorlunda ut med ett långsmalt ansikte, spetsiga öron och längre än en normal lång man fast smalare.

"AH! Ser du mig?" ropade individen i trädet.

"Ja, det gör jag" svarade Tyrian. "Borde jag inte det?"

"Nej, det borde du inte!" sa mannen. "Jag är skogsalv och människor skall inte se mig annat än om jag så önskar. Vad gör du här i skogen, lille man?"

"Jag följer några rövare som har stulit ifrån mig och spåren slutar här" sa Tyrian. Alven hoppade smidigt ned från grenen och gled ljudlöst fram till Tyrian genom snåret. Han stirrade rakt in i ögonen på Tyrian. Ingen av dem vacklade med blicken.

"Jag ser att du är på en längre resa än du tror" sa alven. "Du kommer att uträtta stordåd och bli både älska och hatad av många. Om jag skall hjälpa dig med att hitta rövarna så måste du svära att alltid hedra och skydda skogen."

"Vad då? Måste jag hedra skogen för att få din hjälp?" sa Tyrian.

"Ja, svär tre gånger att skydda och hedra skogen så är vi vänner så länge du håller ditt löfte" sa alven.

"Jag svär att skydda och hedra skogen, jag svär att skydda och hedra skogen" lovade Tyrian och svor sedan samma vers en gång till. Fram kom alvens höger hand och ett stort leende spred sig över dennes ansikte. Tyrian tog handen i ett handslag.

"Lithomiel var namnet" sa alven. "Och vad må ditt vara?"

"Tyrian" sa Tyrian.

”Spåret slutar inte alltid där fötterna slutat gå” sa Lithomiel.

”Du, nu har jag svurit att hedra och skydda skogen och det är det enda du har att komma med” sa Tyrian. ”Lite mer nyttig information vore bra.”

”Tänk om de kanske vadat eller till och med simmat” genmälde Lithomiel. Tyrian såg ut över den lilla sjön och följde dess kanter med blicken. Hans ögon fastnade på vattenfallet.

”Är det en grotta bakom vattenfallet?” frågade Tyrian.

”Aha! Rätt till Tyrian” sa Lithomiel. ”Vad ser du mer?” Tyrian studerade området runt vattenfallet med blicken. Månskenet lyste upp nästan hela klippan. Tyrian kunde urskilja en mindre avsatts intill fallet. Han gick fram till kanten på sjön. Vattnet var grunt.

”Kommer man runt fallet vid avsatsen till höger om det?” frågade Tyrian. Lithomiel gick längs med vattnet. Han la handen på hakan och sänkte blicken mot vattnet. Han gick en bit bort. Plötsligen hoppade han till och snurrade runt. Hans ögon mötte Tyrians igen.

”Det verkar så” sa han. Hans leende var brett men aningen illmarigt. Alven gick närmare Tyrian och lutade sig fram.

”Detta hade du kommit fram till själv utan min hjälp om du fått mer tid att tänka” viskade alven i Tyrians öra. ”Men lyssna nu så skall du få min hjälp på riktigt.” Tyrian blev spänd och lyssnade.

”Innanför fallet får du vada igen, fram till en liten sandstrand. Innan du kliver upp ur vattnet så sitter det en tunn lina spänd strax över ytan. Linan är kopplad till ett armborst som sitter riggat inne i grottgången framför dig. Gången är smal. Om du utlöser linan så blir du träffad.” Tyrian såg tacksamt upp mot alven. Han tog honom i hand och tackade honom för informationen.

De båda gav sig iväg åt var sitt håll. Lithomiel in i skogen igen och Tyrian ut i vattnet. När Tyrian vände sig om såg han den grönklädda alven försvinna ut bland skuggorna. Vattnet var kallt. Tyrian nådde ut till den lilla avsatsen. Den var bara en fot bred. När han klev upp på avsatsen märkte han att han kunde passera in bakom fallet utan att få sig en dusch. Innanför fallet var det kusligt mörkt. Månskenet hade svårt att nå igenom fallet. Tyrian väntade tills ögonen anpassade sig. Han klev ned i vattnet på andra sidan och fortsatte in mot sandbanken. När han närmade sig stranden höll han sig ända ut mot bergväggen. En säkerhetsåtgärd ifall armborstet avfyrades. Väl framme såg han linan som var spänd över ytan. Den satt förankrad i bergväggen och löpte sedan inåt grottan. Med stor försiktighet klev Tyrian över linan. Han fortsatte in i berget. Uppe på sandbanken smalnade gången av kraftigt. Han iakttog linan hela vägen medan han fortsatte in. Efter några meter var han framme vid armborstet. En stor tung pjäs med en skäkta med bred spets. Grottgången svängde av åt vänster. Armborstet satt placerat på en träanordning i en hålighet i väggen mitt i kurvan. På andra sidan kröken möttes Tyrian av ett svagt ljus. Han gick in i en större grotta som bildade ett rum. Ett hål längst upp i taket släppte in månljuset. En liten eld stod och pyrde i mitten av rummet. Längst in låg de tre rövarna och sov. Tyrian såg sina sadelväskor och resten av sina grejer stå lutade upp mot bergväggen, snett framför brasan. Han smög så tyst han kunde fram till utrustningen. Ljudet från vattenfallet var fortfarande högt. Det maskerade ljudet av hans fotsteg. Väl framme vid sina tillhörigheter kollade han så att allt var där. Penningpungen låg högst upp i en av väskorna. Han lastade upp sadelväskorna upp på axeln. När han vände sig om för att gå såg Tyrian något. Ett svärd. Det var av en äldre modell med ett handtag för att fattas i två händer men ändå lätt nog att svinga med en hand. Svärdet låg i sin skida på grottgolvet i en hög med annat stöldgods. Parerstången och knappen var förgylld. En ädelsten prydde den runda knappen. Skidan var beslagen med en doppsko som verkade förgylld. Resten av skidan var täckt med rött skinn. Handtaget på svärdet var också täckt med rött skinn. ”Att stjäla från en tjuv är väl inte stöld” tänkte Tyrian. Han sträckte sig snabbt fram och tog svärdet. Så med sina egna ägodelar och svärdet började han smyga ut ur grottan. Han hörde plötsligen ett ljud inne ifrån grottan och vände på huvudet. En av rövarna vände sig i sömnen och smackade med munnen. Med en lättnadens suck smög Tyrian ut. Framme vid armborstet drog han svärdet ur skidan och skar av linan till avfyrningsmekanismen. Sedan gick han samma väg ut som han kommit in.

Väl utanför grottan vadade han bort till strandkanten. Inte ett spår syntes av Lithomiel. Månen lyste fortfarande starkt. Han drog nu åter svärdet ur skidan och synade det noga. Klingan verkade hel och var av gott stål. Det var ett långsvärd med en klinga som smalnade av ända från korset till spetsen. Ett så kallat bastardsvärd. Han skidade svärdet och svepte in det i manteln. Han gick samma väg tillbaka som han kommit. Han gick igenom den mörka skogen som nu kändes ännu mörkare. Till slut kom han ut på stigen där han blivit rånad. Det var kyligt ute. Tyrian frös i fötterna som var blöta efter allt vadande. Han skyndade ner till det lilla huset och kvarnen. Viento gnäggade när han kom gåendes så Tyrian hälsade på honom genom att klappa honom på halsen. Sedan gick han in i kvarnen. Han stoppade snabbt svärdet under sängen med manteln kvar runt sig. Han lade sedan sadelväskorna på golvet. Det knackade på dörren.

”Tyrian, vad har hänt?” frågade Edwin. Tyrian var lite chockad av att Edwin var vaken. Överraskad som han var visste han inte riktigt vad han skulle svara.

”Jag tog en liten promenad i månskenet bara” svarade han.

”Öppna dörren” sa Edwin. ”Jag förstår nog vad du har gjort.” Tyrian öppnade dörren. Där stod Edwin. Han såg de blötta fötterna samt sadelväskorna på golvet. Edwin snörpte ihop munnen.”Oj, här var det kallt. Följ med in så du får något värmande i dig innan du fryser ihjäl. Så får du berätta för mig vad som hänt.” När de kom in i huset stod Sara redo med fyra koppar te. Frans satt redan vid bordet och väntade. Tyrian erbjöds en plats och en filt. Sara ställde en kopp te framför honom. Edwin och Sara satte sig också till bords. Några ljus var tända i en stake på bordet. De lyste upp de fyras ansikten. Tyrian berättade då för dem om hur han tagit sig tillbaka till där han blivit rånad. Hur han spårat rövarna upp till sjön. Han valde att utelämna Lithomiel. Han sade istället att han funnit ingången av en slump. Han berättade om fällan. Hur han tagit sig in och tagit tillbaka vad som var hans. Han nämnde inte svärdet. Han berättade att han förstört fällan och tagit sig ut samma väg han kommit. Edwin föreslog för de övriga att han borde ta sig till byn utanför skogen och hämta knektarna. Sara och Frans höll med och Edwin lämnade stugan genast. Tyrian, Sara och Frans satt kvar och talade tills teet var slut. Sedan önskade de varandra god natt och Tyrian gick åter ut till kvarnen. Han somnade så fort han lagt huvudet på kudden och sov som en stock. När Tyrian vaknade dagen efter fick han en rejäl frukost. Därefter packade han ihop sina saker. Han gömde svärdet åter igen i manteln och surrade fast det på Vientos sadel längsmed väskorna. Han tackade Sara och Frans för allt och red vidare.

Kapitel 3

Viento och Tomten

Tyrian färdades i sju veckor genom skogar och över landsbygd. Han red igenom byar och gårdar. Han red ut på en vidsträckt slätt. Vid horisonten syntes kullar och skogar. När han ridit på slätten i dagarna tre så fann han en väg. Han ledde Viento upp på vägen. En gammal stenlagd väg från forna tider. Det växte gräs upp mellan stenarna. Det var ändå tydligt att vägen användes. Två djupa spår efter vagnars hjul prydde vägen. Där var stenarna helt släta. Små lägerplatser låg längsmed vägen med jämna mellanrum. Somliga av dem var nyligen använda. Tyrian och Viento följde vägen i någon mil innan Tyrian beslutade att ta en rast och äta något. Han band hästen i ett ensamt träd och satte sig under trädet. Det var en mycket varm dag. Solen stod högt. Skuggan från trädet var en befrielse efter den långa vandringen i den gassande solen. Han öppnade sin matsäck. I den låg det bara en brödbit kvar. Knappt en mun full. Han befarade att han snart skulle få gå hungrig. Han visste inte när han skulle nå fram till nästa gård eller by så han åt hälften. Han kände efter penningpungen men visste redan svaret. Den var nästan tom. Han grubblade under rasten över hur han skulle kunna få tag på mer mat och pengar. Sommaren närmade sig sitt slut. Snart måste skördarna börja. Han beslutade sig för att helt enkelt fortsätta följa vägen tills han hittade en gård. Där kunde han höra om de behövde hjälp. När han ätit upp den halva brödbiten satt han upp och fortsatte.

Framåt kvällen skymtade han sädesfält. Alldeles därpå kände han lukten av rök. Tyrian ledde Viento för att spara på hästens krafter. Men med röklukt i näsan ökade Tyrian takten. Förhoppningen om ett varmt mål mat tog vid.

Vägen gick rakt in mellan fälten. Skörden såg mogen ut. Det hade inte regnat på flera dagar. Tyrians vana öga sa honom att det måste vara dags att skörda. Han gick vidare med raska steg. En stor gård blev synlig för dem. Ett herresäte med visthus, ladugårdar samt ett flertal andra byggnader. Hästar, får och kor syntes på ängarna bakom gården. Innan gården satt Tyrian upp och red sista biten. När Tyrian red in på gårdsplanen var där ett väldigt liv. Sädesmagasin städades, vagnar gjordes i ordning och liar slipades. Mitt på gårdsplanen stod en kraftig karl med en redig kulmage. Mannen pekade med hela handen. Drängarna och pigorna löd honom. Han var klädd i blått. En krans av rött hår krönte hjässan. Under den stora mustaschen syntes ett brett leende. När Tyrian närmade sig tittade mannen upp mot honom och ropade till. ”Hallå! Vem är du?”

”Jag heter Tyrian” sa Tyrian. ”Vem har jag glädjen att tala med?”

”Knut av Slätten” sa mannen. ”Det är min gård du kommit till. Vad gör du här då?”

”Jag är på resande fot” svarade Tyrian.”Behöver du hjälp med skörden så hjälper jag gärna till. Det vill säga i utbyte mot mat, logi och en slant när jag är klar.” Mannen synade Tyrian och Viento.

”Hästen din ser stark ut” sa Knut. ”Du kan bo på loftet i ladan där.” Knut pekade på en lada. ”Maten serveras om en timme. Se till att bära upp dina grejer, ta med hästen till smedjan. Han måste skos om. Du får köra en vagn. En av våra hästar är halt så du får använda din. Se till att gå och lägga dig tidigt ikväll för imorgon börjar vi.” Tyrian tackade och gjorde som han blivit tillsagd. Viento tyckte inte om att skos. Han fick en spilta i samma lada som Tyrian blev tilldelad plats på loftet. Det verkade göra hästen lugnare. De var efter sin långa vandring vana att sova i närheten av varandra. Tyrian gick till en samlingsplats vid gårdsplanen där maten serverades. En tältduk var uppspänd mellan herresätet och en drängstuga.

Duken fungerade som ett tak och gav bra skydd både mot solen och vädret.
Därunder serverades kvällsmålet. Drängar och pigor åt sin grönsakssoppa.
Den serverades med grovt bröd och ost. Tyrian hamnade vid ett bord med
två bröder, drängarna Frej och Frö. De båda var lättsamma. De skämtade
glatt och var mycket nyfikna på Tyrian. Tyrian doppade brödet och osten i
soppan. Han njöt när han åt. Över en vecka hade gått sedan han fick lagad
mat. Efter målet sjöng bröderna och de andra drängarna. De sånger som
Tyrian hört förut försökte han sjunga med. De övriga lyssnade han bara på.
Efter en stund gick Tyrian och la sig. Den långa vandringen hade gjort
honom trött. Maten hade lagt sig till rätta och gjorde honom ännu tröttare.
Han tittade till Viento innan han kröp till sängs. Han sov ensam på loftet.
Loftet var bara lika långt som halva ladugården. Han la sig så att han kunde
se ned till hästen.

Mitt i natten vaknade Tyrian av att Viento gnäggade. Han gnuggade sina
ögonen för att få sömnen ur dem. Det var svårt att se i dunkelt. Efter en liten
stund vande sig ögonen. Han såg då en liten gubbe titta fram ur spiltan.
Tyrian rusade bort till trappan och ned till Viento. Han tittade in i spiltan
men såg ingen gubbe. Han såg runt omkring sig och i de andra spiltorna.
Han såg inte gubben någonstans. Han tänkte för sig själv att han måste ha
sett i syne. Det måste ha varit en höjd hov eller ett av bakbenen på hästen
som kikat ut ur spiltan. Viento lugnade sig lika snabbt som han börjat. Till
slut stod han bara där. Tyrian klappade om honom lite innan han gick och la
sig igen. Nästa morgon väcktes Tyrian tidigt. Han blev tilldelad en vagn
som han spände fast Viento framför. Sedan hjälpte de till hela dagen med att
bärga skörden. Det var ett tungt arbete. De stoppade enbart för matraster.
Det var en sådan där varm dag som man helst av allt hade legat i skuggan
under ett träd. Men istället slet de båda. De jobbade till sent på kvällen. När

arbetet var klart för dagen ställde Tyrian in Viento i sin spilta. Han gav honom ordentligt med hö och vatten. Hästen var trött men mumsade på bra ändå. Tyrian gick till kvällsmålet. Det blev köttkorv och rovor. Han satte sig bredvid bröderna Frej och Frö. De var på lika glatt humör idag som dagen innan. De berättade för Tyrian om hur de bestigit ett berg som var så högt att det nuddade molnen. De blev dock snabbt avbrutna av en av de äldre pigorna som pekade på en kulle någon mil bort. Hon förklarade för Tyrian att det var dimma den dagen då de besteg den. De skrattade gott under tältduken. Tyrian gick och la sig tidigt efter att ha sett till Viento.

Ännu en gång vaknade Tyrian mitt i natten. Denna gången av ett lite annorlunda ljud. Det var en blandning mellan någon som talade med sig själv och nynnade. Han smög fram till kanten på loftet och tittade ut mot Vientos spilta. Något rörde sig i spiltan men hästen verkade inte bekymrad. Han stod och halvsov. Tyrian smög bort till trappan som ledde ned. Det knarrade lätt i stegen. Han tog god tid på sig att smyga. Han smög fram mot spiltan. Det tisslades och tasslades framför honom. Han var så försiktig han kunde. När han kom fram så sneglade han över kanten. Han såg då en liten tomte. Ungefär knähög. Klädd i gråa kläder med spetsiga träskor och en röd luva. Tomten hade ett vitt skägg som hängde ned över bröstet. Tomten inspekterade Vientos sko på höger framben. Han verkade inte nöjd med skoningen. Han skakade på huvudet och muttrade. Tomten såg plötsligen Tyrian. Deras blickar möttes.

"Ahhh!" skrek tomten och sprang bort till det inre hörnet av spiltan. En av golvplankorna låg inte på sin plats. Han slängde sig ned i hålet och försvann. Tyrian tog sig in till hålet och kollade ned men tomten var redan borta. Han la tillbaka plankan på sin plats med lätt hand så att tomten skulle kunna flytta den igen. Sedan kollade han till hovarna på hästen igen. Skon på Vientos högra framben var på väg att lossa.

”Det var som attan” sa Tyrian till Viento. ”Tomten hade rätt.” Han gick och la sig igen.

Nästa morgon gick Tyrian till smeden. Smeden muttrade att det var leran som fått skon att lossa. Nej, inte var det hans stygn som släppt. Han hjälpte Tyrian att fästa skon igen. Efter det så åt han frukost. Tyrian körde ut med vagnen och hjälpte till med skörden. Denna dagen var det lite molnigare och en skön bris kom in från sydväst. Vetet vajade på fälten. Drängarna arbetade sig metodiskt fram och slog ned stråna. Tyrian hjälpte mest till med att packa och lasta säden samt att köra den tillbaka till gården, Där sädeskornen slogs ut med slaga. Det var tungt att lyfta upp balarna på vagnen. När det var lastat och Tyrian vände in mot gården var det istället Viento som fick ta i. Dagen gick och det blev kväll. Tyrian stallade in Viento i sin spilta och utfodrade honom. Sedan gick han till måls under tältduken och denna kvällen var det risgrynsgröt med korv, ost och bröd. Han satte sig åter igen bredvid bröderna Frej och Frö. De berättade som vanligt en av sina historier. Efter att Tyrian ätit upp och skrattat och skämtat med bröderna så var det dags att gå och lägga sig igen. Han tog då och hämtade lite mer gröt och la på en stor klick smör för att ge den lite extra smak. Han kollade till hästen och ställde in skålen med gröten i spiltan. Han gick och la sig.

Den natten drömde Tyrian om konstiga ting. Han såg hus byggas till gårdar, gårdar som blev byar och byar som blev städer. Städer med väldiga slott och kyrkor. Han hörde ett mässande som kändes som någon form av magi. Besvärjelser som talades i tungor. Plötsligt var kärringen Viveca där. Hon talade om och om igen att han var tvungen att gå vidare. Han var ämnad för nåt stort. Plötsligen vaknade han till av ett bländande sken i hela

ladugården. Det kom nere ifrån spiltorna. Tyrian rusade ned till Viento.
Hästen var vaken men verkade vara som vanligt. Skålen med gröten var tom
och plankan var stängd. Tyrian gick och la sig igen. Resten av natten sov
han utan drömmar och vaknade inte förrän Frö kom in i ladugården och
ropade på honom. Frö var som vanligt på gott humör.

De åt frukost och gav sig sedan ut på fälten. Tyrian funderade under dagen
på vad det varit för ljussken som väckt honom. Varför han drömt om
Viveca. Han blev inte riktigt klok på vad det handlade om. Han beslutade
sig att jobba vidare på gården tills skörden var klar. Sen skulle han fortsätta
vandringen. Tiden gick och Tyrian jobbade ända till lördag. Han hade anlänt
på söndagen veckan innan. Hela skörden var bärgad. Det bjöds till
skördefest. Alla drängar tvingades att bada och fick sina kläder tvättade.
Detta innefattade Tyrian som även han trycktes ned i en badtunna och
skrubbades ren. Denna kvällen hölls kvällsmålet inne i herresätet. En gris
hade slaktats. Det bjöds på rovor, mörkt bröd, äpplen och givetvis allt grisen
hade att erbjuda. Skinka, korv och blodpudding. Allt sköljdes ned med öl
eller svagdricka. I början av kvällen var stämningen lite stel. Det var dukat i
en öppen fyrkant. Herrskapet satt på mitten av bordet som band ihop de två
längre borden. Tyrian hade plats någonstans lite längre ned än mitten på ett
av sidoborden. Han hamnade lyckligtvis ihop med Frej och Frö. Under
måltiden uppträdde en gycklare som jonglerade och visade sina kunskaper
med skuggfigurer. En man spelade lyra. Efter maten så lyftes sidoborden ur
vägen. Det blev både sång och dans. Frej plockade fram en mungiga och
ackompanjerade mannen som spelade lyran. Tyrian dansade med några av
de yngre pigorna. Senare på kvällen när de äldre gått och lagt sig så dansade
han även med husets kammarjungfru och dottern i huset. Han gick och la
sig sent. Dagen efter när han vaknade så ville han helst ligga kvar. Han hade

ont i huvudet men visste inte om det berodde på att timman blivit sen eller
ölet. Kanske var det en kombination. Efter frukosten så kallades han in till
herrn i huset. Han kände ånger över att han druckit så mycket öl samt att
han dansat med Knuts dotter Lena. Tänk om han var rasande. Tänk om han
inte ville betala för arbetet Tyrian utfört. Han klev in i den stora salen i
herresätet. Några pigor höll fortfarande på att städa efter gårdagens
festligheter. Knut satt på en stol bakom ett långt bord. Han satt på mitten av
långsidan med blicken mot Tyrian. Det var mycket mörkare inne nu än vad
det hade känts igår kväll tänkte Tyrian.

"Ah! där är du gosse" sa Knut. "Kom och sätt dig." Han slog ut med handen
mot stolen mitt emot honom. Tyrian gick och satte sig och hälsade artigt.

"Det gick ju bra det här" började Knut. "Du vill inte stanna och jobba vidare
möjligtvis?"

"Oj! tack" svarade Tyrian. Lite chockad av frågan så blev han lite stum
innan han fortsatte. "Tack men jag får nog tyvärr tacka nej. Jag är på
resande fot och har andra ställen att besöka så jag borde ge mig av medan
det fortfarande är varmt ute."

"Jaha ja, vad synd" sa Knut. "Men om du skulle ändra dig så vet du var vi
finns."

"Tackar igen" svarade Tyrian. "Om vintern kommer snabbt så kanske jag är
tillbaka här fortare än du anar." Knut sträckte sig efter en liten kista vid
sidan om honom på bordet. Där tog han ur ett papper och en penna av kol.
Så läste han högt medan han skrev.

"För gott arbete med skörden betalas härmed Tyrian med 7 silverdaler. Knut
av Slätten." Han räckte över den lilla lappen och en penningpung med
mynten till Tyrian.

"Tackar så hemskt mycket" sa Tyrian. 7 silverdaler var mycket pengar för
en veckas arbete. Tyrian tänkte att det måste ha berott på att han även har

ställt upp med Viento.

"Det är vi som skall tacka" svarade Knut. De reste sig båda upp och tog varandra i handen och sa adjö. Sedan vände sig Tyrian och började gå mot dörren.

"Lena hälsar med" sa Knut högt. "Hon sa att du var en riktig gentleman på dansgolvet igår." Tyrian vände sig om och såg ett brett leende över Knuts ansikte. Han satte andan i halsen men lyckades till slut få fram orden.

"Hälsa henne att hon dansade mycket bra" svarade Tyrian. Knut skrattade högt medan Tyrian lämnade herresätet. Han visste nog mycket väl att Tyrian skulle bli nervös över ett omnämnande i saken. Tyrian plockade ihop alla sina tillhörigheter och packade dem i sadelväskorna. Svärdet låg insvept i manteln och medaljongen bar han på bröstet under tunikan. Han sadlade Viento och tog farväl till Frej, Frö och resten av dem han umgåtts med under veckan. Sedan red han vidare. Han jobbade ihop mer pengar på fler gårdar. Till slut var den gamla penningpungen tyngre än någonsin.

Kapitel 4

Riket i skogen

Efter skördetiden så vände Tyrian stegen norrut igen. En av drängarna från senaste gården han arbetat på berättade om en stad som låg åt väster om en stor skog några dagar norrut. Tyrian följde en väg som skulle leda honom upp till skogen och längs med den yttre delen av skogen vidare ut mot staden. Efter tre dagar i sadeln så skymtade han skogen vid horisonten. Fram åt kvällen nådde han fram och slog läger. Löven hade börjat skifta färg. Han la ut två nya filtar under en gran som låg vid skogskanten. Filtarna hade han köpt i en by dagen före. Solen lyste och inte ett moln syntes på himmelen. En liten bäck rann sakta förbi strax intill. Där hämtade han vatten och vattnade Viento. Han gjorde upp en eld med torra grankvistar och näver. Sedan satt han där och småsjöng och talade med hästen. Han åt lite kvällsmat. Viento hade gott om gräs där han stod. Tyrian band honom i en extra lång lina så hästen kunde dricka i bäcken. Han satt uppe ända tills det var mörkt och tittade på stjärnorna sedan kröp ned mellan filtarna och snurrade in sig i sin mantel. Svärdet la han som vanligt in mellan filtarna ifall han skulle behöva det under natten. Det var en kall natt men han sov rätt bra ändå. Nästa morgon plockade han ihop sina grejer och åt frukost. Han virade in svärdet i filtarna nu istället för i manteln. Det var så kallt att han ville ha den på sig. Planen var nu att ta sig till staden och få en plats som lärling eller husdräng eller liknande under vintern. Det var lika bra att börja försöka att få sig en plats innan alla andra resande gjorde likadant. Staden lockade Tyrian som aldrig varit i en riktig stad. För honom kändes det som att han skulle kunna vara med om mycket mer om han fick sig en tjänst under vinter i staden jämfört med i någon liten gård på landet. Han kände ändå att han var tvungen att ta sig in någonstans innan det blev för kallt. När han var klar med frukosten så red han vidare. Till en början var det mestadels lövskog men när de kom längre in i skogen blev det mer och mer barr. Vid middagstid kom de fram till en liten sjö. De åt där och reste vidare när de var klara.

De red längst vägen och träffade bara några få personer under dagen. De mötte ett litet handelsfölje som var på väg söderut och även några gycklare. Solen sjönk längre och längre ned och Tyrian började leta efter en lämplig lägerplats. Då såg han något längre ut i skogen. En ung kvinna. Hon var lättklädd och mycket vacker. Hon hade långt brunt hår och en smäcker figur. Hon vinkade åt Tyrian och ropade till honom att komma. Han vek av vägen och red ut efter henne. Hon försvann mellan några träd så Tyrian följde. Hon dök strax upp längre fram och fortsatte vinka till sig Tyrian. Han undrade varför hon sprang vidare och hur hon kommit så långt framför honom när hon syntes igen men fortsatte ändå. Hon försvann igen och dök upp längre in i skogen. Tyrian följde men när han kom fram var hon borta igen. Hon syntes snabbt en bit längre in och ropade igen på honom. Han svarade att hon skulle vänta så han fick tala med henne. Han följde åter igen efter. Han började känna sig yr. Nästan kvävd. Skogen blev mörkare och mörkare men han följde fortfarande efter kvinnan. Ibland visade hon sig bara ett tiotal meter ifrån honom men oftast mycket längre bort. När han kvicknade till ur det som nästan kändes som trans var det mycket mörkt. Han stod mitt i en storskog med höga tallar vars kronor täckte himmeln. Runt om honom fanns bara de stora tallarna och några enbuskar. Han ropade igen efter henne men hon visade sig inte. Han satt av och undrade vart han var och varför han följt kvinnan ut i skogen. Han ledde vidare Viento och gick närmare enarna. Han tyckte sig kunna urskilja formerna av något framför en av enarna. Han var nästan ända framme när han såg att det inte var en enebuske. En rygg av bark och barr som andades tungt.

"Dra svärdet Tyrian" sa en röst intill honom. Han blev livrädd och drog ut svärdet ur packningen på Vientos rygg. Trädet vände sig hastigt om mot honom. Framsidan såg ut som kvinnan men huden hade hårdnat och var av bark. Ögonen var stora och röda. Hennes mun var öppen i ett väldigt gap och med stora huggtänder. Hennes hår var som gjort av trädens rötter och hängde glest ned från hjässan. Tyrian blev nu ännu räddare och höll fram svärdet mellan honom och trädkvinnan. Hon greppade snabbt tag om svärdets spets med sina grenliknande händer. Hon log med ett illmarigt leende. Det började fräsa som när glödgat järn träffar kött och rök steg från hennes händer. Varelsen tjöt till med gäll stämma, släppte svärdet och sprang till skogs. Tyrian stod där häpen. Nu var han klarvaken och undrade vad som precis hade hänt. Han kollade på svärdet som verkade helt oskadat. Han tänkte efter och undrade vem som ropat till honom att dra svärdet. Men han såg bara Viento och en stor tom skog. Han ropade ut i skogen ett tack för varningen men ingen svarade. Han tog fram svärdsskidan ur packningen och spände fast den runt midjan. Han skidade svärdet och hoppade upp på hästen igen. Här vågade han inte stanna så han började försöka spåra tillbaka i sina egna spår men det var lönlöst. Han somnade på Vientos rygg och red längre in i skogen under natten.

När han vaknade till var det ljust igen och han låg lutad över hästens rygg. Viento hade stannat någon gång under natten och sov ståendes. De var nu i en mycket vacker lövskog. Bladen var ljusgula och täckte hela skyn. Det var nog fortfarande gryning men Tyrian kunde inte vara säker på det. Träden var av en typ som Tyrian aldrig sett och sträckte sig mycket högre än de högsta tallarna. Han var vilse men beslutade sig för att fortsätta framåt. Han hade ingen aning om vilket håll han kommit ifrån och han var inte ens säker på att han ville tillbaka dit så han red vidare. Skogen var öppen under de stora träden. Inga andra träd växte mellan dem. Han kom fram till en liten bäck som han följde nedströms. Strax därpå såg han en stenbro som ledde över bäcken. Det var inga vägar, bara en bro. Den såg trots det använd ut. Istället för att rida vidare längs bäcken beslutade han sig att korsa bron. En kulle gick upp framför honom. Han tänkte att han kanske kunde få lite bättre uppfattning därifrån så han red upp mot kullen. Halvvägs upp så fick han syn på ett ansikte intill ett träd. Snart såg han fler sittandes över honom på små balkongliknande plattformar vid trädens stammar. De var alver. Alven som stod vid trädet klev fram och höjde sin hand i luften. Han höll den öppen med handflatan emot Tyrian. Alvens mantel öppnade sig något och under den bar han en rustning vars sken var bländande.

"Halt!" sa alven. "Vem är du som tror att du skall få träda in i vårat rike?" Tyrian såg sig runt. Alverna på plattformarna nu var uppställda med bågar i händerna. Han harklade sig lite.

"Jag heter Tyrian och jag har gått vilse" svarade Tyrian. "Vem är du om jag får fråga?"

"Evandel var namnet" sa alven. "Jag är väktare av vårt rikes västra ingång. Så om du vänder om och rider i västlig riktning så borde du snart vara tillbaka hos dina egna."

"Jag är resande och har lämnat de mina för länge sedan" sa Tyrian. "Jag reser mellan byar och gårdar och lever med naturen. Jag hade gärna besökt ert rike om jag fick möjlighet till det. Mäster alv."

"Du kommer hit, bärandes på svärd och hävdar att du gått vilse" sa Evandel. "Nej du. Jag vet allt att du har något lurt för dig."

"Jag har träffat en alv tidigare" sa Tyrian. "Han kan kanske gå i god för mig. Jag lovade honom att skydda och hedra skogen trefalt. I utbytte fick jag hjälp att spåra några rövare. Lithomiel var hans namn.” Evandel ryckte lite på ögonbrynet.

”Grip honom!” röt han. Bakom trädet som Evandel stod vid klev det fram två alviska krigare beväpnade med ett form av stångvapen. Vapnen såg nästan ut som om man satt ett böjt svärd uppe på ett spjutskaft. Fast mycket vackert gjorda. De bar rustningar av härdat läder med hjälmar som täckte de mesta av ansiktet. Bågarna uppe på plattformarna spändes med sin pilar riktade mot Tyrian. Tyrian höjde händerna över huvudet för att visa att de var tomma. En av de två vakterna klev fram och tog tag i Tyrians svärd. Alven drog det ur skidan. Sedan bands Tyrians händer bakom hans rygg och man satte en ögonbindel på honom. Han fick sitta kvar på Viento. Han hörde Evandel dela ut order på ett språk han inte förstod. Ganska snart efter det började de röra på sig. Någon ledde Viento vidare upp för kullen. När de nådde krönet tappade Tyrian bort sin orientering. De vandrade vidare länge men det var svårt att säga hur länge. Tyrian uppskattade tiden till två eller tre timmar på resande fot när de stannade. Han hade haft svårt att avgöra hur många som var med i gruppen som förde med sig honom. De var väldigt tysta och talade inte under hela turen. Precis innan de stannat började han höra ljud som inte bara var från skogen. Musik samt alver som talade med varandra på deras vackra språk. När de tog av honom ögonbindeln stod de nedanför tre enorma träd som sträckte sig högre än Tyrian kunde se. Emellan dem var det byggt med trappor och platåer. Som följde så högt upp som träden gick. Detta bildade en typ av slott. Ett trädslott. Han beordrades att sitta av. Han blev bryskt hjälp ned från hästen. De ledde bort Viento och Tyrian skrek efter hästen. Han började gråta. Han fördes bort till en av stammarna av de stora träden. Mellan rötterna på trädet satt en dörr där de gick in. Den lede nedåt in i själva jorden. Gången var kantad av hårt packad jord och rötter och slingrade sig långsamt nedåt. De kom fram till en rakare korridor med ett flertal celler. Vakterna låste in honom i en av dessa celler. Gallret liknande ett spindelnät av rötter som omslöts av ett hänglås av guld. Han testade att dra och slita i rötterna men de var för starka. En fackla stod tänd strax utanför. De lämnade honom där ensam. Han grät och kunde inte förstå varför de fängslade honom. Han låg på en brits, rädd, svag och väntade på svar ända tills han somnade.

Han vaknade av att någon låste upp cellen. Det stod två vakter utanför. En av vakterna gick in med handfängsel som han tvingade på Tyrian. Sedan förde de med honom upp ur marken och vidare upp i träden. De passerade många platåer. Trapporna gick ibland från gren till gren och ibland inne i stammarna. Högt uppe i träden nådde de en stor platå som var förankrad i de tre stammarna. Ett stort bord stod mitt på platån. Ett bord gjort i ett ljust träslag med vackra dekorationer. Bakom bordet stod tre stolar men inga satt på dem. Platån låg så högt upp att man började kunna se ut mellan grenverket. En stor och vacker skog sträckte sig så långt ögat nådde. En alv kom gåendes från andra sidan platån. Han kom från en dörr i ett av träden på andra sidan. Han ställde sig bredvid bordet. Alven hade en mycket högdragen uppsyn. Han var klädd i rött och svart. En ceremoniel dräkt. Ungefär som en prästs kappa. Dörren i trädet på andra sidan öppnade sig och ut klev en mycket lång och ståtlig alv. Han bar krona på huvudet samt ett par armband i guld som var en hand breda som bildade en spets uppåt armen. De var skurna i ett vackert mönster som matchade mönstret på kronan. Han bar en mörkblå skjorta med en grön väst och gröna byxor. Byxorna var nedstoppade i ett par höga stövlar av skinn. Efter honom kom en alvkvinna i en vacker ljusblå klänning med en krona och armband som liknade mannens fast något mer smäckra. De båda var mycket vackra och framhävde makt och styrka. Alven som trätt fram först i rött och svart tog till orda.

”Kung Lentarion och drottning Asteliel” sa alven med en bugning.

Tyrian var på väg ned på knä men hann inte då hans vakt snabbt satte foten i knävecket på Tyrian och tvingade ned honom.

”På knä för konungen!” röt vakten. Kungen och drottning såg obekymrade ut och satte sig vid bordet. Kungen satte sig i mitten och drottningen vid kungens vänstra sida. Det blev en stunds tystnad under vilken paret iakttog fången. Kungen talade först.

”Du har blivit gripen och förd hit för att du inte har låtit dig avhysas från vår gräns” sa Kungen. ”Du skall även ha talat om en högbördig inom vårt släkte utan att ha använt dennes titel. Vad har du att säga till dit försvar?”

”Jag skulle väl inte säga att jag inte lät mig avhysas” stammade Tyrian. ”Jag frågade endast om jag inte kunde få träda in nu när jag ändå råkade vara här. Ers nåd.”

”Ers majestät!” röt vakten. Tyrian rättade sig snabbt.

”Vad gjorde du vid vår gräns?” frågade kungen.

”Jag var på väg till en stad strax utanför skogens sydvästra spets när jag stötte på en kvinna. Hon vinkade på mig och jag kunde inte hejda mig att följa. Jag följde henne så länge att jag till slut var vilse och det blev mörkt. Hon tog en gestalt av ett träd och anföll mig. Mitt svärd var inpackat i filtar på hästen men jag lyckades få fram det innan hon tog mig. Hon flydde och jag försökte ta mig därifrån så fort som möjligt. Jag somnade på min hästs rygg och vaknade inte långt ifrån er gräns. Ers majestät.”

”Väktaren sa att ni bar svärdet vid er sidan när ni kom hit, vad an detta?” frågade kungen.

”Jag var rädd att varelsen skulle komma tillbaka” sa Tyrian. Och lade till ett ers majestät.

”Ja, det tror jag det” sa kungen. ”Jag har aldrig hört talas om en människa som lurats ut i skogen av rået och klarat sig. Du skall nog skatta dig lycklig för det.”

”Tack, ers majestät” sa Tyrian.

”Vad kom att du inte titulerade min son som prins för?” utbrast drottning.

”Ursäkta mig, ers majestät men jag visste inte att Lithomiel var prins” sa Tyrian.

”Ers kungliga höghet!” röt vakten. Tyrian rättade sig fort.

”Jag vet inte ens om det var er Lithomiel som jag träffat” sa Tyrian. ”Det var i en annan skog långt härifrån” Tyrian kände en hand på sin axel och tittade upp. Där stod Lithomiel med ett leende på läpparna.

”Jo, det var allt mig du träffade Tyrian” sa Lithomiel. Han släppte handen och gick bort mot bordet. Han tittade mot kungen och drottningen.

”Vad sägs om att ni släpper våran gäst och bjuder honom att stanna ett litet tag” började Lithomiel. Han ser ju nästan undernärd ut och jag skulle absolut säga att han är en frände.” Kungaparet tittade på varandra och sedan på prinsen. Därefter vände kungen sin blick mot vakten.

”Släpp honom” sa kungen. Vakten gjorde genast som han blivit beordrad. Han lossade på handfängslet. Tyrian reste sig upp. Han kände sig genast lättad. Kungen bjöd in honom att äta frukost med dem. Vilket han gärna gjorde. Han frågade var Viento befann sig. Han fick till svar att hästen hade det bra. Även Tyrians andra ägodelar väntade på honom längre ned. Sedan talade de om allt möjligt bland annat om Tyrians resa. Lithomiel ville höra mer om när Tyrian följt efter rövarna in i grottan. Kungen besvarade även många av Tyrians frågor om skogsrået. En vild varelse som lever på köttet från män hon lurar ut i skogen. Som inte har någon lojalitet mot någon annan än moder jord och sig själv. Drottningen fattade tycke för Tyrian och hans berättelser så hon föreslog att han skulle stanna över vintern. Kungen tyckte att det var en bra idé och att det var det minsta de kunde göra för honom efter det hårda mottagandet. Prins Lithomiel höll med men föreslog att Tyrian skulle bada innan han gjorde sig för hemmastad. De skrattade allihop och efter frukosten så visades Tyrian till ett rum. Det var strax över marknivå och inne i stammen på det väldiga trädet. Det var ett ganska litet rum med en säng och ett skrivbord. På skrivbordet stod en kandelaber och en liten stuv med papper låg på mitten. En fjäderpenna stod i sin hållare bredvid ett bläckhorn. En stol stod framför bordet. Ett litet fönster i dörren släppte in ljus. Det fanns ingen eldstad eller spis så han var lite orolig att han skulle frysa när vintern kom. Tjänaren förklarade för honom att det inte skulle vara något problem då trädets värme skulle stiga under vinter. Han fick tillbaka sina tillhörigheter och han fick dessutom träffa Viento som stod installad i ett vackert stall längre ned på andra sidan kullen. En hel stad bredde ut sig på kullens sydsida dold under de stora träden. Han ombads att ha svärdet på rummet om han inte fick direktiv om annat. Efter det fördes han genom staden till varma källor nedanför kullens sydsida. Alverna de mötte på vägen såg på honom som en främling. De var inte vana med människor i sin stad.

Kapitel 5

Under kampens träd

Resten av första dagen hos alverna gick fort. Han fick äta ihop med soldaterna och la sig tidigt. Sängen var utan tvekan den skönaste han sovit i. När han vaknade nästa dag var han helt utvilad, trotts de senaste dagarnas uppståndelse. När han åt frukost med soldaterna kom prins Lithomiel in och hälsade. Soldaterna ställde sig i givakt när han kom in genom dörren till matsalen. De satte sig så snart han givit kommandot, "lediga." Tyrian bugade och de satte sig och talade med varandra.

"Jag har beslutat att vi skall använda tiden du stannar hos oss till något viktigt" sa prinsen. "Kan du läsa och skriva?"

"Nej" svarade Tyrian. "Men jag kan räkna lite."

"Jaha, då är det något vi får ändra på" sa prinsen. "Vi får kanske jobba på det där med räkningen också. Kan du fäktas? Du bär ju svärd nu. Du vet, det du hittade hos rövarna."

"Jag kan väl hugga med det lite grann men jag har ju ingen riktig övning i det" sa Tyrian.

"Då ska jag lära dig hur du använder det både till fots och från din häst" sa prinsen. "Vi får nog gå igenom en hel del nytt som jag kan lära dig. Tag med dig svärdet till träningsbacken om ett halvt glas. Vi syns där." Tyrian fick en beskrivning hur han skulle ta sig dit innan Lithomiel lämnade honom.

Tyrian kom till träningsbacken på utsatt tid. Den låg längre ned på slänten av kullen i sydlig riktning. Han gick dit via Storgatan. Alvernas hus låg uppe i träden eller i själva stammarna. Ett stort träd bredde ut sina grenar och bildade ett tak över en sandad träningsplats. Trots att den var i en slänt så sluttade inte fältet. Det var ett staket runt platsen och det stora trädet låg i mitten. Runt trädets stam var det byggt ett femkantigt bord. På bordet låg träningsutrustning och allehanda vapen. Ett par alviska soldater tränade till höger om trädet. De var utan tvekan de snabbaste kämpar Tyrian sett. De tränade i bar överkropp med alviska svärd och skiftade snabbt ifrån fäktning till brottning när avståndet blev för kort för att använda svärden. Tyrian såg att någon stod på andra sidan trädet. Han förstod att det vara prinsen. Han skyndade sig dit och mötte prinsen med ett leende och en bugning. Lithomiel stod som en staty med blicken fäst på Tyrian. Han var bar på överkroppen och hans långa blonda hår hängde i en fläta längs ryggen. Han hade mörkgrå byxor med lindade vader och lätta skor. Han höll händerna knutna bakom ryggen och fötterna i axelbred.

"Välkommen till helig mark" sa Lithomiel. "Här har alviska kämpar tränat sedan staden grundades. Svett och blod har blött dess sand. Här inne gäller inga titlar utan den mellan mästare och elev. Jag är således mästare och inte prins när vi är under skuggan av kampens träd. Är det uppfattat?" Tyrian blev först lite chockad av Lithomiels skarpa tonfall.

"Ja mästare" svarade Tyrian till slut.

"Jag har beslutat mig för att lära dig att fäktas som ditt folk fäktas då det bättre passar din fysiska förmåga" sa Lithomiel. "Frågor på det?"

"Nej mästare" sa Tyrian.

"Ge mig dit svärd, Tyrian" sa Lithomiel. Han sträckte ut handen mot Tyrian som räckte över svärdet med skida och bälte. När Lithomiel tog emot svärdet spred sig ett stort leende över hans läppar. Han drog det ur skidan. Han riktade spetsen mot det lövklädda taket ovan dem och följde klingan med blicken. Han sänkte det snabbt med en svingande rörelse längsmed hans högra sida. Han höll svärdet framför sig i höger hand precis under parerstången. Han slog till svärdsknappen med vänster hand. Svärdet vibrerade bortsett från en bit av klingan ungefär en tredjedel ned från spetsen. Sedan vände han bladet nedåt och fattade precis ovanför korset mellan tummen och pekfingret. Han flyttade svärdet från sida till sida men spetsen var stilla strax ovanför marken. Han grep tag runt svärdsknappen med ena handen och snurrade runt svärdet som då roterade runt sin egen axel cirka tre tum från korset på klingan. Han svingade runt svärdet och fattade det med två händer och pekade mot Tyrian.

"Ett ypperligt svärd" sa han. "Det har väldigt bra balans och spetskontroll. Även om det inte var magiskt så hade det ändå varit värt en förmögenhet."

"Magiskt?" frågade Tyrian med öppen mun. "Värt en förmögenhet?"

"Ja, det är magiskt men jag vet inte riktigt vad det gör" sa Lithomiel. "Men jag känner dess kraft pulsera igenom mig. Förmögenhet? Ja, helt klart är det värt mycket. Men om man någon gång lyckas få tag på en sådan här raritet så är det inget man skall sälja. Ett svärd som detta kommer till den som förtjänar och behöver det, inte till den med störst börs." Tyrian tänkte tillbaka på skogsrået som sett självbelåtet ut när hon greppat svärdsspetsen men sedan som slagen med eld rusat där ifrån. Kanske var det magin i svärdet som hjälpt honom. Lithomiel vände svärdet i händerna och fattad det med en hand på klingan och en på handtaget. Han höll flatsidan mot Tyrian.

"Hur många delar har svärdet?" frågade mästaren sin elev.

"Fyra" svarade Tyrian. "Klinga, parerstång, handtag och knapp."

"Ja och mer?" frågade Lithomiel. Tyrian tänkte så det knakade och tittade fram och tillbaka på svärdet.

"En spets!" utbrast han till slut. "Så fem delar." Lithomiel nickade med ett litet leende.

"Det är svärdets fysiska delar sedan har klingan fyra olika indelningar så nio är rätt svar" sa han. "Eggen som följer längsmed knogarna kallas för lång och eggen bakåt kallas kort samt är det en osynlig linje på klingan här." Lithomiel la sin pekfinger tvärs över klingan lite drygt en tredjedel upp från parrerstången längs klingan. "Det är en gräns mellan stark och svag klinga. Den inre är givetvis den starka enligt hävstångseffekten." Efter de visade Lithomiel garder så som taket, oxen, plogen och dåren. Han visade hugg så som vredeshugget, tvärshugget och krumhugget. De gick igenom fotarbete och gjorde några övningar utan svärd. Så som att fäktas med ena armen. De talade om avstånden mellan fäktare och dess betydelse. De tränade ända fram till kvällsmålet. Tyrian åt med soldaterna och Lithomiel med de sina högre upp i trädslottet. Efter kvällsmålet kom prinsen åter igen ned till Tyrian. Han hade med sig böcker samt ett stort pappersark med massa bokstäver på. Han började med att gå igenom alfabetet. Han lärde Tyrian hur man uttalade de olika bokstäverna och vad de hade för namn. De höll på i några timmar men slutligen märkte prinsen hur trött Tyrian var. De avbröt för natten. Tyrian somnade nästan omedelbart efter att prinsen lämnat honom. Nästa morgon vaknade han igen lika utsövd som dagen innan. Den alviska sängen var underbar. Efter en stadig frukost bar det av till skuggan under kampens träd. Även denna dagen tränade de fäktning fast med en kort matrast mitt på dagen. Nu började de fäktas mot varandra. De använde övningssvärd och skydd. Lithomiel var en fantastisk tränare. Han fäktades så att Tyrian hann med och gav honom luckor för att kunna utvecklas tekniskt. Tyrian kände att prinsen kunde träffa honom när han ville men var ganska glad över att han lät honom få in en träff då och då. Innan kvällsmålet hann de förbi stallet. Tyrian skötte om Viento. Lithomiel ställde lite frågor om hästen. Han hade god hand med djur. Denna kvällen åt Tyrian tillsammans med Lithomiel, resten av kungafamiljen och några få utvalda till. De satt på en av de mindre platåerna över den stora där Tyrian stått framför kungen. Stundvis talade sällskapet på alviska. Tyrian förstod då ingenting men det spelade ingen roll för honom. Språket var ljuvligt att lyssna på. Det lät som om de sjöng för varandra. Kungen frågade Tyrian hur det gick med träning. Han förklarade att han tyckte att Tyrian skulle passa på att lära sig så mycket som möjligt. Tyrians svar var ödmjukt men prinsen bredde på och berättade att Tyrian lärde sig snabbt i fäktningen. Tyrian gillade maten. Nästan allt som serverades var vegetarisk men ibland kom även rätter med fisk. Allt var välkryddat och mättade bra. Alvernas bröd var säreget gott och mättade nästan som en tegelsten. Till brödet åt de olika typer av ost. I slutet av måltiden talade Lithomiel om för sällskapet att hans plan för morgondagen var att vissa runt Tyrian lite mer i staden. Han berättade också att de skulle ta en lång ridtur runt i närområdet. Efter måltiden gick Lithomiel med Tyrian ned till hans rum. Där fortsatte de med utbildningen i läsandets och skrivandets konst.

Nästa morgon red de ner mellan stadens träd. Viento frustade. Lithomiel berättade för honom vem som bodde vart och berättelser om saker som hänt på platser de passerade. Det mesta av staden låg på sydsidan av kullen. Längs ned rann en å som passerade bredvid de varma källorna. Prinsen berättade för Tyrian att barnen i staden brukar springa mellan ån och källorna på sommaren. Först för att bada i den kalla ån och sen hoppa i värmen i källorna eller tvärt om. Men nu var det för kallt i ån. Dessutom var den för strid. De besökte hantverkskvarteret som låg på sydvästsidan av kullen. Där låg de flesta husen på marken. Verkstäder, smedjor, garvare, sömmerskor och annat. Där fanns ett stort torg. Torget var skuggat av de höga träden. Här var det liv och rörelse. På torget spelades musik. Det användes olika typer av blås- och stränginstrument. En alvisk dubbelflöjt var nog det instrument som drog till sig mest uppmärksamhet. Dennes klara ton löd igenom de andra musikanternas. Den vackra alviska kvinnan som spelade på flöjten nickade mot prinsen när de red förbi. De svängde vidare upp mot toppen och rundade trädslottet. Uppe runt slottet fanns mest administrativa byggnader och andra nödvändigheter så som stall och vaktstuga. Sedan fortsatte de ned på den sydöstra sidan av kullen. Här bodde de flesta uppe i träden. Träden var enorma. Invånarna hade små hus uppe på grenverket. De använde grenarna som broar. På sina ställen hängde små hängbroar som sammanslöt träden. Det red under alvernas hem. Tyrian tyckte att det var konstigt men det fungerade. Alla de mötte bugade och hälsade på prinsen. Det var tydligt att det inte enbart berodde på hans titel. Han var genuint omtyckt av invånarna. Sedan red de tillbaka ned mot ån. Där red de över en bro ut ur staden. På andra sidan bron växte små fält av olika ätbara växter och grönsaker. Allt under de stora träden. Prinsen berättade att jorden här var så bördig att de alltid fick ut två skördar per år trots att solen knappt lyste på planteringen. Många av växterna hade Tyrian aldrig sett men fick höra deras namn och i vilka rätter han ätit dem. De fortsatte mot sydost och kom strax fram till en sjö. Ute på vattnet såg de en båt. En lång smal med högt höjd för och akter. Den var av alviskt slag. Männen ombord drog upp ett stort nät fullt med fisk. De vinkade glatt när de såg prinsen rida förbi. Vid den sydvästliga spetsen av sjön låg en liten sandstrand. En liknande fiskebåt var uppdragen på sanden. Uppe i ett stort träd strax intill låg några alviska hus. Väggarna var täckta med sniderier föreställande fiskar och fisket på sjön. Lithomiel talade om för Tyrian att sjön var proppfull av fisk och att husen i träden ägdes av fiskarna men att fiskarna även hade hus i staden och att dessa husen enbart var till för deras fisketurer. Han förklarade att alla alverna i riket bodde i staden och att alla andra bosättningar i riket bara var till för övernattningar vid arbete eller patrullering.

”Vi vill hålla vårat folk nära ifall något händer” sa prinsen. ”Det finns troll och annat oknytt i de bortre ändarna av skogen. Mot norr ligger det ett väldigt berg där det finns både drakar och jättar.”

”Finns det drakar på riktigt?” frågade Tyrian.

”Ja, det gör det men de håller sig mest till sig själva” svarade prinsen. ”Det vill säga om de inte stör några dvärgar. Vi försöker att kontrollera dem. De finns inte så många kvar så vi försöker att hålla dem lugna så att de inte retar upp människor. Det brukar nämligen sluta med att de blir dödade.”

Ritten fortsatte i en vid båge runt sjön. På andra sidan tog de rast på en höjd. Först åt de. Sedan övade de med medhavda träningssvärd på den lilla klippan. Utsikten över sjön var mycket vacker. Solen glittrade i de små krusningarna på sjön. De tränade till fots i någon timme. Mot slutet så visade Lithomiel lite grunder i hur man använder svärdet ifrån hästrygg. Tyrian fick testa en övning i hur man använder avståndet på hästryggen. De red sedan vidare runt sjön och fortsatte tillbaka mot staden. Väl framme var det dags för kvällsmat. Efter det hade Tyrian självstudier i läsning.

Dagarna gick och blev till veckor. Veckor blev till månader. Lithomiel fortsatte träna Tyrian lika intensivt. Han minskade snart på fäktträning till fots till förmiddagar som lämnade plats till beriden strid på eftermiddagarna. Tyrian tränade alltid på Viento. Lithomiel red en kritvit hingst vid namn Teolin. De började med dressyr. Vilket gav Tyrian bättre kontroll på hästen. Snart började Lithomiel att lära Tyrian fyrsprång. En riddares ridstil som inte liknar någon av de civila gångarterna. Hästen lär sig att röra sig med de två närmaste benen i riktningen man vill först. Framåt ser gångarten ut som om hästen stegrar sig längsmed marken. Som ett skutt skulle man kunna säga. Eller om man vill att hästen skall röra sig åt sidan så tar den ett sidosteg. Denna gångart ger ryttaren kontroll över hästens position i alla riktningar. Lithomiel var i sanningen chockad över hur snabbt Viento lärde sig den otroligt svåra gångarten. Vid en kvällsmåltid med kungen och drottningen sa prinsen högt och tydligt. ”Det var nästan som om Tyrian förklarade för hästen med ord vad den skulle göra. Så gjorde Viento som Tyrian önskade.” Alla var imponerade och dagen efter kom kungen och drottningen ned till träningsplatsen. De stannade en stund och såg på medans Tyrian och Lithomiel red runt med svärd i hand under kampens träd.

Midvintersolståndet närmades och i alvernas kultur var det en högtid som symboliserade att man gick mot ljusare tider. Alvernas nyår. Det snöade men ingen snö la sig i på stadens gator och torg. Marken och träden utstrålade en underjordisk värme. Tyrian fick förklarat för sig att moderjord hade visat alverna platsen vid en tidigare tidsålder. Hon hade själv förtrollat skogen och jorden för deras skull. Han såg sig om i staden. Alverna dekorerade träden och gångarna i staden med band av guld och kulor av glas. Några dagar innan festligheterna kom en skräddare till Tyrians rum och mätte honom. Tyrian visste att han hade blivit längre under sin tid hos alverna. Han var nästan lika lång som Lithomiel nu. Det visade sig ganska snart att han inte bara växt på längden utan även blivit bredare över axlar. Han hade lagt på sig en hel del muskler. Lithomiel sa till Tyrian att det berodde på träningen och maten. Tyrian själv misstänkte den alviska sängen. Han vaknade alltid upp helt utvilad och utan träningsvärk. Skräddaren tog sina mått och försvann. Livet återgick till träning både med svärdet och pennan. Lithomiel sa till honom att han började likna något i båda avseendena. Kvällen innan solståndet blev han inbjuden på fest hos kungafamiljen. Festen hölls på den stora platån där han en gång i tiden hade stått till rätta framför kungen. På eftermiddagen badade Tyrian och gjorde sig i ordning. Han tog på sig sina minst slitna kläder. Han hade låtit tvätta dem så de i alla fall var rena. De satt hårt om armarna och bröstet på honom men han ville inte se ut som en trashank på bjudningen. När det var dags kom en tjänare och eskorterade honom upp genom slottet. Snö yrde ner mellan löven men försvann lika fort som den träffade marken. Det var kyligt ute men med manteln han fått av sin mor om axlarna var det ganska skönt. Flera gäster var redan på plats. Endast de viktigaste var bjudna. Hela kungafamiljen var där. Lithomiel var det äldsta barnet men även hans tre yngre bröder och två systrar var där. Alla var av vuxen ålder. Ändå såg både kungen och drottningen unga ut. Alver sades leva för alltid. När de nått en viss ålder slutade de helt enkelt att åldras. Olika militära ledarna var där. Kungens rådgivare med deras familjer samt några av stadens viktigaste män och kvinnor var också bjudna. En kvinna spelade harpa längre bort. Gästerna stod och talade med varandra i små sällskap som bildade små klungor. Bord och stolar var utsatta längre bort med ett högsäte för kungen och drottningen. Tyrian hamnade i en grupp med den yngsta prinsen, den äldsta prinsessan och några av stadens handelsmän. De talade om allt möjligt. De hade många frågor till Tyrian. De frågade vart han kom ifrån och hur han hamnat här. Några av handelsmännen hade även sett honom träna med Lithomiel och berömde honom för hans skicklighet.

Det blev dags att gå till bords. Till bordsdam fick Tyrian den yngsta prinsessan Yolia som var vida känd för sin skönhet. Först serverades det en färsk sallad toppad med olja och bröd. Tyrian förundrades över hur alverna alltid lyckades ha helt färsk mat till hands. Varmrätten var en form av alvisk paj som var gjord mestadels på grönsaker. Till pajen serverades ett vin som var gjort av guldfärgade bär. Tyrian fick inte dricka av det gyllene vinet. De sa till honom att det kunde vara direkt farligt för honom. Istället fick han importerat vin från människornas länder. Några av handelsmännen och kungens generaler drack både två och tre glas av det gyllene vinet. Det var första gången Tyrian sett alver berusade. Visserligen en lättare form av salongsberusning. Efter varmrätten bars det fram en fruktsoppa som toppades med någonting Tyrian aldrig ätit tidigare. Det var som om man fryst vispgrädde till is och smaksatt det med vanilj. Det var mjukt och smälte i munnen. En perfekt smakkombination emot frukten. På alviska kallades denna fryst grädde för glesation. Till efterrätten fick man ett litet glas med en alvisk typ av konjak. Denna var okej för Tyrian att dricka men han kände hur den snabbt gick honom till huvudet. Han valde att bara dricka hälften av det han fått. Efter måltiden röjdes borden undan. Gästerna återupptog att samtala i mindre grupper ståendes. Kungens och drottningens troner flyttades till en liten förhöjning vid ena kanten av platån. Ett långt led med tjänare bar in paket i olika storlekar. Kungen väntade tills alla paketen var framburna innan han tog till orda.

"Då var det dags mina goda vänner" sa han med hög röst. "Om alla vill ta plats." Han visade med handen mot den lilla förhöjningen. Han gick sedan fram och tog sin hustru i handen. De båda gick upp på scenen och slog sig ned på sina troner. Kungen tog upp ett av paketen intill sig och läste på lappen.

"För ett bra jobb med att hålla ute våra inkräktare på norra sidan giver jag dig Illialor denna bok" sa kungen. "Hoppas den skänker dig lycka i svåra stunder." En av generalerna trädde fram och tog emot paketet med en bugning. Drottningen lyfte ett mindre paket och läste högt

"För trogen tjänst med bevakningen av vår västra gräns giver jag dig Evandel denna kikare" sa drottningen. "Så att du får lättare att skilja mellan vän och fiende." Hennes blick gled ned mot Tyrian i ett litet leende. Evandel snörpte upp munnen. Han gick fram och tackade för gåvan. Evandel slängde en liten blick mot Tyrian på väg ned från scenen. Kvällen fortsatte. En efter en trädde alverna fram och tog emot gåvor. Sist var det bara Tyrian, prinsarna och prinsessorna kvar som inte fått något paket. Då tittade kungaparet på varandra och lyfte upp varsitt paket.

"Efter ett bryskt välkomnande till oss har du nästan blivit som en i familjen" sa kungen. "Vår mat har gjort dig väl och därför giver vi dig Tyrian lite nya kläder." Tyrian började gå framåt men stannade upp när drottningen börja tala.

"Givetvis är inte klädnaden perfekt utan ett par vackra stövlar" sa hon. "Bär dessa kläder imorgon när vi firar solståndet med folket. Jag har även sänt ett ombyte med mer alldagliga kläder till ditt rum." Tyrian gick fram och tog emot gåvorna. Han tackade kungaparet. Sedan delade de ut presenter till sina barn. Lithomiel fick ett armband i guld och Yolia fick en tiara i guld med tre spetsar. En inbäddad safir satt mitt på brättet. Efter present utdelningen mattade kvällen av sig. Fler och fler försvann. Tyrian var bland de sista att lämna festligheterna. Väl tillbaka i sitt rum testade han alla de nya kläderna. Festkläderna han fick var av högsta kvalitet. En jacka i grönt och guld, en skjorta med krås och ett par ljusgrå byxor. En hatt i matchande färg av jackan. De lite mer alldagliga kläderna han fick var ett par beigea byxor, en vit skjorta samt en jacka i rött ylle. En struthätta och en mössa i samma röda ylle. Kragstövlarna var gjorda i ljusbrunt läder och passade perfekt.

Dagen efter började firandet redan när ljuset lämnade staden. Midvintersolståndet var här. Lyktor tändes i hela staden. Det lyste inne mellan träden när den längsta natten på året började. Det var kyligt i luften. Alla i staden samlades för att gå i procession ned till de varma källorna. Verkligen alla var med. Tyrian hamnade efter väktarna, generalerna och ämbetsmännen men före soldaterna och tjänstefolket. Han var ärad gäst men att placera honom framför alver av ätt eller som förtjänat sina platser sågs som direkt ofint. De gick Storgatan ned mot källorna. Stadens alver stod uppställda längsmed träden och gator. En del stod uppe på de hängande gångbroarna. De höll i ljus och facklor. Alla var knäpptysta. Allt flöt på som om det var inövat i tusen år. Gata efter gata anslöt sig till processionen. De kom ned till en öppen yta framför källorna. Där särade folkmassan upp sig och gick i raka kolonner ut och ställde upp sig i en halvmåneformad grupp. Kungen och drottningen gick fram till den största källan som låg i mitten av de sju källorna. De väntade tills torget var fullt och processionen avstannat. En svans av alver sträckte sig in i staden. Det var det ända som fanns kvar av det långa processionståget. Fyrtiotvå tjänare trädde fram till källorna. Alla klädda i vita särkar med guld kanter. Sex tjänare till varje källa. Fyra av dem fattade stora brickor av trä och ställdes sig framför sina källor. De andra två ställde sig bakom sina källor där stora travar med linnedukar låg upplagda på låga bord. Kungen höjde handen och påkallade tystnad. Han började tala på alviska men som tur var översatte en av soldaterna för Tyrian.

"Inför moder natur står vi alla lika" sa kungen. "Ett år har på nytt flutit förbi sedan vi stod här sist. Vi väntar på att fira in det nya året men för att göra det så måste vi skölja bort det gamla. Det är min roll som konung att leda er in i det nya året och önska era alla ett gott nytt år." Där efter började konungen och drottningen att ta av sig sina kläder. Snart stod de alldeles nakna framför folkmassan. Bortsett från deras kronor som de behöll på. Kungen vände sig mot folket och höjde handen på nytt. Denna gång i en knuten näve.

"Följ mig!" skrek han. Där efter tog han sin drottning i handen. De klev ned i källan. De doppade sig helt under vattnet och gick sedan upp på andra sidan. Där de tog emot linnedukar och sina kläder. Efter dem gick alla fram i samma ordning som de gått i processionen. De delade upp sig på källorna. De gjorde likadant som kungen och drottningen. Tog av sig kläderna, badade, klev upp på andra sidan och tog på sig. Tyrian tyckte att det var väldigt pinsamt att ta av sig sina kläder framför alla alverna. Han ville inte göra en scen av det utan gjorde precis som de andra, trotts pinsamheten. Han tog av sig allt utan halsbandet då han sett andra alver behålla sina smycken på. När han kom upp ur vattnet stack den kalla luften mot huden och han svepte snabbt in sig i duken. Torkade sig och tog på sig sina fina festkläder. Samtliga badade. Till och med tjänarna som hjälpt till under badet byttes ut så att de kunde doppa sig. Efter badet trängde folket ihop sig på torget. Denna gången utan formation så att alla fick plats. När alla hade sköljt av sig det gamla intog kungen och drottningen åter sin plats framför källorna. De talade till folket.

"Fram med borden så skall vi fira in det nya året" sa kungen. Folksamlingen skingrades. En stor del av alverna drog till hantverkstorget. Där stod redan bord uppsatta. Alverna som stannade började bära fram bord och bänkar. Tjänarna från slottet skyndade sig åter upp till slottet. Tyrian hjälpte till med bänkar och bord. Lithomiel kom förbi och sa till honom att de skulle till hantverkstorget. Efter allt var klart och folk satt sig till bords kom tjänarna tillbaka från slottet med flertalet vagnar dragna av hästar. De var alla fyllda med mat och dryck. Maten delades ut och festen började. De åt och drack långt in på natten. Alla var glada och lyckliga.

Tyrian vaknade i sin säng. Han hade ont i huvudet och mindes inte riktigt vad som hänt kvällen innan. Det var redan ljust ute och han fick panik över att han inte var i tid till träningen. Han reste sig upp. Beredd på att ge sig av direkt. En lapp låg på bordet. På lappen stod det "Lägg dig igen din suput.

Ingen träning idag. Syns imorgon. L" Han kände igen Lithomiel handstil och la sig igen. Dagen efter återupptog de träningen. Lithomiel fyllde i några av luckorna från festen. Det visade sig att någon råkat hälla upp fel vin till Tyrian. Vin som var gjort på de gyllene bären. Som tur var hade Tyrian bara luktat på vinet innan han drack vilket fått honom att svimma. Lithomiel hade fått honom buren till sitt rum och bäddat ned honom. Han lämnade lappen på bordet så att Tyrian inte skulle missa den. De tränade extra hårt dagenefter. När de gick till kvällsmål följde prinsen med honom. Han åt ihop med Tyrian och soldaterna. De diskuterade medans de åt. Matsalen var full av soldater. Prinsen fick ett litet leende på läpparna och reste sig upp. Det blev tyst.

"Ni har alla träffat vår vän, Tyrian" sa prinsen. "Han har nu kommit så långt i sin träning att jag har beslutat för att introducera honom i er träning. Han är lärd att fäktas som hans egna folk och rida som en riddare. Än så länge är han en elev så ta det lite lugnt med honom. Imorgon vill jag att det skall övas gruppstrid både till fots och till häst. Passa nu på att lära er något av vår vän. Hans fäktstil skiljer sig ganska markant från vår."

Dagen efter tränade de strid i grupp. Tyrian tyckte att det var svårt att hålla formeringar och att jobba med Viento mot flertalet andra hästar. Första dagen fick han mest stryk. Dagen efter lite mindre stryk. Ganska snart var det Tyrian som träffade mer än han blev träffad. De tränande med skydd och trubbiga svärd. Svärdet som Tyrian använde var gjort för att likna hans eget. Han märkte snart att mot alvernas lätta huggare var det lätt att kontrollera centrumlinjen. Alvernas huggare fattades endast med en hand vilket gjorde dem veka mot Tyrians långsvärd. Det gjorde det lätt för honom att stöta utan att bli åsido satt. Trixet för honom blev istället att komma runt deras sköldar. Kvällskurserna i att läsa, skriva och räkna ersattes med filosofi och läran om strategi. Tiden flög iväg för Tyrian. Våren närmades sig.

Kapitel 6

Tyrian och tävlingen

Våren nalkades och det började bli tid för Tyrian att ge sig vidare på sin färd. Han ville inte lämna alverna men visste att det var oundvikligt. De hade behandlat både honom och Viento som ärade gäster. Givit dem några av de finaste gåvorna i världen. Kunskap och starka kroppar som var redo för allt. Viento hade precis som Tyrian fått en hård kropp under kampens träd. Lithomiel hade lärt Tyrian läsa, matematik, filosofi och kunskapen om strategi. Utöver det behärskade han även att strida med svärd, både till fots och till häst. Tyrian ansåg att Lithomiel stod att tacka för all denna bildningen. Han undrade många gånger varför alven hade fattat tycke för honom och lärt honom alla dessa färdigheter men frågade aldrig prinsen. Kungen beslutade att Tyrian skulle ge sig vidare två veckor innan vårdagjämningen. Tre veckor innan vårdagjämningen lät Lithomiel anordna en tävlingsdag för att se hur mycket Tyrian lärt sig under sin vistelse. Kungen och drottningen blev förtjusta av tanken av en tävling. De skulle tävla i tre grenar. Fäktning till fots, kappridning och gruppstrid till häst. Ett urval av de militära officerarna samt prinsarna och givetvis Tyrian var inbjudna. Man började tidigt på morgonen med kappridningen som arrangerades ute vid sjön som Tyrian och Lithomiel besökte i början av Tyrians vistelse hos alverna. Ett varv runt sjön helt enkelt. Kungafamiljens övriga medlemmar satt på hedersplats vid start och mållinjen. En liten läktare hade rests intill som snart blev full av förväntansfulla alver. Resten av stadens invånare tog plats runtom och iakttog med stor förundran. De var tio deltagare. Tyrian ryktade och sadlade Viento tidigt på morgonen. Han ledde honom ut från staden. Han gick ihop med Lithomiel och de andra tre prinsarna. Bakom dem gick de fem soldaterna. Det var de fyra väktarna samt en yngre löjtnant som röstats fram av de lägre befälen och de meniga. Hans namn var Eldrid Lejonsvans. Han hade en blond fläta vars ände var färgad röd. När de närmade sig starten jublade folkmassan. Startplanen var tillräckligt bred för att de skulle kunna starta bredvid varandra. Tyrian fick börja närmast sjön därför att han var yngst. Väktaren av rikets norra gräns var äldst så han fick börja närmast kungen. De andra var rangordnade där emellan efter åldern. Tyrian var inte bara den tyngsta av ryttarna utan han hade även den tyngsta hästen. Det var en klar nackdel i loppet. Han hoppades på att inte skämma ut sig eller komma sist. Han la planen för tävlingen därefter. Inte ramla av. Inte komma sist. Kungen höll ett kortare tal om skicklighet och mod. Han önskade alla deltagande lycka till. Han nämnde även Tyrian och hans korta men intensiva träning. Där efter startade kungen de tävlande med ett ”På era platser, färdiga, GÅ!” Kungen sänkte handen.

De tävlande drog iväg i en rasande fart. Det gällde att lägga sig i en bra position direkt innan loppet gick in på de smala stigarna genom skogen. Där skulle det bli svårt att komma om varandra. Tyrian hade tur och lyckades lägga sig på en sjätteplats när de red in i skogen. Han märkte att de framför honom drog iväg medans de bakom honom låg tätt inpå. Han manade på Viento men ville inte ta ut honom för hårt i början. De tävlande slingrade sig ner på sydsidan av sjön där skogen var tät. Detta tvingade dem att hålla samma positioner. När de närmade sig sjöns östra sida började terrängen stiga och det kom mer och mer inslag av klippor. De var på väg upp för höjden där Tyrian och Lithomiel tagit middagsrast. Hästarna klättrade högre och högre upp. Evandel väktaren av väst försökte ta sig om Tyrian. Han försökte gena upp över en berghäll men hästen fick inget fäste och halkade ned igen. Eldrid Lejonsvans passade då på och tog sig om väktaren. Tyrian kunde nu skymta några av de som kommit före honom i starten. De hade fått problem med att ta sig upp vid en brant. Marken planade ut mellan Tyrian och de framför. Han spanade efter ett sätt att komma runt kullen. Han svängde ut åt öster och började istället rida snett nedåt. Eldrid tog upp jakten efter honom. De övriga valde att försöka ta sig över kullen. Tyrian och Eldrid red ned i skogen igen. Skogen var så tät att Tyrian nästan åkte av Viento när de stormade fram emellan två granar. Tyrian lutade sig ned och grep tag om halsen på hästen. Viento fortsatte utan problem igenom tätningen. Skogen öppnade sig snart framför dem. Tyrian satte sig upp i sadeln igen. Han såg att han tagit ut avståndet ganska rejält från Eldrid. De red igenom en stor tallskog och följde bergväggen på kullen som de andra red uppe på. Eldrid närmade sig i stormfart. De två tävlade nu inbördes om sin position. De red runt kullen och kom till en stor slänt som vette åt nordväst. De såg ryttare komma högre upp i backen och även någon längre ned. Tyrian och Eldrid kastade sig direkt efter ryttaren längre ned. Nedanför backen öppnade sig skogen ännu mer och gick över till lövskog som påminde om den runt staden. Nu såg Tyrian ryttarna framför honom. Det var inga mindre än Lithomiel och hans yngste bror. Han förstod nu att han låg bra till. De båda prinsarna hade varit i ledningen när de ridit in i skogen i början av loppet. Tyrian red bredvid Eldrid igenom skogen. Tre ryttare bakom närmade sig i full fart. De var också några av dem som ridit in i skogen före Tyrian. En bäck korsade deras väg och både Eldrid och Tyrian hoppade över den samtidigt. Eldrids gråa sto var lite snabbare in i galoppen efter hoppet och han tog ledningen över Tyrian. Eldrid drog sakta men säkert ifrån Tyrian samtidigt som de tre bakomvarande närmade sig. En tydligare väg visade sig. Eldrid red upp på vägen och Tyrian följde efter. De som närmade sig bakom tog efter. De låg på rad. Först de båda prinsarna sedan Eldrid innan Tyrian. Strax innan upploppet gick vägen runt sjöns nordvästra spets och upp för en liten backe. På andra sidan krönet låg en stock tvärs över vägen. De båda prinsarna klarade hoppet galant. Det gjorde också Eldrid. Tyrian var på väg att bli om riden av väktaren av norra gränsen när de båda kom över krönet. Tyrian hade blicken mot väktaren men Viento tog hoppet galant. Tyrian var nära på att falla av men lyckades få tag i sadeln och hålla sig kvar. Väktaren å andra sidan lyckades inte hålla sig kvar men hans häst fortsatte så fint vidare utan honom. Tyrian vände snabbt Viento och ropade till väktaren.

"Gick det bra?" Han fick inget svar men till slut lyckades alven rulla ur sin mantel och kom på knä.

"Ja, det får gå" sa väktaren. "Skynda nu så du inte blir om riden." Nästa ryttare flög över stocken. Tyrian vände snabbt Viento och nyttjade det lilla försprånget han hade. De kom in på upploppet. Åskådarna jublade på läktaren. De red in sida vid sida. Tyrian och Prins Ermander, som var den näst äldste av prinsarna. När de var inom räkhåll för mållinjen gjorde Viento ett skutt i äkta fyrsprång och vann med en mules längd emot prinsen. Folket jublade. Kungen och drottningen applåderade.

De väntade in de övriga deltagarna. Tyrian stod på fjärde plats. Deltagarna ställde upp sig i ordningen de gick i mål. Väktaren av norr kom sist. Hans häst var den fjärde hästen men utan sin ryttare spelade det ingen roll. Illialor, väktaren av norr, fick gå den sista biten. När alla kommit in reste kungen sig upp och höjde händerna. Publiken blev tyst.

"Till vinnare av kapplöpningen utser jag min yngste son, Prins Telemer" sa kungen. Prinsen bugade ifrån sadeln. Han red en röd hingst med långa ben. En häst av finaste slaget.

"På andra plats, prins Lithomiel" fortsatte kungen. Lithomiel bugade också från sadeln uppe på sin vita hingst Teolin.

"På tredje plats har vi minsann löjtnant Lejonsvans!" sa kungen. Eldrid nickade respektfullt mot kungen och stegrade sedan sitt gråa sto och tog emot stort jubel av folket. Kungen log mot honom och vände sedan blicken mot Tyrian.

"Människan Tyrian lyckades ta sig till fjärde plats trots sin tunga häst" sa kungen. "Bra jobbat unge herrn! Till er bakom får jag fråga vad ni har att skylla på?" De andra ryttarna skrattade och det gjorde folket med. Tyrian nickade tacksamt och klappade Viento på halsen.

Efter loppet återvände de samlade till staden. Man tog en paus innan den beridna striden. De tävlande passade på att äta och vila sig. Deltagarna samlades under kampens träd tidigt på eftermiddagen. Runt palissaden trängdes alver som ville se dusten. Man hade byggt upp en hedersläktare för kungen, drottningen och deras döttrar. Alverna som inte fick plats runt palissaden klättrade upp i träden runt om kring och ett flertal stod på hängbroarna mellan träden. Tyrian red ett varv runt trädet. Han fäste ögonen på en ung alvisk pojke som satt och dinglade med benen på en av gångbroarna. Ett ben på vardera sida av ett av repen som utgjorde räcket. En ung alvisk kvinna stod bakom pojken och viskade något i hans öra. Tyrian var osäker på om det var pojkens mor eller syster. Att bedöma åldern på alver var väldigt svårt ansåg Tyrian. De växte upp snabbt och sen såg de unga ut för alltid. Det enda som ändrade sig var blicken på dem hade Tyrian kommit fram till. Vid ett tidigare tillfälle frågade han Lithomiel om hur det låg till. Som svar hade han endast fått höra att alver nästa aldrig dog av ålder. Inte heller dog många av sjukdom. Den största orsaken var krig och i viss mån olycka. De andra deltagarna bar vackra alviska rustningar medans Tyrian bar samma skyddsutrustningen som han burit vid träningen.

Reglerna var enkla, ramlar man av hästen åker man ut. De tävlande delades in i två lag av kungen. Han fördelade dem efter skicklighet så gott han kunde. Tyrian hamnade i det blåa laget och fick en blå armbindel knuten runt sin vänstra arm. Prins Ermander blev lagkapten för laget. Vid deras sida anslöt sig även prins Aradior, näst yngste prinsen, samt väktarna av norr och öst. De fem red bort på sin sida av banan. I det röda laget var Lithomiel kapten. Prins Ermander samlade sina lagmedlemmar runt sig. De började tala taktik.

”Okej, jag vet att Lithomiel kommer att börja gå emot oss på rak linje, knä om knä” började prinsen. ”Men när de kommer närmare tror jag att de kommer att skifta taktik och falla bak och forma en kon. Det vore typiskt för honom att göra så. Några idéer?” Tyrian hade sett Lithomiel göra så under träning och tänkte att han nog kommer göra så igen. Tyrian hade funderat på detta tidigare. Han tittade ned i backen och tänkte så det knakade. Solens strålar lyste igenom grenverket från kampens träd och bildade en virvlande skugga av grenar. Det var vår i luften.

”Trädet!” sa Tyrian. ”Vi använder oss av trädet. Om vi lägger oss i en konform från start och rider emot dem. När de börjar ändra formation så bryter sig de två bakersta ryttarna loss och rider runt stammen på trädet och ger sig in i striden bakom motståndarna.”

”Det är stor risk att de andra tre blir krossade” sa väktaren av norr.

”Inte om de inte står kvar och strider i formation” sa Tyrian. ”Om de tar i uppgift att rida så nära de kan och sedan slå till reträtt så finns en chans att man kan rida runt tills vi har omringat dem.”

”Friskt vågat, hälften vunnet” sa prins Ermander. Prins Aradior nickade.

”Eller helt förlorat” sa Illialor, väktaren av norr. ”Men det är ju bara en tävling, vi kan ju göra ett försök.”

”Går det åt skogen så skyller jag på människan” sa väktaren av öst. De alla skrattade.

Drottningen reste sig på hedersläktaren med armarna i luften. En tystnad
spred sig över folkmassan. De tävlande rättade på sig i sadlarna.
"Mina kära fränder, vi har träffats här idag för att få beskåda tävlingarna
tre!" började drottningen. "Hästkapplöpningen är redan avgjord och nu är
det dags för andra grenen. Reglerna är lätta. När man faller av hästen så är
man ute. Man får inte använda sig av hästens sparkar för att få ut någon ur
sadeln. Ej heller fatta svärdet i klingan och använda det som en klubba."
Hon tystnade och lät det sjunka in innan hon fortsatte. "Man strider lag mot
lag tills endast ett lag återstår. Då blir det man mot man tills det bara är en
kvar. Är det förstått?" Alla kämpar svarade i ett unisont "JA". Drottningen
sa till dem att göra sig beredda. Kämparna tog på sig sina hjälmar, kollade
så allt satt fast och drog sina svärd. Alverna använde träningsmodellen av de
alviska huggarna och en sköld. Tyrian hade övningssvärdet som han använt
under sin träning. Han var nu stark nog för att kunna svinga det med en
hand men föredrog att använda bägge händerna. Trotts det tog han
gladeligen emot en sköld. De ställde upp sig på ett rakt led riktat mot sina
motståndare.

Drottningen höjde sin hand och skrek ut orden. "Klara, färdiga, GÅ!"
Lithomiel höjde sin hand och ropade "attack!" Ermander svarade med
samma mynt. Tyrian och resten av det blå laget red ut på en linje. Ermander
i mitten och längst ut på vardera sida red Tyrian samt Illialor. De föll snabbt
bak i en konformation. Lithomiel höll kvar de röda laget i ett led. De kom
närmare och närmare. Marken skakade av hästarnas tyngd. Åskådarna höll
andan när de båda lagen närmade sig mitten. Lithomiel sänkte sitt svärd och
det röda laget började formera om sig mot en konformation. Då signalerade

Ermander genom att på nytt höja sitt svärd till omformatering. Tyrian och väktaren Illialor gjorde ett snabbt kast ut ifrån gruppen. De satte av mot trädet. De andra fortsatte framåt. Åter igen signalerade Ermander. Nu med att sänka svärdet och de övriga tre splittrades åt olika håll. Tyrian var först fram och rundade trädets stam. Där efter kom väktaren av norr. Lithomiel röt fram en ny order om splittring. Två av hans mannar satte efter prins Aradior. Han själv och de övriga två red efter Ermander och väktaren av öst. Aradior och Ermander red båda två ut i vida cirklar bakåt som bildade en åtta. När de mötte varandra igen och gick ihop till en grupp på tre så red de snett bort mot kampens träd. Deras förföljare gick åter igen ihop till en grupp på fem. Publiken jublade. När de passerade trädet kom Tyrian och väktaren av norr dundrades runt trädet i full fart. Tyrian red först och passerade strax bakom det röda laget. Han sträckte sig ur sadeln och lyckades svinga svärdet i huvudet på Evandel, väktaren av väst, som red längst bak på det röda lagets högra flank. Slaget var så hårt att det kastade väktaren av hästen. Publiken jublade ännu högre. Sedan kom väktaren av norr och lyckades stöta ned prins Telemer. Lithomiel styrde det som återstod av laget snabbt runt trädet åt andra hållet. Ermander red runt i en ny båge bort ifrån trädet och mötte upp med Tyrian. De två fallna kämparna kom på fötterna och tog sig bort till räcket. Ingen av dem verkade ha skadat sig i fallet. Några soldater fångade snabbt upp de herrelösa hästarna. När Tyrian mötte upp Ermander föll de upp på ett led igen.

”Det fungerade” sa Ermander. ”Nu rider vi mot dem igen på en linje. Ni på ytterkant faller fram så vi fångar dem i en fålla. På mina signaler.” Han höjde svärdet igen och de störtade efter sina motståndare som ställt upp sig på ett led på motsatt sida trädet. Lithomiel delade ut order. Sedan störtade de åter igen emot varandra. Tyrian red nu närmast Ermander på hans högra sida. Han beredde sig på att falla fram och stänga in de tre ryttarna.

Spänningen var hög hos åskådarna som tystnade när de båda linjerna närmade sig varandra. Ermander gav sin order om att bilda en fålla men i det samma gav Lithomiel en kontraorder. Det röda laget fall in i ett led och sneddade förbi det blåa laget på deras vänstra sida. De tog med sig väktaren av öst med ett snabbt hugg. Eldrid Lejonsvans höjde triumferande handen när de passerat och tog emot folkets jubel. Prins Aradior blev också träffad av sin äldste bror Lithomiel men klarade av att sitta kvar. Ermander styrde laget snabbt i en vänster båge. De ställde upp sig vid räcket. Väktaren av öst försökte ta sig upp men verkade skadad. Hans häst skenade bort mot kungafamiljens läktare men blev stoppad av några soldater som lyckades lugna den. Två sjukvårdare rusade ut på fältet mot väktaren som fortfarande kämpade med att ta sig upp.

Det röda laget red runt trädet igen. De svängde ut längs med räcket och närmade sig det blå laget. Ermander hade fullt upp med att dela ut order och missade att de var på väg.
”De kommer!” ropade Tyrian. Alla agerade nästan instinktivt. De gick upp i en linje och mötte upp de röda laget som snabbt bildade en kon. Tyrian och Ermander var i mitten av linjen. De tog det mesta av smällen när det röda laget red in i dem. Viento gnäggade till högt när hästarnas kraftiga kroppar trycktes emot varandra. Tyrian parerade ett hugg från Lithomiel med skölden han lånat och utdelade ett hugg mot honom. Hugget träffade men kraften blev för dålig för att få prinsen ur balans. Ermander hög också mot Lithomiel. Tyrian kände sig hämmad av skölden och kastade av sig den. Han fattade svärdet med bägge händerna. Han parerade ytterligare ett hugg ifrån Lithomiel. Nu med svärdet över huvudet med spetsen hängandes ned mot Lithomiel. Han hann inte stöta innan han blev tvungen att parera ännu ett hugg. Prins Aradior slängdes ur sadeln av Eldrid Lejonsvans. Löjtnanten

lyckades låsa armen på honom med svärdet och kasta av honom. Så nu var deras övertag utjämnat. Ermander tvingades att byta motståndare till Eldrid så Tyrian fäktades nu ensam mot Lithomiel. Dessutom bar Lithomiel både sköld och ett lättare svärd. Tyrian tecknade åt Viento att snabbt ta ett steg åt höger. I det samma stötte Lithomiel framåt med ett språng. Tyrian lyckades landa ett kraftfullt hugg på hjälmen på prinsen medan han störtade förbi. Prinsen for i backen som en vante. Publiken jublade. Väktarna av norr och syd fäktades så de stod härliga till. De båda var goda kämpar och höll jämna steg med varandra. Än en gång lyckades Eldrid Lejonsvans kasta en prins till marken. Ermander skrek till av smärta när han rycktes ur sadeln av den starke löjtnanten.

Tyrian styrde Viento mot Eldrid. Halva publiken jublade på Lejonsvans och andra halvan hejade på Tyrian. När de möttes slogs deras klingor ihop. Tyrian var starkare i bindningen än vad Eldrid var men det hjälpte honom föga då Eldrid förvände kraften och högg runt. Hugget satt rakt i hjälmen på Tyrian. Det tjöt till i öronen på Tyrian. Världen började snurra. Han höll sig kvar i sadeln och lyckades fånga upp Eldrids nästa attack i en hög hängande gard på högra sidan. Han stötte mot Eldrid men missade då alven böjde sig ned åt sidan och högg runt mot Tyrians arm. Träffen tog hårt och Tyrian tappade svärdet. Som från ingenstans kom väktaren av norr flygandes. Illialor red in mot de båda ståendes på sadeln. Han hoppade rakt på Eldrid. De båda föll till marken. Tyrian tittade runt sig. Även väktaren av syd stod nere på marken. Ett jubel från hela publiken steg emot skyn.
"Tyrian! Tyrian! Tyrian!" ropade de ut. Väktaren från norr tittade upp mot Tyrian och nickade. Tyrian nickade tillbaka. Tyrian såg sig runt omkring. Publiken applåderade och jublade i hans ära. Utan väktarens hjälp hade Eldrid troligtvis slagit honom till marken men nu var han vinnaren. Han

höjde sina armar och skrek rakt ut. Jublet omkring honom bara ökade och han kände att han gillade det. Kanske mer än vad som var bra.

Kungen reste sig på sin läktare och kallade de tävlande till sig. När de tre i topp ställt upp sig framför läktaren höjde kungen händerna. Tystnaden la sig. Tyrian kände åskådarnas blickarna. Kungen såg honom i ögonen med ett leende.

”Till vinnare i den beridna striden utser jag härmed människan, Tyrian” sa kungen. ”Han drevs hit på flykt från skogsrået. Han var vilsen när han nådde vår gräns. På grund av ett missförstånd greps han och fördes framför mig i bojor. När missförståndet var utrett friade jag honom och lät honom stanna här över vintern. Min son, prins Lithomiel, sa till mig att han såg någonting i denne mannens ögon. Han frågade om han fick lov att undervisa Tyrian under tiden han var här. Att lära honom att strida och att leda.” Kungen blev tyst för ett ögonblick men fortsatte sedan. ”Den tiden närmar sig snart sitt slut och om en vecka kommer Tyrian att lämna oss. Han kommer att återvända till människornas länder. Jag anser att han har bevisat sig vara en god elev här idag och att han verkligen tagit tillvara på tiden här. För detta kommer han att bli belönad. En applåd för vinnaren!” Publiken applåderade och jublade åter. Tyrian höjde svärdet och bugade sig i sadeln framför kungen. Han kände sig överväldigad. Han kunde inte finna en tid i sitt liv då han känt en större lycka. Möjligtvis när han fick Viento av sin far.

”Jag utser här med Illialor väktare av norr till tvåa” sa kungen. ”Ett stort föredöme som lagkamrat och en man som vet hur man avslutar stort.” Väktaren bugade djupt i sadeln. Folket och Tyrian applåderade.

”Till tredjeplats utser jag ingen mindre än Eldrid Lejonsvans” sa kungen. ”En fäktare utan motstycke med tapperhet som ett lejon.” Eldrid bugade sig till publikens applåder. Alverna skingrades från platsen och det blev uttalat att fäktningen skulle hållas innan kvällsmålet. Prins Telemer och väktaren av öst var skadade. De båda klev av turneringen och lämnade nu bara åtta tävlande kvar till den sista grenen. Prinsen hade vridit axeln ur led av stöten som väktaren av norr utdelat och väktaren hade skadat benet i fallet. Tyrian ledde Viento till stallet och ryktade honom. Han utfodrade och vattnade hästen. Han tackade Viento och myste en stund med honom innan han gick och vilade sig innan fäktningen.

När mörkret föll samlade sig de tävlande åter under kampens träd. Lyktor var tända längs med gatorna. Kungen hade låtit uppföra ett mindre räcke innanför det vanliga för att begränsa fäktarnas rörelsefrihet samt för att göra det lättare för åskådarna att se. Stora tjärbloss hade placerats vid hörnen av den nya avgränsningen som lyste starkt över fäktplatsen. De åtta kämparna stod uppställda mellan kungafamiljens läktare och den nya rinken. Prins Telemer och väktaren av öst satt båda på hedersplatser uppe på läktaren. När alla var på plats och det verkade som om åskådarna kommit sig till rätta reste sig alvkungen och gick fram till kanten av läktaren. Han höjde sina händer och väntade in tystnaden.

"Nu är vi äntligen framme vid dagens sista gren" sa kungen. "Efter den kan vi kora vår vinnare i fäktningen och givetvis fira våra vinnare för dagen. Reglerna hålls enkla. Man tar ett poäng genom att utdela en attack som bedöms som dödlig eller som skulle försatt den angripne ur stridbart skick ifall vi skulle använt skarpa vapen. Först till tre poäng vinner. Vinnaren av en dust går vidare till nästa match och förloraren åker ut. Jag lottar ut vem som möter vem."

Rådgivaren som presenterat kungen för Tyrian hösten innan gick fram till kungen. Med sig bar han en stor skål av guld fylld med lappar med deltagarnas namn. Han höll fram skålen. Kungen sträckte ned sin hand och tog upp en lapp.

”I den första dusten möter Illialor, väktare av norr!” sa kungen och sträckte sig efter nästa lapp. ”Eldrid Lejonsvans.” Tyrian såg att Eldrid sträckte lite extra på sig och fick ett leende på läpparna. Tyrian förstod att den unge löjtnanten var ute efter revansch från förra tävlingen. Men Illialor visade inga tecken på rädsla. Kungen fortsatte att dra lappar. I dusten efter drogs de båda prinsarna Lithomiel och Ermander. De bugade mot varandra med stora leende. Följt av Tyrian och Evandel väktare av väst. Evandel gav Tyrian en sned blick som Tyrian bara besvarade med en artig nickning. I sista dusten drogs prins Ariador och väktaren av syd. Kämparna gjorde sig klara och ställde upp sig i ordningen intill ringen.

Illialor trädde in i ringen med höjt svärd. Han var beväpnad med en klassisk alvisk huggare. Den var något krökt men på något sätt även framåt lutad. Han bar även en alvisk sköld gjord för strid till fots. En rektangulär sköld som enbart täckte underarmen och vänsterhanden. Den hade ett handtag och en rem som höll den på plats. Den var böjd med en välvd kant för att stoppa ett glidande vapen. Eldrid var den enda av alverna som inte valde denna klassiska vapenkombination utan använde två alviska huggare. Givetvis var alla vapnen slipade slöa. Alverna bar rustningar av alviskt slag som var mycket vackra och satt otroligt bra. Mycket var gjort av metall men också läder. Lithomiel bar ett harnesk gjort av glas. Alverna hade framställt ett glas som må vara grumligt i sin ursprungliga form men som lätt färgas. Glaset var extremt hållbart och väldigt lätt. De båda kämparna hälsade först på varandra, sedan mot kungen och sist folket. Kungen startade de båda med en hornstöt. Ett uråldrigt skruvat horn från en varelse som Tyrian aldrig sett. Kämparna rörde sig in mot varandra och började cirkulera. Illialor började med ett hugg som Eldrid parerade med ena svärdet. Han följde på med att hugga med det andra svärdet men Illialor parerade med skölden. Illialor fick då en öppning för att utdela en spark. Eldrid klev snabbt av linjen och lyckades hugga väktaren i hans utsträckta ben. Publiken jublade. De båda kämparna drog sig tillbaka till sin sida av ringen. Kungens rådgivare markerade poängen genom att sätta upp en flagga på Eldrids sida av räcket framför kungen. De gick in och fortsatte. Denna gången var det istället Illialor som tog en poäng med ett hugg mot Eldrids vänsterhand. Matchen var väldigt jämn och fortsatte ända tills Eldrid avslutade med en stöt under skölden på väktaren och vann med tre mot två. I nästa dust var det prinsarna Lithomiel och Ermander som möttes. En match som kändes väldigt jämn men ändå slutade med tre mot ett efter att Lithomiel lyckats avväpna sin yngre broder med hjälp av sin sköld för att sen träffa honom med ett hugg över bröstet.

Efter dem var det Tyrian och Evandels tur. Tyrian kände sig nästan lite illamåendes när han klev in i ringen. Publiken var tyst. Han kände deras blickar. Evandel stirrade på honom från andra sidan ringen med ett illmarigt leende på läpparna. De två hade inte lärt känna varandra på ett bra sätt efter att Evandel fängslat Tyrian på otillräckliga grunder. Deras kontakt hade inte blivit bättre av kungafamiljens gliringar mot väktaren på grund av det. Tyrian ville verkligen vinna matchen. Han ansåg att mer stod på spel än själva turneringen. En liten illvilja kom upp inom honom om att ge igen men han skakade av sig den genast. De hälsade mot varandra och sedan mot kungen. När de höjde sina svärd jublade åskådarna. Tyrian använde givetvis samma övningssvärd som tidigare. Ett långsvärd som liknade hans eget men eggen var rundslipat. De fick signal om att börja. De tog sig båda två in mot mitten. Illamåendet kändes värre. Han slängde iväg ett hugg mot väktare utan en riktig plan. Evandel parerade med svärdet. Klev in och tryckte undan svärdet med skölden. Tyrian hann inte reagera innan han blev träffad rakt i huvudet av väktarens svärd. Evandel högg hårt. Mycket hårdare än nödvändigt. Publiken jublade och när de båda kämparna vände åt var sitt håll fnös Evandel med en belåten min. Tankarna for igenom Tyrians huvud. Evandel ville helt klart ge igen för gammal ost. Han brydde sig uppenbarligen inte om Tyrian skadade sig. Tyrian blev inte arg utan kände bara hur illamåendet släppte. Jublet från åskådarna försvann och hela hans fokus gick rakt emot Evandel. En signal löd och de tog sig in till mitten. Tyrian började med samma hugg som i förra utväxlingen. Evandel parerade på samma sätt som tidigare men när han försökte lägga skölden över Tyrians klinga växlade Tyrian sida på svärdet och sjönk ned under skölden. Han lyfte upp sina händer på sin vänstra sida och stötte över Evandels sköld in mot halsen på väktaren. Väktaren han inte ändra sina rörelser utan blev träffad. Evandels hugg fångades upp av Tyrians klinga. Tyrian drog sig ut från utväxlingen under skydd av sitt svärd. Tyrian tilldelades en poäng. De gick in och fortsatte. Ljuset från tjärblossen kastade skuggor runt dem. Denna gången gick Tyrian in med ett tvärshugg riktat mot Evandels hjälm. När väktaren parerade hugget vände Tyrian svärdet över huvudet. Han fintade in mot andra sidan av Evandels hjälm. Evandel höjde skölden vilket lämnade den nedre luckan öppen för Tyrian som riktade om hugget och träffade sin motståndare i magen. De särade på sig och Tyrian fick ett poäng till. Det märktes att Evandel blev stressad. När de möttes igen slängde Evandel sig framåt med ett hugg. Tyrian lyckades lätt och smidigt fånga upp hugget och styra in spetsen till Evandels visir. Tack vare Evandels egen fart träffade Tyrian så hårt att visiret fick en stor buckla. De tog sig ut och Tyrian tilldelades sin tredje poäng. Han förklarades vinnare av dusten utav kungen. Evandels hjälm satt så hårt fast att han fick ta hjälp av smeden för att ta sig ur den.

Sista dusten vanns av väktaren av syd redan i andra utväxlingen. Väktaren lyckades nämligen träffa den unga prinsen på hakan med sin svärdsknapp. Prinsen svimmade och kunde inte fortsätta. Efter den sista dusten ställde de fyra kämparna som var kvar upp sig framför kungen. Kungen lottade på nytt namnen inför de kommande matcherna. Första dusten blev emellan väktaren av syd och Eldrid Lejonsvans. Tyrian förstod innan lapparna var dragna att han skulle få möta Lithomiel i sin match. Med lite tur hade han ju lyckats slå ut honom ur den beridna striden. Men en mot en i svärdsringen kändes tungt. Han visste inte om han skulle klara av det. När namnen ropades upp bugade de mot varandra.

”Må bäste alv vinna” sa Lithomiel. Han fick återigen det där leendet som han haft första gången de träffats utanför rövarnas grotta.

”Eller man!” svarade Tyrian snabbt. De båda skrattade och gick till var sin sida av ringen. Eldrid och väktaren av syd gick in i ringen. De såg båda gravallvarliga ut. De fick startsignal efter de hälsat i rätt ordning på alla. Eldrid tog första poänget och väktaren det andra. Sedan tog Eldrid två poäng till i snabb följd. Han lyckades ta sig in och avväpna väktaren och avslutade med en stöt.

Tyrian trädde in i ringen. Lithomiel hoppade över räcket med ett skutt och tog emot jubel från åskådarna med öppna armar. Flammorna av tjärblossen speglades i hans gröna glasharnesk. Det var tydligt att han älskade det här. Att stå framför nästan hela alvstaden med svärd i hand. Att låta alla följa hans rörelser när han besegrade motståndare efter motståndare. Tyrian kände sig åter illa till mods men denna gången var det mer av nervositet för att göra bort sig. De båda hälsade på varandra, på kungen och till åskådarna. De fick signal att börja. De rörde sig in mot varandra och började cirkulera.

Plötsligen ändrade prinsen håll och de blev låsta i någon form av krabbgång mot varandra. Tyrian valde att backa undan vilket fick Lithomiel att följa efter. Tyrian skiftade snabbt håll. Han sträckte sig mot Lithomiel med en stöt. Lithomiel var mitt i steget när det skedde men lyckades ändå parerar. Innan prinsen återfick balansen styrde Tyrian om stöten och träffade honom i axeln. De särade på sig och Tyrian fick den första poängen. Tyrian kände ett svagt hopp komma fram djupt inne från. Han kunde kanske vinna det här. De fick en ny signal och möttes i mitten. Lithomiel höjde skölden och rusade in. Tyrian högg mot luckan under skölden men förvånades när Lithomiel fångade hans hugg med sitt svärd. Han vinklade spetsen mot Tyrian. Inom nolltid träffades Tyrian av stöten. De drog sig ut och Lithomiel fick sitt första poäng. De möttes åter i mitten. Tyrian högg från sin högra sida och klingorna möttes på mitten mellan dem och Tyrian tog över kontrollen av centrumlinjen. Han stötte mot Lithomiel men kastades snabbt åt sidan när Lithomiel parerade ut honom åt sidan med skölden. Alven snurrade snabbt sitt svärd runt sitt egna huvud och högg in mot Tyrians högra sida. Med lite tur lyckades Tyrain fånga upp hugget och stötte sedan in över Lithomiels axel och träffade honom i bröstet. Lithomiel vände runt och högg underifrån. Tyrian lyckades även denna gången vända ned svärdet och fånga upp hugget. De särade på sig och Tyrian fick sitt andra poäng. Två mot ett tänkte Tyrian. Jag får inte släppa det här nu. De fick åter igen startsignal och gick in mot mitten. Lithomiel tog ett snabbt sidosteg mot vänster och parerade ett hugg med skölden. Sedan följde han upp med två sidosteg till åt höger. Tyrian såg rörelsen och försökte stoppa honom med ytterligare ett snabbt hugg. Alven vände sig lika snabbt och parerade med skölden. De var nu väldigt nära och prinsen slängde snabbt upp sitt svärd på sin egen axel och lyckades stöta Tyrian i nacken. Tyrian högg mot prinsen ben när han försökte ta sig ut. Men Lithomiel höjde benet och klingan

passerade under. Två mot två. Tyrian försökte lugna nerverna men det var svårt. Han andades häftigt medans prinsen verkade utvilad och fokuserad. Startsignal gavs. Sista poängen. Publiken jublade. Tyrian gjorde ett sidosteg när de möttes och försökte träffa prinsen med ett tvärshugg mot huvudet. Lithomiel parerade det med skölden och högg efter Tyrians höger arm. Tyrian flyttade armen genom att svinga svärdet över huvudet mot prinsens andra sida av huvudet. Lithomiel försvann framför honom. Han kände en stark träff på insidan av låret. Tyrian försökte genast att vända hugget ned mot Lithomiel. Alven föll på rygg och tog emot smällen med skölden. Publiken jublade. Lithomiel hade vunnit dusten. Prinsen låg kvar på rygg med armarna i luften. Han jublade själv. Tyrian snurrade runt sitt svärd i handen så det pekade nedåt i vänster hand. Han sträckte där efter ut höger hand mot Lithomiel. Prinsen grep tag i handen med ett fast handslag. Han hjälpte prinsen upp. Samtidigt som prinsen reste sig proklamerade konungen ut Lithomiel som vinnare. När de klev ur ringen tackade Tyrian Lithomiel för dusten. Tyrian förstod att han hade lyckats tvinga upp den extremt skickliga alven till en nivå han aldrig visat Tyrian tidigare. Alvernas rörelsefrihet och otroliga hastighet hade satt stopp för Tyrians mänskliga förmåga. Innan Tyrian gick bort mot de andra som slagits ut tidigare så stoppade Lithomiel honom och la en hand på hans axel.
”Än är du inte mästare” sa han. ”Men om du fortsätter din träning på egenhand kommer det vara få människor som har en chans mot dig.” Tyrian tackade för de orden och förstod att han måste vara nöjd med sin insats. Han hade tränat i ungefär ett halv år och dessa alverna var tränade sen barnsben.

I finalen vann Lithomiel mot Eldrid i kvällens utan tvekan mest spännande dust. Eftersom att det var final så gick de istället till fem poäng. Slutresultatet blev fem mot fyra. I sista utväxlingen lyckades Eldrid ta skölden från Lithomiel och Lithomiel lyckades ta ena svärdet från Eldrid. Till slut lyckades Lithomiel parera ett hugg och samtidigt greppa Eldrids svärds arm. Han avslutade med ett kontrollerat hugg med svärdet på Eldrids hjälm. Kungen proklamerade Lithomiel till vinnare, Eldrid till tvåa och Tyrian till trea. Tyrian tyckte det var konstigt eftersom väktaren av syd kommit lika långt som honom. Han fick då veta att eftersom han mött vinnaren så rankades han högre. Alla de tävlande bjöds på bankett i trädslottet. Tyrian fick som en av vinnarna sitta vid honnörsbordet. Han var glad över sin vinst. Han talade lite med Illialor och tackade honom för hjälpen. Illialor sa till honom att det var inget att tacka för. Om inte han hade tacklat Eldrid ur sadeln hade han ståt på tur att blivit avslängd. Han hade också blivit av med sitt svärd. Så för hans egen del fick det bara honom att se bättre ut. Dessutom ville han tacka Tyrian för att han kollade hur det var med honom när han föll av hästen i kapplöpningen. Tyrian satt med så länge han orkade men var riktigt trött efter dagens tävlingar och gick till sist och la sig.

Kapitel 7

Tyrian och kyrkorånet

Tyrian red på Viento längs en grusad väg. Det hade nu gått sju veckor sedan han lämnade alverna i ett tårfyllt avsked. Hans tankar for ofta tillbaka till tiden hos dem. Avskedet kändes ungefär lika illa som när han lämnat sin faders gård. Denna gången var han bättre förbered men det hjälpte inte. Han hade fått bära ögonbindel när han lämnade alvernas stad. De ville inte att han skulle kunna visa vägen tillbaka till riket i skogen. Vägen han red på gick i västlig riktning. Hans plan var att ta sig ut till havet. Men han hade ingen brådska. Det var fortfarande vår. Grönskan var på väg tillbaka. Alverna hade tagit av honom ögonbindeln vid skogens kant. Precis vid den vägen han red på när han råkat på skogsrået. Han valde att fortsätta som om inget hänt mot staden. När han kom fram till staden hade han först reagerat på hur illa den luktade. Den var stökig. Han stannade inte mer än ett par dagar utan han ville bort ifrån människornas stress och slit. Han hade fått nya kläder utav drottningen. Mer alldagliga för att bättre passa in hos sina egna. Som pris för sin seger i den beridna striden gav kungen honom ett alvisk fjällharnesk. Till skillnad från mänskliga fjällpansar så var fjällen mycket mindre, välvda och ihopsatta med hjälp av ringar. Det var gjort i stål men ändå lätt att bära. Det följde kroppen som ett ormskinn. Harnesket täckte både bålen och överarmarna. Han bar det alltid på sig när han red. Under sin tid hos alverna hade han växt mycket. Nu var han lika stor som vilken annan vuxen man som helst. Han var till och med längre än de flesta men ansiktet avslöjade hans ringa ålder. Han red igenom en liten dunge av björkar. Annars var markerna här omkring mestadels jordbruksland med små skogspartier och med kala bergsknallar som stack upp emellan dem.

Det hade blivit tätare mellan gårdarna. På andra sidan björkdungen såg han hur vägen slingrade sig ned mot en by. En liten vitkalkad kyrka låg på en liten kulle vid byns södra sida. En bäck slingrade sig längsmed vägen ned genom byn. Två stora bergåsar låg på var sin sida byn vilka bildade en väldig dalgång. Vägen slingrade sig ned genom åkrarna innan den nådde bäcken och byn. Tyrian kände en svag hint i luften som han inte tidigare känt. En doft av salt. Den var väldigt svag men ändå där. Han såg inget hav men han förstod att det nog inte var så långt till havet. Troligtvis var marken här mellan åsarna gammal havsbotten. När han red vidare for tankarna tillbaka till avskedet med alverna. Lithomiel hade tagit Vientos tygel och viskat något i örat på hästen. Prinsen klappade Viento på mulen med ett leende och sedan sa han till hästen att ta hand om Tyrian så högt att alla hörde. Ett litet skratt spred sig i den annars dystra stämningen.
”På återseende” sa prinsen till Tyrian. ”Men kom nu ihåg att jag besegrar dig om jag så ligger på rygg.” Med de sista orden överräckte han ögonbindeln till Tyrian som sedan red iväg med sin eskort genom den stora skogen.

Tyrian närmade sig byn. Några bönder hade fullt upp med en plog på ett närliggande fält. De hälsade på Tyrian när han red förbi. De såg misstänksamma ut. Det var nog inte varje dag det red igenom en ensam ryttare med både svärd och ett gnistrande harnesk på sig. Framme vid byn stod en skyllt med texten ”Välkommen till Befnedal”. Byn var ganska stor och hade ett fint torg. I utkanterna av byn levde bönderna i enkla hus med grästak. Men inne runt torget var det hantverkshus och till och med några handelshus. Ett stort värdshus vid namn Dalakrogen låg också intill torget samt en liten vaktstuga. Det var eftermiddag och Tyrian kände att han lika gärna kunde passa på att stanna en natt i en riktig säng. Han red bort och satt av utanför värdshuset där han band upp Viento i en påle. Han gick in i värdshuset. Byggnaden var gammal men såg till synes välskött ut. Det var ett korsvirkeshus med vitkalkade fält mellan de tjärade balkarna. Inne var det dunkelt men ändå städat och i ordning. Först kom han in i en vestibul. Två mantlar hängde på var sin krok. Sedan gick han in ett stort rum där de höll servering och en bardisk. En trappa ledde upp till övervåningen inne i restaurangen. Det satt en man i hörnet mellan bardisken och väggen. Han såg packad ut.

”Hallå!” ropade mannen. ”Får detsch låvss att vara nött.” Mannen tittade mot Tyrian och höll upp en sejdel. En dörr bakom bardisken slogs upp. Ut kom en stor man med en slokmustasch. Han bar ett skinnförkläde och hade uppkavlade ärmar på sin skjorta. Det var mycket ljusare i rummet bakom. Tyrian misstänkte att det var köket. Mannen med mustaschen tittade först på Tyrian sedan på den äldre mannen.

”Vad har jag sagt om att störa nya kunder” sa han till den gamle. Han tittade upp mot Tyrian och fortsatte. ”Du får ursäkta våran stammis. Vad kan jag hjälpa dig med, min gode herre?” Tyrian fortsatte fram till disken.

”Nä, det är ingen fara” sa Tyrian. ”Jag vill ha ett rum för natten och senare ikväll vill jag ha något att äta. Jag behöver även en stallplats till hästen.”

”Ja, det skall vi givetvis ordna” sa mannen. ”Jag heter Lars Birkasson men du kan kalla mig Lars. Det här är Gunnar men alla kallar honom för Rufs.”

”Angenämtsch” sa Rufs.

”Jag heter Tyrian” sa Tyrian. ”Frukost vore trevligt med.”

”Självfallet” sa Lars. ”Följ med mig så visar jag dig till ditt rum och vart du kan stalla upp hästen.” De gick ut till Viento och tog med honom till baksidan av huset där det låg ett litet stall. Lars ordnade fram vatten och hö till Viento som verkade trivas. Tyrian tog samtidigt av honom sadel och träns. Han tog med sig sadelväskorna in på värdshuset igen. Lars visade honom upp på övervåningen till ett litet rum med en säng och ett litet bord. Tyrian stannade kvar en stund uppe och la i ordning sina saker. Han tog av sig harnesket och tog på sig en torr skjorta. Men svärdet och mantel tog han på sig igen innan han gick ned. Han satte sig vid bardisken och talade med Lars och Rufs. De berättade för honom att om han fortsatte ut med dalgången så skulle han inom ett par timmar vara framme vid havet. Eller ja, längst in i Örefjorden. Där låg en hamn som användes för transporteringen av fisk och varor från andra länder in i landet. Samtidigt lastades även spannmål och rotfrukter ut till fiskelägena. Exportvaror som ylletyg och pälsverk gick vidare med mindre skepp till huvudstaden där det lastades på större skepp. Han fick också veta att Befnedal var handelscentrumet mellan havet och landet. Nu var det lågsäsong och lugnt. Men snart skulle det bli dags för ylletyget att skeppas ut och då skulle det ta fart i byn. Skatterna från inlandet skeppades oftast här igenom mot huvudstaden som låg längre söderut på kusten. Tyrian ställde frågor om huvudstaden. Han fick reda på att den hete Havsport och låg längst ute på en udde. Den hade ett stort kungligt slott uppe på en klippa med vita torn. Själva staden låg nedanför slottet mot havet med två stora hamnar. Tre stora kyrktorn tornade upp sig från staden och den hade inte mindre än fem väldiga torg där handel bedrevs. Efter pratstunden gick Tyrian ut och tog en promenad i byn. Han fick många frågor om sin fina häst, svärd och rustning av byinvånarna. Det verkade som om alla i byn hade sett honom rida in. Eller var det bara ordet som spred sig som en löpeld. Tyrian hade lovat att bara tala tyst om riket i skogen och alverna så han sa bara att han vunnit harnesket i en tävling. Han berättade även att han hade fått hästen av sin far när den var mycket ung och att han fått svärdet när han hjälpt till med att fånga några rövare. Allt var sant. På ett ungefär. Efter en stund gick han till Viento. Han såg till så att hästen hade det bra. Han ryktade hästen och talade med honom. När han kom ut från stallet hade det börjat mörkna. En matklocka ringde i värdshuset. En ljuvlig doft spred sig. Han gick in för att äta.

En hel folkhop var samlade på värdshuset. Tyrian förstod att det var mestadels folk ifrån trakten. Han såg ett bord med några yngre män och frågade om han fick slå sig ned. De hälsade på honom som söner till några av byns handlare. Två bröder vid namn Robert och Klas. De var båda långa och smala med mörkt hår. En Emil som liknade bröderna och en Frans som var blond. De verkade vara kusiner med de båda bröderna men inte med varandra. De var trevliga och talade om allt möjligt. Maten serverades. En svampstuvning med fläsk och bröd. Till maten serverades enbärsdricka. Några unga kvinnor satt vid bordet bredvid. De åt och talade med varandra. En av kvinnorna fångade Tyrians blick. Hon var blond och klädd i en ljusgrön klänning. Troligen var hon ungefär jämngammal med Tyrian. Hon såg på Tyrian. Deras blickar möttes. Hon var mycket vacker. Tyrian rodnade. Hon skrattade lite och blev röd om kinderna. Hennes väninnor såg det hela och började tissla och tassla sinsemellan. Robert lutade sig in över bordet och viskade till Tyrian.”Hon heter Tärna och är fogdens dotter. Henne får du se upp för. Inte för att hon är särskilt farlig men fadern har lite utav ett temperament.”
”Nej, jag har inte gjort nåt men jag tycker att hon är söt” sa Tyrian.
”Söt? Hon är vackrast i byn” sa Robert. ”Tänk dig för innan du flörtar med henne.”

Efter att de ätit färdigt började de unga männen och kvinnorna talas vid över bordsgränsen. Till sist slogs borden ihop. En rödhårig ung dam vid namn Elsa tog för sig mest av samtalet. Hon började snart att fråga ut Tyrian.

Tyrian svarade efter bästa förmåga men försökte ändå att utlämna allt konstigt han varit med om. Så som vättar, alver, skogsrået och tomtar. Han hade turen att hamna bredvid Tärna när de slog ihop borden. De frågade om svärdet. Han berättade om stråtrövarna men ändrade lite på historien och sa att han fick det av knektarna i utbytte mot grottans position. Han berättade om hur han smög in i grottan och klev över tråden till armborstet. Tärna, Elsa och de andra damerna höll andan. När han berättat klart snäste Elsa och sa "Du är i alla fall bra på att berätta historier." De andra skrattade utan Tärna.

"Jag tycker du var modig som vågade dig in till dem alldeles själv" sa Tärna. "Tänk om de vaknat. Tänk om armborstet hade skjutit dig." De satt kvar en bra stund och samtalade. Till slut reste sig Elsa och sa att det var dags att gå hem och lägga sig. De andra höll med och började resa sig. Tärna lutade sig närmare Tyrian

"Möt mig nedanför kyrkan om en stund" viskade hon i Tyrians öra. Hon mötte Tyrians blick när hon reste sig upp. Hon himlade med ögonen. Tyrian svarade med ett leende. När de andra lämnat värdshuset smet Tyrian också ut genom en bakdörr. Han gick ned till den lilla bron som gick över bäcken och tog kurs mot kyrkan. En midjelåg mur gick runt kullen som kyrkan låg på. En liten portgång var den enda öppningen på denna sidan. Den var vitkalkad med två rader med tegelpannor som tak. Månen lyste klart över kullen. När Tyrian närmade sig portgången såg han en skugga där inne. Han gick in och möttes av Tärna. Hennes långa hår hängde ned längs med hennes axlar och hennes blåa ögon var fulla av förväntan. Tyrian gick fram och fattade hennes hand. Han såg henne djupt i ögonen.

"Du är väldigt vacker" sa han. "Jag hoppas att du vet det."

"Tack" svarade hon. "Du ser bra ut med." Hon tog ett steg närmare och förde sin hand igenom hans blonda axellånga hår. Han lade sin hand på hennes och sin andra runt hennes midja. Han drog henne nära inpå. Hon la sin andra hand på hans kind. Deras läppar rörde vid varandra och hon kysste honom. Tiden stod stilla. Hennes läppar kändes sköna mot hans. Plötsligen hördes ett högt skrik uppe från kullen. De båda rycket till och vände blicken upp mot kyrkan. Någonting slamrade där uppe. Bakdörren slogs upp på kyrkan. Två individer sprang bort från kyrkan ned på andra sidan kullen. Tyrian och Tärna sprang upp till kyrkan och bort till bakdörren.

Inne i sakristian låg byns präst. Han låg på golvet i en pöl av blod. Han stirrade upp mot dem. Han var en äldre man med vit krans runt huvudet. Han höll en hand mot magen. Hans bruna kåpa var mörk av blod under handen.

"Silvret! De tog silvret" sa han och pekade mot dörren. Han blödde ymnigt från huvudet. Tyrian såg på Tärna som stod som förstenad av skräck. Han tog en duk från ett bord intill och tryckte mot prästen mage. Tyrian sa till prästen att hålla den tryckt mot såret. Sedan fattade han ett tag om Tärnas axlar och skakade henne. Hon kvicknade till och tittade på honom. Hennes ögon var fyllda med rädsla men nu var hon i alla fall där.

"Spring till byn och hämta hjälp" sa Tyrian. "Prästen måste förbindas ordentligt. Hämta din fars vakter med. Jag ger mig efter rövarna. Så får de komma efter."

"Okej, okej spring du" sa Tärna fortfarande i ett chocktillstånd. De både gick ut genom dörren och Tyrian sprang efter de båda förövarna. Tärna sprang nedför kullen mot byn. Halvvägs ned för backen började hon skrika. Byn vaknade.

Tyrian såg två mörka skepnader röra sig in i skogsbrynet på andra sidan av fältet som låg mellan kyrkan och bergåsen. Han sprang ned över kyrkogården. Gravstenarna kastade långa skuggor i månskenet. Han hoppade över den låga muren. Han sprang över fältet ända bort till skogskanten. Det var mörkt inne i skogen. En tät granskog. Tyrian fick problem att spåra dem. Han lyckades hitta en stig och hoppades helt enkelt att de följt den. Han rusade efter. Strax där på hörde han en gren knäckas framför honom. Den lilla stigen ledde fram förbi en smal bergsravin som gick upp för berget. Han hörde någon snava till högre upp i berget. Det var väldigt brant i ravinen och han tvingades att använda bägge händerna för att klättra efter förövarna. Bergsväggarna bredvid honom var mycket brantare. Snart var han långt in i berget. Han såg natthimmeln över sig i den smala bergsskrevan. Han kom upp mellan två väldiga kullar. Han spanade runt om kring sig. Han såg något som rörde sig mot kullen åt öst. Han följde dem upp på sidan av kullen. De gick runt till baksidan av kullen. Han tappade dem. Båda förövarna försvann och Tyrian gick planlöst runt kullen. Bitvis var det skog på kullen och bitvis var det öppet berg. Lavar och mossa gjorde sluttningarna hala. Han irrade runt i några minuter innan han fick syn på något. En spricka i berget under en väldig gran. Rötterna gick ned runt ingången och bildade ett valv. Han gick fram till sprickan. Han kunde höra några som talade med varandra djupt inne i mörkret. Tyrian smög in efter så tyst han bara kunde. Han tänkte tillbaka till rövarnas grotta och fällan de gillrat. Han höll sig in till ena vägen och kände sig noggrant för. Det var becksvart där inne. En liten doft av rök började spridas inne från grottan. Korridoren ringlade sig djupt in i berget men till slut såg han ett ljus längre fram. Han smög fram till hörnet som ljuset kom ifrån. Ett rum format i berget. En brasa var tänd i mitten av rummet och han såg två gestalter. Han förstod att detta inte var vanliga tjuvar då han kände igen deras kraxiga röster. Han fick en bättre blick av den ena av dem. De var vättar. Han smög sig lite närmare. Han fick syn på en bricka av silver innanför elden. Den låg bredvid en säck som verkade innehålla fler saker. Han väntade en stund för att se så det inte var fler vättar där inne.

Tyrian drog sitt svärd och smög ända in i rummet. Han råkade sparka till en liten sten och de båda vättarna kom på fötter. De var av den större typen av vättar som Kack och Rack hade varit. De var enkelt klädda mestadels i säckväv och linne. Den ena av dem drog upp ett kortbladigt svärd och den andra hade en järnbeslagen klubba.

”Ge er!” sa Tyrian så manligt han förmådde. De båda vättarna tittade på varandra med varsitt grin. Deras korthuggna ansiktsdrag spändes och de stirrade på Tyrian.

”Annars?” sa vätten med svärdet. ”Ska du ge dig på oss ensam lille man. Du skulle inte ha en chans.”

”Jag sa, ge er!” upprepade Tyrian. ”Annars kommer ni aldrig här ifrån.” Vättarna började sakta men säkert gå runt elden på var sin sida. Tyrian höjde svärdet och rusade in mot vätten med klubban. Vätten svingade i sidled mot Tyrians huvud men Tyrian dukade undan och stötte nere från och upp i vättens bröst. Vätten tappade sin klubba i svingen. Klubban flög mot den andra vätten som tvingades slänga sig åt sidan. Tyrian klev snabbt undan och drog ut svärdet ur vätten i samma rörelse. Han snurrade runt och vände blicken mot vätten med svärdet. Vätten han stötte föll raklång framåt och blev liggandes mellan de båda. Vätten med svärdet kom på fötterna och började gå mot Tyrian. Han hoppade över sin fallne kamrat med ett vrål och högg in mot Tyrian ovanifrån. Tyrian fångade upp hugget med ett tvärshugg men vätten var för stark för att Tyrian skulle kunna tvinga in spetsen. Mycket starkare än vad alverna han fäktats mot någonsin varit. Tyrian tog tillfället i akt och vände ut sin spets och tryckte till vättens klinga med sin parerstång. Vätten rycktes med i rörelsen och blev ståendes med uträckt arm något framåtböjd åt sidan. Tyrian använde kraften från vättens tryck på svärdet och slog runt på andra sidan med ett nytt tvärshugg. Han träffade vätten i nacken och huvudet lossade. Han blev stående en liten stund och gick igenom det hela i sitt huvud. Han hade precis dödat två vättar. Han mådde illa och tog sig bort på sidan. Tyrian spydde. Han satte sig och lät tankarna snurra i huvudet. När illamåendet släppte tog han sig upp igen och kollade igenom grottan efter kyrksilvret. Det mesta låg kvar i säcken och resten samlade han ihop och tog med sig. Han vände sig om och tittade in i rummet innan han gick. Två döda vättar i en pöl av svart blod mitt på golvet. Han mindes hur han blivit ifrågasatt sist gång han hade haft med vättar att göra och beslutade sig för att ta med något som bevis även denna gången. Han hittade en säck till som han tömde. Innan han stoppade tillbaka svärdet i skidan så torkade han av det på en av vättarnas kläder. Han tog det avhuggna huvudet från vätten i håret och stoppade ned det i den tomma säcken. Sedan gick han ut. Luften var frisk utanför grottan. Tankarna började snurrade i huvudet på honom igen. Han spydde igen. Han kunde ha dött där inne. Vättarna kunde lika gärna ha vunnit. De kunde vara på väg med silvret och han kunde vara den som låg kvar i grottan. En grotta som säkerligen ingen annan människa skulle finna på länge.

Han gick ner mot ravinen han klättrat upp i tidigare. Han lyckades binda upp de båda säckarna över axlarna med snoddarna som sammanslöt säckarna. Han började klättra ned samma väg som han klättrat upp. Tankarna snurrade fortfarande. Det kändes som att det var svårare att klättra ned än det varit att klättra upp. Kanske var det bara glädjen över att fortfarande vara i livet kontra chansen att ramla som gjorde det svårare. Eller så var det helt enkelt svårare. Månens sken var fortfarande starkt och den lyste upp Befnedal nedanför. Många lampor var tända i byn. Det var säkerligen ingen som sov efter vad som hade hänt. När han kom ned till stigen nedanför berget såg han tydliga spår av hästar som inte var där när han klättrade upp. Spåren följde stigen vidare längsmed bergsväggen. Tyrian tänkte att de måste ha missat att de gett sig upp i ravinen. Han följde stigen tillbaka till fältet. Den mörka skogen kändes nu ännu mörkare men han tog sig igenom den. Månen lyste upp fältet och han hörde röster från byn. Han gick bestämt över fältet och rundade kyrkokullen istället för att gå över den. Han hade högst varit borta i någon timme eller två men det kändes som en evighet. Allt var som bortblåst ur hans huvud från innan han började följa vättarna. Det trevliga sällskapet på värdshuset, det hemliga mötet med Tärna och kyssen. Han kom fram till bron och började gå upp mot torget. Rösterna hördes nu högt uppe från torget. Han hörde en häst gnägga. Men det var inte vilken häst som helst utan Viento. Han satte hjärtat i halsgropen och började springa. När han kom fram till torget stod nästan alla i byn i en halvcirkel. En man klädd i rustning hade hoppat upp på en bänk framför vaktstugan. Mannen var något kortare än de flesta andra män och hade ett getskägg. Han bar inget på huvudet och Tyrian såg att han var tunnhårig uppe på hjässan. Mannen höll upp fjällharnesket som Tyrian fått av alvkungen. Bredvid honom stod en knekt som höll Viento i en grimma.

”Det är uppenbart att denna Tyrian var med på rånet och att han tog sin chans att fly efter sina vänner!” sa mannen högt. De i folkmassan verkade hålla med.

”Därför beslag tar jag dennes ägodelar som han lämnat efter sig när han flydde” fortsatte mannen.

”ÄR DU FRÅN VETTET KARL!” ropade Tyrian ut och trängde sig in i folkmassan. Ett sorl spred sig när folket fick syn på honom. När han kom ut i cirkelns mitt fortsatte han. ”Jag har precis riskerat livet för att återta ert silver och gripa de skyldiga och detta skall vara tacken.” De samlade på torget stod med öppna munnar och stirrade på de båda.

"Varför skall vi tro på dig bara för att du nu dyker upp samtidigt som vi anklagar dig" sa mannen. "Din tjuv." Tyrian tog av sig säckarna och slängde den med silvret i till mannen.

"Kolla i den och se om det saknas något silver" sa Tyrian. Han vände sig mot folkmassan och fortsatte. "Det var inga vanliga tjuvar som rånade kyrkan och stack er präst ikväll. Det var vättar."

"Vättar! Kommer du hit med lögner om sagoväsen för att rentvå dig" sa mannen. Tyrian slängde den andra säcken framför fötterna på mannen. Mannen böjde sig ned och tog upp den. Han stack ned handen och tog tag i dess innehåll. Innan han fått upp huvudet hela vägen så grimaserade han och stack tillbaka det ner i säcken.

"Som jag sa så var det vättar" sa Tyrian. Han berättade sen hur han följt dem över fältet, in på stigen och upp i ravinen. Hur han hittat grottan och att de angripit honom när han gett dem en chans att ge sig. Efter det pekade han på säcken.

"Eller är det inte bevis nog för dig så kan jag ta med dig till grottan imorgon" sa Tyrian. "Men ge mig nu för bövelen tillbaka min häst och mina tillhörigheter." Mannen nickade och knekten som höll i Viento räckte över grimskaftet. Tyrian gick fram och tog emot hästen. Han klappade Viento på mulen och sa några lugnade ord i hästens öra. Han vände sig sedan åter mot mannen. Mannen klev ned från bänken och gick fram till Tyrian. Han räckte fram handen och såg skamsen ut. Rufs stod i folkmassan och började skratta. De runt honom blev tydligt obekväma.

"Thord Eriksson" sa mannen. "Jag är fogde här i byn. Jag får be om ursäkt."

"Tyrian" svarade Tyrian. "Mina tillhörigheter?"

"De står där" sa fogden. "Han pekade mot rustningen och sadelväskorna som låg kvar på bänken."

"Då godtar jag din ursäkt" sa Tyrian. "Hur gick det med prästen?"

”Han vårdas fortfarande men han var stabil sist jag hörde något” sa Thord. Tyrian gick bort till sina saker och allt verkade vara på sin plats. Folket började viska emellan varandra och bröt ut i ett mässande ”Tyrian, Tyrian, Tyrian!”. Tyrian vände sig om och såg alla de han träffat tidigare under kvällen stå och jubla hans namn. Där var bröderna Robert och Klas. Deras kusiner Emil och Frans. Värdshusvärden Lars och Rufs stod på ena sida och Elsa och de andra damerna på andra. Han höjde handen och vrålade och folkmassan svarade med jubel och applåder. Han kände då åter igen känslan han fått när han vann den beridna striden hos alverna. Han älskade att stå i mitten av allas uppmärksamhet. Men då slogs han av tanken. Vart var Tärna? Han vände blicken mot fogden igen.

”Var är din dotter, Tärna?” sa Tyrian. Thord blev röd i ansiktet.

”Hon är hemma” sa han. ”Hon har varit ute på upptåg så det räcker för en kväll.” Han sa det med sammanbitna läppar och stirrade stint på Tyrian.

”Hämta henne då för nu skall vi fira” sa Tyrian. Han nickade och gick iväg. Lars klev ut i cirkeln och höjde händerna.

”Jag bjuder på en runda med öl på värdshuset” sa Lars. Folket jublade igen och började genast gå mot värdshuset. Lars gick fram till Tyrian.

”Jag stallar in hästen din men du får gå upp på ditt rum” sa Lars. ”Jag skickar dit någon med en kanna vatten och lite tvål. Du har lite i ansiktet. Byt kläder med så får du komma ned och fira sen.” Tyrian tittade ner på sig och såg torkat blod på sin ärmar. Han kände sig lätt i ansiktet och kände även torkat blod där. Han tackade Lars och gjorde som han sagt.

Tyrian torkade sig i ansiktet med handduken. Lars fru Lena hade burit upp en vattenkanna, ett tvagnings fat och en spegel. Hon tog med sig kläderna Tyrian haft på sig när han stridit med vättarna. De var inte bara blod på dem utan de hade även blivit smutsiga när han klättrat i ravinen. Han såg sig i spegeln, djupt in i sina blå ögon och undrade vad som egentligen hänt denna kvällen. Allt blod och smuts var nu borta från händer och ansikte. Han undrade om de där hemma skulle känna igen honom om han kom gåendes någon dag. Om han någonsin kom hem igen. Sen tog han på sig sina extra kläder som han fått av alverna. Han gick ned till festen på undervåningen. Det var strax efter midnatt. När han kom ned till serveringen jublade alla som var där. Det var mest yngre människor kvar. Han fick en öl av Lars. Tärna var där men hon stod ihop med sin far. Hon såg på honom med ett leende men vände snart bort blicken när hon såg att fadern märkte det. Tyrian stegade bort till de båda.

"Hur gick det, fröken?" frågade han. "Det var ju tur att du var i närheten och hörde prästen. Annars hade jag ju varit tvungen att hämta hjälp. Då hade ju vättarna kommit undan." Hon sken upp och förstod att han sagt så för att inte fadern skulle förstå vad de gjort när vättarna attackerat prästen. "Det gick bra med mig och jag fick tag på hjälp innan jag hann ned till bron" sa hon. "Men hur i hela friden vågade du ge på två vättar själv?"

"Det gjorde jag nog inte" sa Tyrian. "Jag liksom bara reagerade."

"Jag har ju inte hört historien från dig än" sa Tärna. "Kan du inte berätta vad som hände för mig?"

"Berätta den för oss alla igen!" skrålade Rufs som stod strax bredvid. "Men denna gången med mer detaljer och mer inlevelse." Alla runt om skrattade och började ropa. "Berätta, berätta." Alla utom fogden som nog mest var där för att hålla ett öga på sin dotter. Tyrian tystade dem och klev upp på en stol. Sedan berättade han hela historian för dem igen. Han la till lite som han utlämnat sist men nämnde inget om att han hade spytt. Efter berättelsen dog stämningen ut rätt fort och folk gick hem. Tärna följde med fadern hem efter att ha växlat ett par ord med Tyrian. Sedan gick Tyrian själv och la sig. Han hade svårt att sova den natten. Tankarna gick tillbaka till grottan.

Kapitel 8

Tyrian och Acke

Tyrian satt på Vientos rygg när han såg havet för första gången i sitt liv. Det blåste och vinden var salt och förde med sig en frän lukt som Tyrian aldrig känt förut. Han visste inte vad det var men det påminde lite om fisk. Vid första anblick såg havet ut som en stor sjö. Han var längst in i Örefjorden. De höga bergen som följde fjorden krängde och dolde dess utlopp mot det öppna havet. Det var lågvatten när han nådde fram till stranden och lerbotten låg blottad mellan Tyrian och vattnet. Han såg en liten hamn längre ut på fjordens södra sida. Vägen han red på delade sig ut på de båda näsen framför honom. Han tänkte att det måste vara hamnen som båtarna går ifrån som Lars och Rufs berättat om. Så han red söderut och svängde av ut mot hamnen. Längre ut längsmed fjorden avtog mycket av den fräna lukten och han förstod att det måste varit leran och tången som luktat. Hamnen låg på andra sidan en kulle men hade en stenlagd väg runt dess udde. Tyrian tänkte på gårdagen. Tärna, vättarna och allt annat som skett. Han hade gått upp sent på förmiddagen. Lars hade insisterat på att bjuda honom på hans vistelse. När Tyrian var på väg att sitta upp för att rida vidare samlade sig byinvånarna och tackat honom för hjälpen. Fogden gav honom en belöning i form av en liten penningpung med silver. Han fick till och med en chans att vinka farväl till Tärna. Han rundade klippan som var av den röda graniten som rikets kust var berömd för. Helt släta berg som malts av isen för tusentals års sedan men som nu var täckta av lavar. Enligt vad Tyrian hört så var bergen ute på den öppna kusten helt släta och nästan rosa till färgen. Hamnen hade sett liten ut från fjordens innersta men när han kom runt klippan förstod han att detta måste vara en viktig hamn. Ett flertal bryggor låg innanför en stor pir i viken som bildade hamnen. Innanför hamnen låg en by med ett flertal större magasin och sjöbodar närmast hamnen. Boendehusen låg bakom uppe i berget. Längs bergen satt träställningar som här och var höll upp fiskenät. Ett par större koggar låg i hamnen, även en del fiskebåtar och mindre roddbåtar. Några barn rodde en båt ut ur hamnen. De hade med sig några nät och fiskespön. Tyrian red vidare in till de stora magasinen. Bakom dem låg ett litet torg. Han stannade till och satt av. Magasinen var målade i olika färger så som grönt, rött och gult men de små sjöbodarna som låg längre ut var nästan uteslutande målade med rödfärg. Boningshusen var också nästan alla målade med olika färger. Några var gräddvita och några gula eller ljusgröna. De hade fina dekorfärger runt fönstren så som grönt, blått och guldockra. Tyrian var inte van med att se så många hus med färg. Det var oftast endast de rikare som målade sina hus inne på land men här verkade det vara vanligt. Han såg en skylt på ett hus som det stod ”Taverna Sjöbris” på. Han band Viento utanför och gick in. Det var en hel del folk inne på taverna som satt och åt. Han måste ha kommit lagom till kvällsmålet. Han gick mellan alla borden och märkte att folket som satt där stirrade på honom. Han nickade och hälsade artigt på dem som han tog sig runt för att komma fram till bardisken. När han kom fram möttes han av en medelålders kvinna med lite hängiga kinder. Hon bar klänning och förkläde. Hon log mot Tyrian.

”Vad kan jag hjälpa dig med, unge man?” sa hon. ”Du kommer i lagom tid för vår fisksoppa.”

”Ja, det låter trevligt” sa Tyrian. ”Jag kan tänka mig en skål soppa och lite bröd. Har ni något rum jag skulle kunna få hyra i natt och en stallplats?”

”Javisst har vi det” svarade hon. ”Stallet är bakom huset och du får ta rum nummer två. Trappan går upp på baksidan.” Hon böjde sig ned under disken och tog upp en nyckel. ”Bär du upp dina saker och stalla in hästen så tar vi soppan när du kommer tillbaka" Tyrian nickade och tog emot nyckeln. Han började gå ut bland allt folk igen. När han närmade sig dörren sköts en tom stol ut och hindrade hans väg. En bredaxlad karl i fyrtioårs åldern reste sig upp. Han hade en skepparkrans som var tätare än Vientos man. Hans hud såg läderartad ut och han bar en basker på sitt huvud.

"Du råkar inte möjligtvis heta Tyrian?" frågade mannen. Tyrian blev lite ställd men lyckades till slut tala.

"Ja, men vem är det som frågar?" sa Tyrian. Tyrian hade aldrig sett mannen tidigare och undra hur han visste hans namn. Han tittade lite noggrannare på mannen och såg att han bar en stor huggkniv i bältet. Mannen flinade till och de övriga gästerna tystnade.

"Det här är Tyrian som räddade kyrksilvret i Befnedal igår kväll" sa mannen högt så alla hörde. "Han slog ihjäl två vättar på kuppen. Det sägs även att han skall ha bäddat fogdens dotter, Tärna."

"Vad anklagar du mig för" sa Tyrian. "Jag har inte bäddat fröken Tärna. Hon hade ett gott öga för mig, det är allt." Mannen brast ut i skratt. Hans andedräkt luktade sprit och han slog sig ned igen.

"Ja, då vet vi i alla fall att det inte var så då" sa mannen. "Men det är alltså du som är hjälten i Befnedal. Slå dig ned och ta ett glas." Tyrian blev irriterad på mannen.

"Varför skall jag göra det?" sa han. "Du har ju inte ens presenterat dig. Jag har dessutom en häst att stalla in och grejer att bära upp." Mannen tog en flaska som stod på bordet och hällde upp två supar i små glas. Han pekade med hela handen på stolen framför Tyrian.

"Jag heter Acke" sa han. "Slå dig ned och ta glaset så kan du stalla in hästen och bära upp dina grejer efter det." Tyrian gjorde som han sa och satte sig. Han tog glaset och svepte det i en rörelse. Det brände i halsen på honom och han hostade till och hukade sig. Han tittade upp mot Acke.

"Brännvin" sa Acke. De båda skrattade till. Resten av folket runt omkring gick tillbaka till sina egna samtal. Tyrian lutade sig tillbaka på stolen och pustade ut. Det brände fortfarande i halsen.

"Som att andas eld" sa Acke. "Jag vill tala med dig om en sak men du kan gå och stalla in hästen och bära upp dina grejer först." Tyrian nickade och gick ut till Viento.

Tyrian bar fram sin skål med fisksoppa till bordet. Med sig hade han även en bit bröd. Han hade stallat in hästen och burit upp sina grejer på rummet. Det var ett litet rum som vanligt. Det satt tre män till runt Ackes bord som inte suttit där tidigare. En lång och grov man som var rakad på huvudet. Han hade en skev näsa och presenterade sig som Hjalmar. En kortare och smalare man i trettiofem års åldern med en skjorta och väst. Han verkade lite nervös när han presenterade sig som Kaj. Samt en kille som nog bara var några år äldre än Tyrian. Han var bredaxlad med väl klippt hår och vältalig. Han räckte fram handen och presenterade sig om Dan. Tyrian lät de fyra talas sinsemellan under tiden han själv åt. Det var framför allt de tre nya männen som talade mest. De talade om hamnar långt borta. Om äventyr till sjöss och om monster djupt nere i haven. När Tyrian väl ätit upp så var Kaj mitt uppe i en historia om hur han undkommit ett gäng pirater på en ö. Detta i ett hav långt borta. När han berättat klart historien harklade sig Acke.

"Dags att prata lite affärer" sa han. "Lämnar ni oss en stund grabbar". De alla reste sig

"Ja kapten" svarade de. Kapten, tänkte Tyrian, det visste han inget om.

"Är du kapten?" frågade Tyrian. Acke stirrade ned i bordet sen kom ett stort leende och han såg upp mot Tyrian.

"Ja, jag är kapten över skeppet Duvan" sa han. "Vi är ett fraktskepp som jobbar för kungen. Vi hämtar skatter från hela rikets kust i hamnar som denna och städer. Samtidigt som vi fraktar mat och förnödenheter in och ut till fiskesamhällena. Dessutom hjälper vi till med att hålla vår västra gräns". Det sista sa han lite lägre och tittade runt sig.

"Men ni ser inte ut som knektar?" sa Tyrian. Tyrian tänkte tillbaka på stråtrövarna som rånat honom och hur de hade utgett sig från att vara kungens män. Acke lutade sig in över bordet och stirrade Tyrian i ögonen.

"Det är precis det som är meningen, pojk" sa Acke. "Vi har med oss på tok för mycket guld i vår last för att se ut som ett krigsskepp. Därför har vi en kogg som ser ut att tillhöra vilken köpman som helst. Men låt inte skenet bedra. Hon klarar mer än någon kan ana. Snabb är hon med. Alla män ombord är handplockade efter vissa kriterier." Han lutade sig tillbaka igen och talade nu högre. "Du har till exempel Hjalmar där." Acke pekade på Hjalmar som stod vid baren. "Honom mötte jag på en bar i Havsport efter att han hamnat i bråk med ett av stadens gäng. Han slog ned sju man själv med sina bara händer. Dan räddade en hertigs dotter från ett troll och Kaj har mer tur än en hästsko. De är alla hjältar. Varenda man på mitt skepp." Tyrian tyckte fortfarande att de hördes konstigt. Men blev ändå intresserad på något sätt.

"Vad har detta med mig att göra då?" frågade Tyrian.

"Jag tror att du hade kunnat passa in väl på Duvan" sa kaptenen. "Jag vill anställa dig som matros och soldat på skeppet. Det är bra lön och du får se mycket av vår kust." Erbjudandet var frestande. Men Tyrian tänkte på Viento och att han inte visste något om havet eller vad man gjorde på ett skepp.

"Jag får nog tyvärr tacka nej" sa han. "Jag har ju hästen min och sen har jag aldrig varit till sjös. Jag kommer nog bara vara mer i vägen än till nytta".

"Hehe, jag visste nog att hästen skulle komma upp på tal" sa Acke. "Men han är inga problem. Vi har några spiltor ombord under däck. Du kan ta med dig honom. Dessutom lär du dig snabbt vad du skall göra ombord. Jag vill väldigt gärna ha med dig i besättningen.”

”Varför vill du det” sa Tyrian. ”Är det för att jag slog ihjäl några vättar?”

”Nej, utan för ditt mod” svarade Acke. ”Få är de som vågar ge sig efter två vättar själv på natten. Sen att du dessutom verkar ha förmågan att göra något när du väl är framme”.

”Hm, jag ser mig nog inte riktigt som en sjöman bara” försökte Tyrian.

”Du får fem silverdaler i veckan” sa Acke. ”Du kan börja med en kortare tur. Vi skall högre upp norr först mot gränsen mot Norge och hämta några kistor. Sen åker vi nedåt igen till Havsport och om du inte skulle trivas ombord så kan du mönstra av där. Det tar på sin höjd ett par veckor”. Tyrian tänkte så det knackade och beslöt sig sedan för att han ville testa på sjölivet. Han räckte fram handen till kaptenen.

”När åker vi? kapten” sa han. Acke sken upp och fattade handen.

”Vi väntar på en kista och åker imorgon då den borde komma” sa Acke. ”Välkommen ombord”.

Dagen efter tog Tyrian en liten ridtur direkt på morgonen. Han klappade Viento på halsen och förklarade för honom att de skulle åka båt och att han ville att han skulle sträcka på benen riktigt ordentligt. De red upp längs byn och upp på bergen över hamnen. Små tallar stod var än de fick fäste. Han jobbade med Vientos gångarterna och övade strid med svärdet från ryggen på honom. När han var klar ledde han ned hästen till hamnen. De var båda svettiga när de kom fram till hamnen. Han gick ut till Duvan. En mörkbrun kogg med en kraftig mast. Viento tyckte inte riktigt om att gå på bryggan men det gick. När han närmade sig landgången som ledde ut till Duvan kom flera män ur besättningen springandes. De la ut en bredare och stabilare landgång och sedan hjälpte de till att leda hästen över. Viento var allt annat än förtjust i landgången men efter nästan en timmes slit fick de över honom. Tyrian stallade in hästen i en spilta en våning ned. Han fick sedan en kojplats själv. En kista och en hängmatta under däck med alla de andra. Kaptenen hade givetvis en egen kabyss i aktern av skeppet. Tyrian tog av sig harnesket och la det i kistan. Han ville knappast ha det på sig ifall han ramlade i vattnet. Ett trettiotal sjömän jobbade på Duvan och alla hade de historier att berätta. Tyrian kände en samhörighet med dessa män. Mest trodde han att det berodde på att han själv varit med om så mycket konstigheter att han gärna ville tro på det mesta de andra berättade.

Efter middagstid kom en liten eskort med beväpnade män till bryggan. De överräckte en liten kista som kapten Acke signerade efter att mynten räknats. Efter det kastade Duvan loss. Tyrian blev ihop parad med Kaj som skulle visa Tyrian hans uppgifter ombord. Efter en stund kändes det som om att dra i olika rep var hans enda uppgift. Han skota segel, drog åt repen i last utrymmena och hissade saker. De la ut på Örefjordens lugna vatten och seglade utåt. De höga bergsväggarna runt fjorden ramade in landskapet. Solen lyste in över vattnet snett längsmed fjorden. De passerade små gräsängar mellan bergen och skogarna. Här och var låg det gårdar. Innan mynningen på fjorden såg Tyrian sandstränder på den norra sidan. Här ute hade bergen redan börjat bli kalare och fått en rosa ton. När de kom ut på havet la de om kursen mot norr och passerade innanför en stor ö. De åkte igenom en skärgård full av små kobbar och skär som alla var av den röda, nästan rosa graniten. Solen var på väg ned och fick hela havet att lysa i ett brandgult sken. Kaj och Tyrian stod i fören och tittade ut. De passerade ett par grund som bröt vågorna och bildade ett vitt skum med ett fräsande ljud. ”Hur vet ni vart det är säkert att färdas?” frågade Tyrian. Kaj fick ett leende på läpparna. Han pekade på en ö längre bort.

"Titta inne i bukten bakom den ön när vi passerar" sa Kaj. När de passerade såg Tyrian en mast sticka upp ur vattnet. Utkikskorgen satt fortfarande fast och hela masten lutade kraftigt. Kaj tog tag i Tyrians axlar och stirrade honom i ögonen.

"Vi bara chansar" sa Kaj. "Man får helt enkelt hoppas att det går bra. Det kallas ju inte för skeppsbrottens kust för ingenting". Dan och några andra män som stod och svabbade däck intill brast ut i skratt. Tyrian kom på sig själv med att se häpen ut och förstod att Kaj hade lurat honom.

"Vi har passerat här ett par hundra gånger förr, Tyrian" sa Dan. "Dessutom så har kapten sjökort som visar vart ända litet grund hela vägen till Medelhavet". Tyrian kände sig lurad och tyckte inte om att bli gjord till åtlöje men det var tyvärr en av uppgifterna man hade när man var ny på jobbet. De släppte ankar i en grund vik den natten och fortsatte så fort ljuset kom. De rundade ett näs och la till i en fiskeby. Här var också många av husen målade i fina färger och Tyrian frågade Dan varför. Han svarade att det var på grund av saltet från havet. De lastade av en del av sin last här och åkte vidare. De la till vid fler små byar och lastade av last. Mestadels var det mat. Mjöl och rovor. De färdades inomskärs mellan de små öarna. Det växte nästan ingenting ute på de röda klipporna utan bara i skrevor och på små gräsfält i lä från den friska västanvinden. Vissa av passagerna var inte bredare än skeppet var långt men kapten Acke styrde igenom alla hinder med van hand. Framåt kvällen tog de kurs in i en ny fjord. De la till i en liten hamn ungefär halvvägs in i fjorden. Där spenderade de natten och Tyrian tog tillfället i akt och tog ut Viento på en liten ridtur. De red längst en liten väg in mot land i månskenet. Svängde sedan upp för en kulle och rundade dess topp ned mot hamnen igen. Månen lyste klart och Viento frustade i den kalla vår luften. Denna gången gick det betydligt snabbare att få ombord hästen.

Dagen efter lastade de ombord ytterligare en kista och fler tunnor med mjöl. De la ut och fortsatte sin färd. I fem dagar färdades de mellan de rosa klipporna på väg norr ut. Åtta kistor till blev det innan de stannade i en stor hamnstad. Den låg strax söder om grannriket Norges gräns. Där la de till för natten och hämtade inte mindre än fem kistor till. Kaptenen och hans förstestyrman räknade mynten sent in på kvällen. Tyrian, Dan, Hjalmar, Kaj och några till ur besättningen gick i land och besökte några av krogarna nere i hamnen. Kvällen började ganska lugnt men med tiden blev de andra mer och mer berusade. Tyrian började känna sig obekväm i sällskapet. Bråk uppstod mellan Hjalmar och några norrmän. Tyrian försökte lugna ned dem men hade lite svårt att förstå vad de sa. Det gjorde inte saken bättre och till slut slogs alla inne på den lilla sjökrogen. Tyrian slog en norsk på näsan och en annan norske drämde till honom på hakan. När Tyrian vaknade till var han tillbaka på duvan. Någon hade lagt honom i hans hängmatta. Han kollade snabbt igenom sig själv och sina grejer. Medaljongen och svärdet var kvar. Allt var kvar. Han kände sig lugn och somnade om.

Dagen efter talade alla männen om för varandra vad som hänt på krogen. De skrattade åt detaljer och händelser. De var så ivriga att de talade i varandras munnar. Det visade sig att Hjalmar och Dan burit tillbaka Tyrian från krogen efter slagsmålet med de norska handelsmännen. Det var enligt sjömännen ett bra krogslagsmål och ingen hade gått för långt. Någon hade nitat någon med en sejdel och en norsk hade fått en stol slängd på sig. Men annars hade det inte använts några tillhyggen eller vapen. Alla verkade ha klarat sig med lättare blessyrer. Tyrian tittade på Dan.
”Händer det här ofta?” frågade Tyrian.

"Tja, ibland i alla fall" svarade Dan. "Oftast när vi kommer nära någon av våra gränser. Många i besättningen tycker inte om norrmän. Inte svenskar eller danskar heller för den delen". Tyrian förstod plötsligen att det berodde på att dessa män var soldater och att de tidigare varit i krig med sina grannar. Bodaland var mycket mindre än de tre omgivande länderna och hade vid flera tillfällen tillhört en eller flera av de andra. Så det var inte konstigt att de agerade på detta sättet. Den rådande kungen hade de senaste åren lyckats hålla fred genom jämkningar och visat sig vara en god förhandlare mellan de tre jämnt stridande grannarna. Skeppet la ut strax innan middagstid och valde denna gången att färdas utomskärs ned för kusten. De hann långt innan de gick in och la sig i lä. De släppte ankar. Dagen efter fortsatte de utomskärs söderut. Denna dagen blåste det upp. Tyrian hade aldrig varit med om sådana vågor tidigare och blev sjösjuk. Hjalmar band ett rep i Tyrians livrem och surrade fast honom i masten. Han blev halvt hängandes över relingen. Han spydde upp allt han hade i magen och kanske lite till. Kapten Acke försökte ta sig in mellan två öar mot lugnare vatten men vinden och strömmarna tog hårt tag i skeppet och han tvingades att vända ut på öppet hav igen. Vinden bara ökade och de fortsatte rakt ut för att inte gå på grund. Det blev natt och kaptenen höll i rodret hela natten. De andra sjömännen jobbade som tokiga för att hålla Duvan i farbart skick. När morgonen grydde var de långt borta. Skeppet var illa tilltygat men fortfarande hyfsat sjöduglig. Vinden hade lugnat sig. Tyrian som fortfarande var helt grön gjorde loss sin surrning och gick ned och tittade till Viento. Hästen såg oskadd ut men var helt svettig. Han stod bredbent i sin spilta och hade troligtvis kämpat hela natten för att hålla sig upprätt. Trots att Tyrian mådde riktigt dåligt ryktade han hästen och gav honom nytt vatten och mer hö. Mockade undan efter honom och lugnade honom. Han gick sen upp på däck igen och kräktes på nytt över relingen. Kaj och några av de andra skrattade lite. Han gick sedan fram till Tyrian med lite vatten i en kåsa. Sedan plockade han fram några torra vita skorpor ur en bältesväska.

”Ät de här och titta på horisonten så blir det snart bättre” sa han.

”Välkommen ut till sjöss, pojk!” Han dunkade Tyrian på ryggen och gick iväg. Tyrian åt skorporna. De var nära att de kom upp igen men han lyckades hålla dem nere.

”Land ohoj!” ropade utkiken högst upp i masten och pekade ut snett mot styrbordssida. Acke tog upp en lång kikare och spanade mot horisonten. Han rattade runt rodret mot en punkt långt framme. Snart så blev land synligt och de fortsatte ända fram. När de närmade sig hörde Tyrian Acke tala med styrman.

”Danmark” sa kaptenen. ”Det finns en vik längre ned som vi kan kasta ankare i. Vi kan kolla över skadorna och fortsätta tillbaka mot vår kust i morgon.”

”Vågar vi det?” frågade styrman. ”Så inte danskarna försöker ta guldet?”

”Jo, de hinner nog inte märka oss” sa kapten. De närmade sig en liten vik. Det var sandstränder längst nästan hela kusten men en liten vik låg inte långt bort mellan två låga sanddynor. Strandgräs vajade på sanddynorna och de släppte ankar halvvägs in i viken. Vattnet var nu helt lugnt. Tyrian var fortfarande illamående men han hjälpte till med det han kunde. De ersatte skadade rep med nya och lagade ett av de stora seglen. Mat serverades tidigt och efter måltiden kände sig Tyrian mycket bättre. De renoverade Duvan in till sent på kvällen. Efter att dagens sysslor var klara samlades alla man på däck och kapten Acke ställde sig uppe vid rodret.

”Som ni vet så befinner vi oss i Danmark” sa han. ”Vi är alltså på fientligt område och som ni redan vet så har vi ganska mycket guld och silver med oss. Jag vill därför ha en i utkiken hela natten och ytterligare en på vardera sida skeppet. Det blir alltså dubbelt vaktskift i natt. När ni sover gör ni det redo för strid. Ifall om att. Tyrian har vilat hela dagen och halva natten så jag får gratulera unge man. Du får hundpasset". Tyrian blev lite häpen. Han tyckte ju knappast att han vilat men okej tänkte han. Vill kaptenen att han skall ta hundpasset så får han göra det.

En matros väckte Tyrian. Det var för mörkt för att han skulle se vem det var och han var för trött för att bry sig. Han tog på sig sina kläder och svärdet och gick upp på däck. Han mötte Dan som precis blivit avlöst från sitt vaktpass.

"Du skall till babordssida" sa han utan att vända på huvudet mot Tyrian. Tyrian gick dit och löste av vakten som stått där innan honom. En lång smal herre med skäggstubb. Han mindes inte namnet på matrosen. Duvan låg med styrbordssida in mot land så Tyrian kände att detta borde bli ett lätt pass. Han skulle bara stå och se ut över havet så att de inte blev överrumplade av något skepp. Havet var helt stilla och månskäran på den svarta himlen lyste upp vattnet framför honom. Ett och annat stackmoln gled förbi och det blev nästan helt mörkt när de skymde månen. Luften hade en bitande känsla. Det var fortfarande vår. De var hela fem vakter uppe på samma gång en i fören, en i aktern en på barbord och en på styrbordssida samt en uppe i utkiken. De var alla tysta och det av en anledning. De ville inte bli upptäckta av någon. Tyrian stod där och såg ut över vattnet och tänkte på lite allt möjligt. Han tänkte tillbaka till sin familj och på sin tid hos alverna. Han funderade på om han skulle tacka ja till att fortsätta arbeta på skeppet men tyckte att det kändes fel emot Viento som bara fick stå där nere i sin spilta. Han beslöt sig för att han skulle mönstra av när de nådde Havsport. Han hade trivts med det mesta under sin tid till havs men han tyckte verkligen inte om känslan av hjälplöshet under stormen. Eller sin sjösjuka heller för den delen. Alla ombord hade varit tillmötesgående på sitt sätt men något sa honom att de var nog sjöbusar allihopa. Egentligen.

 Ett moln passerade och skymde månen och det blev alldeles svart. När ljuset kom tillbaka hörde Tyrian något som rörde sig i vattnet. Det lät som en hand som drogs längsmed vattenytan. Han tittade ut över havet. Han gick ända fram till relingen och fattade den med båda händerna men såg fortfarande inget.

"Psst! Hallå" sa någon. Tyrian tittade rakt ned från skeppet och såg där en ung kvinna. Hon hade ena handen på skrovet och tittade upp mot Tyrian med stora ögon. Hon hade långt hår som följde hennes huvud ned över axlarna och flöt ut över brösten. Tyrian förstod att hon troligen var naken. Hon var mycket vacker och hennes ögon glittrade i månljuset.

"Hallå där" sa Tyrian. "Vad gör du i vattnet så här dags? Är det inte lite kallt?".

"Jag gick förbi där borta och såg skeppet" sa hon och pekade mot en av uddarna. "Så jag tänkte att jag kunde simma ut och hälsa på". Hon tittade Tyrian i ögonen och blinkade lite. Tyrian undrade lite vad det var för någon flicka som tog av sig kläderna och simmade ut till ett skepp fullt med sjömän mitt i natten. Men släppte snart tanken när han såg hennes vackra ögon.

"Vad heter en så fin liten dam som du då?" frågade Tyrian. "Jag heter Tyrian" Han kände att han ville lära känna henne och hjälpa henne där hon simmade. Han kände även en stor åtrå till henne.

"Marlene" svarade hon. "Kan du inte hjälpa mig ombord?". Hon sträckte upp handen mot Tyrian som lutade sig över relingen för att ta emot henne. Deras händer kom närmare och närmare varandra. När han var helt nära att

ta tag i hennes hand såg han något. Hennes ögon blinkade i sidled.
Plötsligen var hennes mun full med vita små sylar till tänder. En illvilja
syntes i hennes ögon och han drog sig snabbt tillbaka upp ifrån henne. Hon
for upp ur vattnet efter honom och fick tag på hans jacka. Från midjan och
nedåt hade kvinnan inga ben utan en lång smal stjärtfena med ljusgrågröna
fjäll. Tyrian stretade emot hennes grepp och satte båda händerna mot
relingen och puttade. Hon höll sig benhårt fast vid hans jackslut och drog.
Hon försökte få honom över bord. Tyrian fick snabbt upp ena foten på
relingen och använde benets styrka för att ta sig fri. Hon släppte inte utan
drog upp fenan mot skrovet och puttade med all sin kraft bakåt. Tyrian
släppte snabbt med ena handen och drämde till hennes händer som låg över
relingen i ett krampaktigt tag om Tyrians jacka. Hon tappade taget och föll
ned i vattnet med ett plask. Tyrian for baklänges ned på rygg. Det dunsade
hårt när ryggen träffade durken och han tappade andan. Han reste sig
flämtande upp och tog ett par steg bort från relingen. Han hörde hur någon
kom springandes bakom honom. Han vände sig om och såg Kaj komma mot
honom i full fart. Han drog svärdet och tittade ned mot vattnet. Marlene var
kvar och höll sin högra hand över ytan. Hon drog med sina fingra emot sig
som för att locka honom efter sig ned i vattnet.
"Kom då!" sa hon. "Kom Tyrian. Jag vet att du vill bada med mig" Hon såg
nu ut som den unga kvinnan igen. Kaj kom närmare. Tyrian vände sin blick
åter mot honom
"Havskvinna!" ropade Tyrian. Kaj sprang fram och drog Tyrian längre bak
från relingen.
"Det heter inte havskvinna utan sjöjungfru, pojk" sa Kaj. "Hämta kaptenen
så stannar jag här och håller koll på henne"
"Lyssna inte på honom, Tyrian" sa sjöjungfrun. "Kom till mig istället.
Hoppa i vattnet och bada med mig" Tyrian skakade på huvudet och såg Kaj

i ögonen.

”Jag kan inte lämna dig här själv med den där saken” sa han. ”Hon är ju livsfarlig. Jag stannar!”.

”Är du inte trollbunden av henne?” utbrast Kaj.

”Är du inte klok. Hon har ju munnen full med huggtänder” sa Tyrian. Sjöjungfrun skrek till i ett högt ljust nästan hjärtskärande lätte. Hon dök sedan under ytan och försvann.

Det blev ett jädra liv på skeppet efter det. Kapten Acke stövlade ut ur sin kabyss iklädd rock, stövlar och basker. Han hade en huggare i varje hand. Från underdäck strömmade det upp sjömän i underkläder och med svärd och yxor i nävarna. Kaj och Tyrian rusade in i mitten av däck.

Allas blickar föll på dem. Acke stegade fram till de båda.

”Vad hände?” frågade Acke.

”En sjöjungfru försökte ta med sig pojken ned till havets botten” sa Kaj. Han spottade på däck. ”Men det är något konstigt med det hela. Han verkar inte vara helt betuttad i henne och han var till och med logisk när jag hann fram.” Acke steg fram och tog tag i Tyrians axlar.

”Vad hände, Tyrian? ” sa kaptenen. ”Vad var hennes namn?”.

”Marlene, kapten” sa Tyrian. ”Hon fick mig att luta mig ut för att ta hennes hand men jag märkte att något inte stämde så jag drog mig tillbaka. Hon hoppade då efter och fick tag på min jacka men jag slog på hennes händer och hon släppte mig”. Kaptenen vände blicken mot havet

”Marlene, jag kommer” sa han och började springa mot relingen. Kaj la ut ett krokben och kaptenen föll raklång. Hjalmar och Dan slängde sig snabbt över honom och tog kontroll över hans huggare. Kaj hämtade rep och de började bakbinda kaptenen. Tyrian blev helt paff över vad som hände och stod och stirrade.

"Vad gör ni?" fick han till slut fram. Kaj slog fast en sista knop runt Ackes handleder.

"Vi har haft med Marlene att göra förr, förstå du" sa Kaj. "Kaptenen har lite svårt för henne. För att göra en lång historia kort" Hjalmar och Dan tog med sig kaptenen till hans kabyss och band fast honom i sängen.

"Vi dubblar posterna resten av natten" sa Kaj till besättningen. "Ingen får stå ensam inatt". Besättningen fogade sig efter detta utan knot och ingen såg till sjöjungfrun under resten av natten. Dagen efter var kapten Acke sig själv igen. De satte kurs mot Havsport.

Kapitel 9

Tyrian och Bergakungen

Tyrian höjde sin sejdel till läpparna. Ölet var varmt men gjorde sig ändå bra denna senvårs kväll. Han satt på en taverna i den södra hamnen i huvudstaden, Havsport. Staden var som Rufs berättat tidigare. Byggt på spetsen av ett näs med det kungliga slottet längst ut på en hög klippa. Innanför slottet bredde staden ut sig ner på båda sidor av den åsrygg som klippan sprang ut ifrån. Den södra sidan var flackare och hade fler av stadens viktiga platser. Hamnen var större där en på norra sidan men ändå var de båda hamnarna större än någon annan hamn Tyrian sett tidigare. Uppe på åsryggen låg Storkyrkan och på sydsidan låg Maria kyrkan. Nere vid norra hamnen låg sjömanskyrkan. Väldiga vågbrytare skyddade de båda hamnarna både mot väder, vind och angripare. Det var alltid ett myller av liv i staden, det tilltalade Tyrian. Delar av honom längtade ändå tillbaka till vägen och skogen. Han hade anlänt till staden för två dagar sedan med Duvan. Kapten Acke betalde honom för hans tid och försökt övertala honom att stanna längre. Tyrian lät sig inte övertalas utan mönstrade av. Sedan dess hade han vandrat och ridit runt i staden. Han hade tagit in på tavernan han nu satt och drack sitt öl på, Sköldpaddan. Han hade märkt att folket i staden var mer nogräknat än vad de varit på tidigare platser. Man var tvungen att betala för allt. Alla verkade leva på pengar eller som anställda. Ju högre upp längsmed åsen man bodde ju bättre verkade folket ha det. De fattigaste kvarteren låg i hamnen på norra sidan. Värdinnan Gunilla serverade Tyrian en skål med fiskstuvning.

”Här har du, grabben” sa hon. ”Jag sätter upp den på notan. Vill du ha något mer?” Tyrian tackade och skakade på huvudet. Han började äta av stuvningen och doppade bröd i den. Pengarna gick fort åt i staden. Han kunde inte stanna mer än några veckor till innan han var tvungen att försöka tjäna mer. Hans tankar for tillbaka till natten på Duvan när sjöjungfrun hade försökt att dra ned honom i djupet. Kaj hade berättat för honom senare att de åt sjömän. Han funderade på varför han sett igenom hennes förtrollning. En förtrollning han faktiskt känt tidigare. Skogsråets försök hade varit mycket värre och han fick känslan av att hon varit mycket kraftigare än Marlene. Han funderade på det under måltiden. Varför hade han genomskådat de båda medans andra starka män inte klarat det.

Efter måltiden gick han ut till Viento som stod installad i ett litet stall som var ihop byggt med tavernan. De flesta av deras kunder kom med skepp så stallet var nästan tomt. Tyrian ryktade och sadlade på hästen och red sedan ut i staden. Han gillade verkligen hamnen och kunde titta på de stora skeppen som kom och gick i timmar. Skepp som fick Duvan att framstå som litet. Han red bort och ledde ut hästen på en av vågbrytarna och satte sig där en stund. Det var varmt men lite blåsigt. Han drog sin mantel tätare omkring sig. Sjön krusade sig något i brisen. Han satt kvar med blicken åt väster och såg solen gå ned över skärgården i ett gyllene sken mellan de runda skären. Sedan red han upp i staden igen under skymningstimman. Han red igenom gatorna och över torgen. Han såg på folket som bodde där och hur de tog hand om varandra. Han kände sig plötsligen ensam. Visst hade han Viento men sedan han lämnade sin familj var det något som saknades. Han hade visserligen fått ett uppbrott ifrån den känslan hos Lithomiel och resten av alverna. Men nu i en stad full av människor kom den tillbaka. Han var en vagabond utan rötter. Han red ensam genom världen. Varje möte kändes som en engångsföreteelse.

När han kom upp till Storgatan som löpte uppe på toppen av krönet mellan slottet och Österport så hade solens sista strålar försvunnit. Han såg en ensam ung kvinna komma gåendes från slottet med raska steg. Hon bar en stor vacker mantel med en luva som täckte hennes ansikte. Det var något som inte stämde med det hela så han skrittade sakta efter. Vägen delade sig runt Storkyrkans båda sidor och fortsatte sedan mot porten. Kvinnan gick på sydsidan om kyrkan så Tyrian tog norrsidan och skyndade på lite. Han kom ut framför kvinnan och lyckades se henne i ögonen. Ansiktet var orörligt och blicken fäst mot porten. Hennes ögon var grumliga. Hon var mycket vacker med spröt ansikte och en smal figur. Tyrian sackade in något. När de färdades i jämnhöjd längs gatan såg han ned på henne från hästen.

”Hej!” sa han. Men fick inget svar. Hon rörde inte ens på huvudet. ”Hallå fröken” försökte han med istället men fick inget svar nu heller. Hon höll samma takt i stegen och Tyrian undrade vad det var för fel. De var nästan ensamma på gatan så hon borde förstå att han talade med henne. Han föll bakom henne och saktade in lite till. Hon gick vidare i samma takt hela vägen bort till Österporten. Vakten som stod där hälsade men fick inget svar medans hon passerade ut ur staden. Tyrian kom fram till porten och vakten hälsade.

”Varför släppte du ut henne ur staden?” frågade Tyrian. ”Såg du inte att något var fel”

”Vad snackar du om grabben?” sa vakten. ”Den gamla kärringen går in och ut ur staden varenda natt”

”Kärring?” sa Tyrian. ” Det är något som inte stämmer här. Jag följer efter henne och ser så att inget händer henne.” Vakten tittade upp på honom med en misstänksam min.

”Du, folk får komma och gå som de vill i denna staden så länge som kungen håller den öppen” sa han. ”Jag tycker inte att du skall följa efter någon någonstans".

"Staden är öppen, sa du, så släpp förbi mig!" sa Tyrian. Vakten klev åt sidan
och Tyrian red förbi.

"Om något händer kärringen skall du veta att jag kommer ihåg dig, pojk!"
ropade vakten när Tyrian passerade ut genom murverket.

Tyrian red ut ur porten och över vindbryggan. Sluttningarna ned mot vattnet
utanför staden var mycket brantare än innanför stadsmuren. Det var stadens
bästa försvar mot en arme som anföll från land. Branten var helt enkelt för
brant för att passera och skulle tvinga fienden fram mot porten. De
gräsklädda branterna var nästan omöjliga att klättra över. Därför hade man
låtit gräva en torrgrav framför porten med en vindbrygga. Befästningarna
till staden var otroliga och den långa muren som följde ned längs
sluttningarna var höga och starka. Det samma gällde i hamnarna. Mellan
vågbrytarna stod två kraftiga porthus på vardera sida om inloppen. Dessa
innehöll kraftiga kedjor som kunde spännas upp och stoppa möjligheten att
ta sig in från havet. Tyrian såg kvinnan gå in i skogen på andra sidan
branterna. Hon verkade fortfarande följa vägen. Månen stod högt på himlen
och det var stjärnklart. Han valde att hålla avståndet till kvinnan och följde
efter in i skogen. Näset var inte särskilt långt och snart delade vägen på sig.
Han såg precis hur kvinnan valde den vänstra vägen. Den som gick åt norr.
De fortsatte på vägen en stund. Tyrian följde kvinnan förbi en liten by.
Därefter svängde kvinnan in på en liten stig som gick rakt in i landet. Tyrian
tvingades att rida närmare för att hinna med. Han såg ett högt berg mellan
träden framför sig och han förstod att det var åt det hållet de var på väg.

En stund senare såg Tyrian något längre fram. Det var en man. Han väntade
i en glänta under en stor ek. Intill sig hade han några kortare män som stod

och småbråkade. När kvinnan trädde ut i gläntan hyschade den längre mannen de mindre. De tystnade direkt. Den långe av dem var bredaxlad och hade långt blont hår. Han var klädd som en adelsman och bar svärd. Tyrian såg också ett par gyllene sporrar. Mannen trädde fram från under skuggan av trädet och tog emot kvinnan. De kramades när de nådde fram till varandra. Mannen tog sedan kvinnan om axlarna och höll ut henne från sig.

"Du kommer i tid som vanligt, min älskade" sa mannen.

"Allt för dig, min kung" sa kvinnan. Hon lät känslokall. Det fanns inget djup i rösten.

"Skall vi återvända till min borg medans natten är ung?" sa mannen. Tyrian tyckte att det var något konstigt med det hela och fortsatte att iaktta det hela inne ifrån skogen.

"Ja, inget skulle glädja mig mer, herre" sa kvinnan. Fortfarande som i trans.

"Då så, låt oss gå" sa mannen. Mannen svepte sin mantel om kvinnan och tittade misstänksamt ut mot skogen. Han svepte med blicken förbi där Tyrian stod och när deras ögon möttes hände något. Mannens ansikte ändrades. Han fick en stor näsa och gula ögon. Hans hår blev stripigt svart och täckte knappt hjässan på honom. Han fick en brungrön färg och öronen var stora som ett trolls. "Ett troll!" tänkte Tyrian. När trollets blick passerat Tyrian ändrades han tillbaka till sin mänskliga gestalt. Trollet drog med sig kvinnan in i skogen och de andra små männen följde också efter. Tyrian beslutade sig för att ge sig efter dem. Han red lugnt och valde att spåra dem istället för att jaga efter dem. Deras spår försvann in mot berget och han förstod att de måste ha gått in i en dold grotta. Han letade i flera timmar men fann inte ingången.

Han markerade ett träd med en bit av sin skjortärm strax intill där spåren slutat sedan började han rida tillbaka. Vakten hade ju sagt att kvinnan kom och gick varje natt. Han tänkte att han skulle nog kunna komma tillbaka på dagen och leta eller så skulle han kunna vänta tills trollen gick ut. Han red förbi den lilla gläntan och fortsatte in på den smala stigen. Då hörde han en röst.

”Inte en gång till” sa rösten. Tyrian såg sig omkring. Han såg ingen men han kände igen rösten. Han kunde inte placera den men han visste att han hade hört den förut.

”Vem där?” sa han. Han sökte av terrängen runt om sig men kunde fortfarande inte se någon.

”Jag sa, inte en gång till!” sa rösten. Viento krängde till och bockade. Tyrian for framlänges och landade på rygg framför hästen. Han tappade luften och stirrade upp mot hästens mule.

”Jag går inte självmant upp på en sådan där dödsfälla en gång till!” sa Viento. ”Hästar är inte gjorda för att åka på havet. Om du tvingar mig upp på en båt igen så kastar jag av dig mitt i en dust! Kom ihåg det.” Hästen spände ögonen i Tyrian. Tyrian gapade häpet. Han kom på vart han hört rösten förut. Det var Viento som varnat honom för skogsrået.

”Men, Viento, du talar?” fick han till slut fram. ”Var det du som varnade mig för rået? Hur länge har du kunnat det?” Hästen stirrade Tyrian i ögonen.

”Inga mer båtfärder!” sa hästen. Sedan sträckte han på sig och klev runt Tyrian som fortfarande låg på rygg. Hästen fortsatte skritta framåt. Tyrian hoppade upp på fötterna och gick ikapp hästen.

”Men svara då?” sa han. ”Hur länge har du kunnat tala och var det du som varnade mig?”

”Jag har väntat en evighet på att få dig ensam så att jag kunde säga till dig att jag inte vill åka mer båt” sa Viento. ”Ja, det var jag som varnade dig för skogsfrun. Hoppa upp nu så rider vi vidare.” Tyrian hoppade åter upp i sadeln. Han klappade hästen på halsen.

”Tack” sa Tyrian. ” Men du. Du får inte vara sur för båtturen. Varför har du inte sagt något innan?”.

”Du får aldrig tala om för någon att jag kan tala” sa hästen. ”Bästa sättet att hålla det hemligt var helt enkelt att hålla tyst själv. Men nu kunde jag inte låta bli längre. Inga fler båtturer.”

”Okej! Du skall få slippa det” sa Tyrian. De red vidare och talade om kvällen. Men strax innan byn blev Viento tyst igen.

Tyrian vaknade i sin säng på Sköldpaddan. Han hade kommit tillbaka sent och gått och lagt sig direkt. Solen sken in genom ett hjärtformat hål i fönsterluckan som täckte fönstret. Av solen att döma var det sen förmiddag snarare än morgon. Han tog på sig sina kläder och satte sig på sängkanten. Tankarna gick runt i huvudet på honom. Vem var den unga kvinnan och varför hade vakten kallat henne för en gammal kärring? Vad gjorde trollen så nära staden? Varför kunde egentligen Viento tala? Frågorna var många. Han beslöt sig för att först ta itu med frukost. Han gick ned till serveringen. Gunilla stod och torkade av ett bord. Hon tittade upp när Tyrian kom ned. ”Sen kväll igår?” frågade hon. Tyrian bara nickade till svar. ”Jag har dukat av frukosten men jag kan ta fram lite grötbröd och några ägg om du vill ha något att äta?” Tyrian nickade ytterligare en gång och satte sig vid ett bord. Gunilla kom efter en stund ut med grötbrödet och två ägg. Hon hade med en kopp med te. Tyrian satt med tankarna på kvinnan och märkte knappt att Gunilla ställde maten framför honom.

”Vad har du på hjärtat då?” frågade Gunilla. Tyrian tittade upp och såg att hon hade satt sig bredvid honom och tittade rakt mot honom. ”Det måste ju vara någonting som får dig att koncentrera dig så hårt.”

”Hm. Jag red runt i staden under skymningen igår kväll” sa Tyrian. ”Då såg jag en kvinna komma vandrandes längs Storgatan. Hon gick som i trans och jag kunde inte tala med henne.”

”Ah! Du har mött vårat spöke” sa Gunilla. ”Hon är väl inget riktigt spöke men hon går ut ur slottet varje kväll och kommer tillbaka varje morgon säger de. Vissa har följt henne och inte kommit tillbaka. Andra säger att hon går in i en skog och försvinner. Kungen har beordrat att ingen får stoppa henne så de flesta bara låtsas som om inget hänt.”

”Vem är hon?” frågade Tyrian.

”Det är nog det som är det konstigaste” sa Gunilla. ”Ingen vet. Ingen känner igen tanten och hovet säger inget om henne heller. Bara att hon inte får stoppas.”

”Hur länge har det här pågått” frågade Tyrian. Gunilla ryckte lite på axlarna och lutade sig tillbaka.

”Vem vet. Lite drygt ett år” svarade hon. ”Tänk nu inte för mycket på det. Du tänker väl inte göra något dumt nu, eller?” Hon såg lite misstänksam ut men ändå med ett leende.

”Nja, jag tror inte det” svarade Tyrian.

”Bra! Inget gott kan komma av det” sa Gunilla. Sedan reste hon sig och fortsatte med sina sysslor. Efter maten gick Tyrian ut till Viento. Han mockade och skötte om hästen samtidigt som han tänkte högt eller talade med hästen. Givetvis svarade inte Viento. När han var klar med sysslorna klappade han Viento på halsen och sa ”Vila nu det kommer bli en lång natt.” Därefter gick han ner till hamnen och tänkte. Han satte sig längst ut på en pir. Gunilla hade kallat den unga kvinnan för en tant. Var det bara Tyrian som såg att det var en ung kvinna? Varför hade kungen gett order om att ingen fick stoppa henne? Hade någon verkligen försvunnit efter att de följt efter henne? Det vore ju inte konstigt om någon försvunnit efter att de följt efter kvinnan med tanke på att hon gick till en skock med troll varje natt. Tyrian beslöt sig till slut för att han skulle bege sig till berget innan kvinnan och se om han inte kunde få sig ett närmare titt på det hela.

Tyrian åt middag på tavernan och bad Gunilla att packa ned lite mat till honom. Han sa att han skulle ut på en utflykt så han skulle nog inte hinna hem till kvällsmaten. Hon fick den där misstänksamma minen igen men gjorde som han sagt. Därefter sadlade han Viento. Han packade en liten kappsäck med maten och en filt. Han tog på sig harnesket han fått av alvkungen och drog en kjortel över den för att dölja dess ljud och blänk. Sen red han ut ur staden. Vägen kändes mycket kortare nu på dagen. Han passerade igenom skogen fram till den lilla byn och han fann den lilla stigen som ledde in till gläntan och vidare mot berget. Strax innan de kom fram till gläntan satt Tyrian av. Han band upp Vientos tygel upp i sig själv så att hästen kunde gå fritt.

”Jag vill att du går tillbaka lite längs vägen och inväntar kvinnan” sa Tyrian till hästen. ”Sen följer du dem alla bort till berget och väntar på mig utanför. Om kvinnan kommer ut utan mig vill jag att du går tillbaka till tavernan. Då förstår Gunilla att jag har försvunnit.”

”Okej” svarade Viento. ”Men tro inte att jag inte kommer tillbaka efter dig sedan.”

”Oroa dig inte för mig” sa Tyrian. Han tyckte att det kändes lite konstigt att hästen kunde svara men att tala med hästen hade han gjort så länge att det inte bekom honom. Efter det kilade han vidare längs stigen. Han hittade trädet som han bundit fast tygremsan i och tog bort den. Han undersökte berget men kunde inte finna så mycket som en spricka i bergväggen. Han gömde sig en bit bort med uppsikt mot berget. Medans han väntade åt han kvällsmaten som Gunilla skickat med honom. Tiden gick och till slut mörknade det. Månen sken ner igenom grantopparna och lyste upp bergväggen. Ett knakande och gnisslande ljud kom ifrån berget. En liten spricka blev synlig i månljuset. Den blev bredare och bredare tills den var lika stor som en kyrkoport. Därefter klev den stiliga mannen ut ur gången. Tyrian förstod att det var trolldom som dolde trollets egentliga natur. Efter honom kom de fyra mindre männen. I månljuset syntes det att deras mänskliga kamouflage inte var lika starkt som hos den stora mannen. För det första var de för korta och breda för att passa in som människor och när de rörde sig hastigt sken ansiktsdrag och detaljer igenom. Det var ganska uppenbart att den långa mannen var deras ledare. Men frågan var om han ens var av samma art som de mindre. De gick vidare längs stigen ned mot gläntan. Tyrian väntade något innan han smög fram till grottöppningen och kickade in. Det var ett litet större rum som var upplyst av en liten lampa. Innanför gick en gång vidare in i berget. Även gången var upplyst av ett flertal oljelampor. Tyrian tittade sig runt i det första rummet och såg ganska snart en stor spak vid sidan om ingången. Han förstod att de måste ha använt sig av den för att öppna berget. Efter det smög han in i berget längs med den smala gången. Han smög så tyst han kunde ifall det fanns fler troll där inne. Han såg att gången öppnade sig och tittade försiktigt ut i det stora nya rummet. Det var en tronsal. En stor sal med en liten upphöjning i änden. Där uppe stod det en stor tron i sten. Den var mejslad rakt ur berget på sin plats. Hörnen i rummet var fulla av skatter. Guld, silver och ädelstenar. Allt möjligt fanns där. Smycken, mynt och fina pälsverk med guldkant. På toppen av tronen hängde en krona. Det konstiga med den var att den var nästan dubbelt så bred som ett vanligt manshuvud. I sidoväggarna fanns det gott om hålor och ett flertal gångar som ledde längre in i berget. Väggen bakom tronen var helt slät. Det fanns inte så mycket som ett märke på den. Två stora draperier hängde ut längsmed sidorna och ramade in väggen. De var i rött sammet och hängde uppe i en tjock guldstång. Tyrian smög snabbt igenom salen och gömde sig bakom ett av draperierna. Luften inne i grottan var kvav och luktade av förruttnelse. Den var kväljande för Tyrian men han klarade sig utan att spy. Han stod och väntade så tyst och stilla han kunde inne bakom draperiet. Han hörde någon komma gåendes. Han kikade försiktigt ut. Ett kort troll med breda axlar och stor mage gick från gången på vänster sida av salen mot en av gångarna på höger sida. Han hade grönbrun hy och knotiga armar. Två stora guldkedjor hängde längs halsen på honom och ett flertal armband. Trollet gick och småvisslade för sig själv. Han passerade ut genom en av gångarna och Tyrian hörde hur trollet ropade på någon. Tyrian förstod att det måste finnas flera troll inne i berget.

Efter en stund hörde Tyrian hur någon kom gåendes från gången som han kommit in ifrån. Han hörde samma knakande och gnisslande ljud som han hört när berget öppnat sig fast denna gången avslutades det med en smäll. Han förstod att han var instängd i berget. Illamåendet hade lagt sig för en stund sedan men kom nu tillbaka. Först kom de fyra mindre trollen in i salen. Tyrian kikade ut bakom draperiet. De började busa runt i salen. Den ena slängde sig i en stor hög med guld och en av de andra klättrade högt upp längs med den ena väggen. Därefter trädde riddaren och kvinnan in i salen. De ställde sig mitt i salen och riddaren drog bak huvan på kvinnan. Hon var ung och mycket vacker med långt ljust hår. Nästan vitt. Hennes anletsdrag var späda och på hennes huvud lyste en tiara i det vitaste guldet Tyrian någonsin sett. Tiaran var klädd med ljusa safirer och längst uppe i den högsta spetsen satt en stor diamant. Riddaren förde kvinnans mantel på axlarna åt sidan och den föll till golvet. Hon bar en vit klänning vars liv var klätt med pärlor. Hon var den vackraste kvinnan Tyrian någonsin sett. Till och med vackrare än alvprinsessan Yolia. Hon verkade var omgiven av ett eget sken. Riddartrollet stod mitt emot henne och knäppte med fingrarna. Fram rusade de mindre trollen som nu tagit tillbaka formen som troll. De överöste kvinnan med guld. Hängde över henne med ett dussintals halsband, armband och ringar. Allt i det rödaste guldet. Riddartrollet fattade hennes händer och sedan förvandlades han till sitt egna jag. Han växte och blev lika lång som två män och dubbelt så bred. Hans nacke såg ut som en tjurs och huvudet blev grovt och fasansfullt. En av de mindre trollen sprang bort till tronen och hämtade kronan. Trollets kläder ändrades till pälsar och mörka tyger. Från hans hals hängde dussintalet med grova halskedjor och armarna var nästan täckta med armband i guld. Han blev krumryggad och tänderna var spetsiga. Han tog emot kronan av det lilla trollet och satte den på sitt huvud.

"Bergakungen, Bergakungen" mässade de mindre trollen och fler troll strömmade in. Efter en stund var där nog ett hundratal troll. De dansade runt kvinnan och trollkungen. De mindre trollen sjöng högre och högre. Hellre än bra. Bergakungen höjde handen och alla tystnade och stannade. De stod som förstenade. Kvinnans ögon var fortfarande grumliga av förtrollningen och hon såg rakt på trollet. Han gick ned på ett av sina knän och hamnade nu nästan i jämnhöjd med henne.

"Har din far tackat ja till min begäran om att få viga mig med dig ikväll?" frågade trollet.

"Nej inte idag heller, min herre" svarade kvinnan. Hennes röst var fortfarande kall som i trans. Trollkungen suckade och de mindre trollen skrek ut i förtvivlan. Några av dem började gråta. Kungen knäppte med sina fingrar och alla blev genast tysta.

"Lämna oss så vi får tala ostört" beordrade han. Genast satte alla trollen av i full hast ut igenom gångarna på sidan av den stora salen. Kungen tog sedan kvinnan i handen och ledde henne upp till tronen. Han satte sig med ett brak och lyfte upp henne på sitt ena knä. Tyrian kunde nu inte se trollets ansikte som var dolt av tronen men kvinnan syntes tydligt. Hon satt rak i ryggen med ena benet över det andra som en riktig dam. Trollet talade med henne men hon gav honom bara raka svar med samma entoniga röst. Hon avslutade alltid med "min herre." Han talade vidare som om han trodde på alla svaren. Tyrian stod och samlade mod en stund. Han visste vad han behövde göra. Kvinnan satt på trollets vänstra knä. Han smög upp svärdet ur skidan. Det tog en stund att dra det helt ljudlöst. Sedan smög han ut mot trollets högra sida. Han höjde svärdet och gled runt tronen. Han högg hårt och snabbt när han klev runt och gjorde sig synlig. Bergakungen fick en häpen min när svärdet träffade honom rakt över halsen. Trollets huvud lossade och föll till marken med en dov duns. Tyrian tog sig snabbt runt och drog ner kvinnan från knät på trollet. Hon vaknade ur sin trans och var på väg att börja skrika. Han höll för hennes mun och sa åt henne att lugna sig. Hon började att andas häftigt men försökte inte skrika längre så han släppte henne. Han tog ett par snabba steg bort till draperiet och skar av en bit av tyget. Sedan svepte han in huvudet i tyget och tog det med sig. Kronan satt fortfarande kvar på huvudet. Han skidade svärdet och rusade fram till kvinnan. Han tog henne i handen och började rusa mot utgången. Halvvägs igenom salen ryckte hon till. Hon böjde sig och tog upp sin mantel. De rusade sedan vidare så tyst som möjligt in i den lilla gången. De kom fram till det första rummet Tyrian kommit in i. Han fann spaken och drog i den. Den rörde sig inte. Plötsligen hörde de ett skrik inne ifrån berget. Tyrian tittade på kvinnan som precis dragit på sig manteln.

"Hoppa upp med mig och dra i spaken" sa han. Hon gjorde genast som hon blivit tillsagd och de båda hoppade upp och hängde sig med båda armarna i spaken. Den gled sakta ned och berget öppnade sig. De hörde tunga steg borta i gången. Trollen var på väg. Viento stod precis utanför grottan. Tyrian slängde upp kvinnan längst fram på hästen och kastade upp tyget med trollhuvudet i famnen på henne. Hon skrek till men Tyrian sa till henne att

lugna sig. Han band sedan loss tyglarna och hoppade upp i sadeln. De red
iväg. De båda såg hur trollen strömmade ut bakom dem. Viento tog över
tyglarna och styrde vant igenom skogen ned mot den lilla byn. De passerade
gläntan och verkade vinna mark mot sina förföljare. De passerade byn i full
fart men det var mitt i natten så ingen verkade märka dem. Sedan passerade
de trevägskorsningen och tog sikte mot Havsport. Ett moln passerade
månen och det blev nästan svart. Viento kunde ändå vägen och de saktade
knappt ner. Till slut kom de fram till skogsgränsen mot huvudstaden. Tyrian
stannade då Vineto.

”Vad gör du?” frågade kvinnan. Han hoppade av hästen och drog av sig
tunikan som täckte harnesket. Sedan la han in den i en av sadelväskorna.
Han tog tygpaketet ifrån kvinna och hängde det på sadeln.

”Så, nu kan vi fortsätta” sa han och satt upp. De red in mot porten i lugn
takt. Vakten som stod stoppade dem när de kom närmare.

”Vad gör ni ute så här dags?” frågade han. Kvinnan drog av sig luvan.
Skenet som hon haft runt sig var nu borta men hon var fortfarande väldigt
vacker.

”Den här mannen har räddat mig från trollkungen själv och du står i vår
väg” sa hon. ”Ring i kyrkklockorna och förbered far för våran ankomst.”
Mannen bugade sig genast.

”Ursäkta mig, prinsessan” sa vakten. ”Det skall bli! Genast.” Han ropade till
en annan man uppe i tornet som började ringa i en mindre klocka. Snart
sjöng samtliga klockor i staden medans Tyrian red med prinsessan framför
sig in i staden.

Solen steg rakt bakom dem när de red förbi Storkyrkan och de första
strålarna träffade Tyrians harnesk som spred strålarna åt alla håll.
Prinsessans tiara fångade upp ljuset och det glittrade om de båda. Folket

hade kommit ut för att se vad det var som pågick. De jublade när de såg sin prinsessa komma ridandes. Många av dem undrade nog vad det hela handlade om. Den stora porten öppnades till slottet när de närmade sig. Där inne såg Tyrian att hovet hade ställt upp sig. När han red in genom portvalvet var Storgatan bakom honom helt full med människor som jublade. Flera av dem följde efter in i slottet. Tyrian red in över borggården. Den var stenlagd med stora plana skivor av den rödaste graniten. Hovfolket stod som i en halvcirkel ut från slottet och längst fram i mitten på trappan som ledde in i huvudentrén stod kungen, en medelålders herre med extra vikt vid midjan, vitt hår och en krona på huvudet. Folket i staden fyllde på och gjorde cirkeln hel. Strax framför trappan stannade Tyrian. Han satt av och hjälpte sen prinsessan ned från hästen. Kungen gick ner för trappan och prinsessan sprang honom till mötes. De mötte varandra med öppen famn och folket applåderade. Tyrian följde efter prinsessan fram mot kungen men stannade något bakom. Kungen viskade några välkomnande ord till sin dotter och förde henne sedan med båda sina händer och hela sin uppmärksamhet till sin sida. Sedan vände han blicken mot den unge mannen framför honom. Tyrian gick ned på knä. Viento förde fram ena benet och bugade som hästar gör.

"Upp med dig, unge man" sa kungen. "Vem är du som fört tillbaka min dotter från ondskan och trolldom?" Tyrian reste sig och gick kungen till mötes.

"Mitt namn är Tyrian, ers majestät" sa Tyrian. Han mötte konungen med blicken och kungen log.

"Var kommer du från?" sa kungen. "Är du riddare?"

"Nej, ers majestät, min far var bonde och jag kommer från en liten gård inte långt ifrån byn Tjärnen i nordöstra delen av ert rike" sa Tyrian. Prinsessan la sina händer om sin fars axlar.

"Han räddade mig inne i trollens tronsal" sa hon. "Han högg huvudet av
självaste bergakungen."

"Stämmer detta, Tyrian?" frågade kungen.

"Ja, ers majestät" svarade Tyrian. "Jag har trollkungens huvud med mig i
tygpaketet hängandes på sadeln." Han gjorde en gest mot Viento. Kungen
nickade mot en av sina riddare som stod strax intill och sa "Riddarmästare
Karl." Riddaren var en spänstig lång man men ändå kraftigt som rörde sig
lätt som en fjäder. Han var kortklippt med välansat mörkt skägg. Riddaren
stegade fram till hästen och lossade tygstycket. Han körde ner handen och
drog upp huvudet så att alla kunde se. Folket flämtade till och kungen
ryggade undan. Solens strålar gled in igenom porten och träffade
trollkungens huvud som sakta förvandlades till sten. Kronan som
fortfarande satt kvar fastnade nu för alltid i håret som också blev till sten.
Ett guldkrönt trollhuvud av sten. Riddaren bar fram det till konungen. Han
tecknade åt honom att ta med det in. Kungen vände sig åter åt Tyrian
"Det har länge varit känt här vid hovet att den som räddar prinsessan Tindra
ifrån hennes förtrollning skall få gifta sig med henne." sa kungen. "Jag vet
inte om detta kommit ut till folket eller om adelsmännen hållit detta till sig
själva för att öka sina chanser. Givetvis gäller detta även dig, Tyrian. Men
jag kan inte låta min underbara dotter äkta vem som helst. Tyrian ge mig ditt
svärd och fall på knä." Kungens ord ekade i stenväggarna runt om i
borggården. Folket drog tyst efter andan. Här och var i hovet fnös en och
annan ädling. Tyrian drog svärdet och föll ned på sitt högra knä. Han höll
upp svärdet mot konungen med en hand vid greppet och parerstången och
den andra långt ut på bladet. Han sänkte sitt huvud samtidigt som kungen
tog emot svärdet. "Säg efter mig" Tyrian talade efter kungens ord. "Jag
lovar att skydda och värna riket. Jag lovar att skydda och värna dem som är
fattiga och i fara. Jag lovar att skydda och värna kvinnor. Att använda svärd

emot dem som försöker att bringa olycka gentemot andra. Detta är min ed."
Tyrian sade hela ramsan som i trans nu när han förstod vad som höll på att hända. Konungen dubbade Tyrian med en lätt klapp med svärdets bredsida på vardera axel samtidigt som han sade.

"Jag dubbar här med dig, Tyrian Trollbane, till riddare inom den kungliga ordern. Res dig och ta emot folkets jubel" Tyrian reste sig och hela folkmassan jublade och applåderade. Tyrian fick tillbaka svärdet ifrån kungen. Han höjde det upp över huvudet. Applåderna steg upp emot skyn. Det sägs att applåderna hördes ända bort till berget och ekade ända in till trollkungens sal.

Kapitel 10

Tyrian och jakten

Drygt ett år passerade efter Tyrian blev dubbad på borggården. Han hade flyttat in i slottet ihop med de andra riddarna som tjänstgjorde där. Någon dag efter dubbningen hade han tagit sig ned till tavernan Sköldpaddan och betalat hela sin nota med dricks. Han hämtade även sina tillhörigheter. Han fick träna ryttarkonst och strid ihop med riddarna. Han lärde sig att använda lans. De andra riddarna blev förvånade över hur bra han förde sig med hästen. Viento gillade verkligen sin nya roll som stridshäst. Han talade ytterst sällan när de var inne i slottet för chansen att bli upptäckt var för stor. Det hände att de tog ridturer ut ur staden och då var han mycket mer villig att tala. De båda lärde sig snart markerna utanför staden. Långt bortom berget där han räddat prinsessan. Tindra var kungens enda barn och Tyrian skulle därför bli kronprins så fort äktenskapet tagit plats. Han spendera mycket tid i tronsalen ihop med kungen och rådmännen när de fattade beslut om landets affärer. Allt för att lära sig innan han själv skulle stiga upp på tronen. Tindras mor hade dött i barnsängen strax efter att Tindra fötts och kungen hade aldrig gift om sig. Tyrian tillbringade så mycket tid ihop med prinsessan som han fick. De lämnades aldrig helt obevakade så att de inte höll på med något fuffens. En av deras favorit sysselsättningar var att vandra runt i slottsträdgården. De kunde talas vid i timmar. Det hände även att prinsessan följde med Tyrian ut på sina ritter utanför staden men då fick de alltid med sig en hel grupp med vakter vilket tog bort lite av känslan att rida fritt i skogen. Men en sak var säker och det var att de faktiskt älskade varandra.

Det var höst när vi kommer tillbaka till historien och ett ryckte nådde
slottet. En björn hade setts till och det var tradition för hovets riddare att bli
inbjudna till jakt av herren till marken där den skådats. Strax där efter kom
inbjudan de alla väntat på ifrån Aston av Träeborg. Tyrian var i
slottsträdgården tillsammans med Tindra när inbjudan anlände. En väpnare
kom och avbröt deras samtal med nyheten och lämnade dem efter han
framfört sitt budskap

"Du tänker väl inte åka?" sa Tindra. "Du behövs ju här. Någon måste ju
hålla mig sällskap." Hon la huvudet lite på sned och log. De höll varandra i
händerna. Strax intill porlade en liten fontän upp bland näckrosbladen i en
damm. Tyrian ville gärna med på resan. Att få rida i skogen med Viento i
några veckors tid vore underbart. Han visste att han skulle sakna prinsessan
men många gånger saknade han också sitt liv på vägen. Den totala friheten.

"Det är ju tradition" sa han. "Det vore olämpligt för mig att tacka nej. När
vi gifter oss så blir jag prins och det vore ännu värre om prinsen tackade nej
till inbjudan. Jag tror att det är bäst att jag följer med." Löven hade börjat
skifta färg i trädgården men ännu satt de kvar på sina grenar.

"Men tänk om du möter björnen" sa hon. "De är farliga, på riktigt. Du kan
ju bli dödad."

"Äh chansen att just jag skulle möta björnen är ju ganska liten" sa han.

"Många av de andra är ju duktiga jägare. Jag har ju aldrig jagat björn förut.
Dessutom så har jag ju med mig Viento"

"Menar du att en häst skulle skydda dig emot en björn?" frågade hon.
Tyrian skruvade lite på sig.

"Nja han är ju rätt snabb i fötterna" svarade han. "Sen är det ju många som
tycker att jag inte hör hit. Men om jag fäller björnen finns det ju ingen
tvekan om mitt mod eller ridderlighet." Han hörde själv hur han använde sin
vän Tykos ord. Tyko talade alltid om ridderlighet och gamla slag. Han var

skolad till riddare ifrån barnsben och den av riddarna som Tyrian kommit närmast sedan han kom till slottet. En osjälvisk riddare som försökte leva upp till idealet.

"Ridderlighet?" sa hon. "Nu har du allt talat lite för mycket med Tyko. Jaja åk du och jaga men se till att komma hem. Stackars björn. Visar sig en gång och helt plötsligen kommer en halv arme med riddare ut och jagar den." Det var ovanligt med björn i Bodaland men det hände att de kom ned någon enstaka från norr. Högre uppifrån Sverige eller Norge. Så fort det hände blev det jakt och för männen i hovet var det deras tur att visa sin tapperhet i skogen. Älg och vildsvin fanns det gott om i skogarna men ingen av dem kunde mätta sig med att jaga en björn.

"Det är ju viktigt!" sa Tyrian. "Så folket vet att de har män som vågar rida ut och möta faror"

"Ät kvällsmat med mig och far ikväll" sa Tindra. "Så får vi se vad han har och säga om det." De tog avsked och Tyrian gick till riddarnas kvarter och talade med riddarmästare Karl om jakten. Beslut om att närvara på jakten hade redan fattats och alla riddarna var välkomna att följa med. De skulle avmarschera nästa morgon. Väpnarna höll på att packa tält och förnödenheter. Det skulle ta tre dagar att ta sig till Träeborg.

Senare samma kväll gick Tyrian till bords med kung Torvald och prinsessan. Torvald var en medelålders man med kortklippt hår som var lika vitt som hans getskägg. Han var normallång men hade breda axlar som var ett tydligt tecken på hans aktiva ungdom. Men hans mage avslöjade att han inte varit lika aktiv i ryttarbanan de senaste åren. Kungen satt på kortsidan av det långa bordet och Tyrian satt på hans högra sida på långsidan av bordet. Mitt emot satt prinsessan Tindra. Hon var uppenbart sur och satt med armarna i kors när hon inte behövde använda dem till att äta. Hon tittade först på

Tyrian och sen på kungen.

”Far, vet du att Tyrian har tänkt att åka med de andra riddarna och jaga den där fåniga björnen” sa hon.

”Ja, vad bra!” sa kungen och tittade med glad min på Tyrian. ”Du borde åka, det är tradition.”

”Det var precis det jag sa” sa Tyrian. ”Det hade ju inte sett bra ut om jag tackat nej.”

”Nej, verkligen inte” sa kungen. ”Jag kommer ihåg min första björnjakt. Jag var 16 år. Riddare Elving Hårdförd dräpte björnen den gången. Det ger minnen för livet och karaktär.”

”Men far!” ropade prinsessan. De båda ryckte till och tittade på prinsessan.

”Ja, just det ja” sa kungen och vände blicken mot Tyrian. ”Ta det lugnt och utsätt dig inte för några faror. Det skulle göra min dotter mycket upprörd om något hände dig.” Han blinkade med ena ögat mot Tyrian. Det fortsatte kvällsmålet med diskussioner om allt möjligt annat. Kungen hade några berättelser från dagen i tronsalen. Män kom ofta dit och bad om hjälp eller upprättelse för något. Han fick också lösa tvister. Som kung hade man fullt upp. Men det blev många historier från dessa möten. Efter måltiden tog kungen med sig Tyrian till sin rustkammare. Där inne hängde kungens rustningar i rad och man kunde lite tragiskt följa utvecklingen. Den första hade han haft i barnsben och var inte högre än midjehöjd. Nästa rustning var nästan lika lång som kungen var nu men mycket smalare. Den efter det var lite högre och mycket mer bredaxlad. Nästa var lite bredare över midjan och den sista såg ut att passa kungen nu. Den var lite mer päronformad. Alla rustningar var av finaste stål med plåtar som täckte nästan hela bäraren. Där inne fanns även svärd, yxor och klubbor. Lansar, pilbågar och armborst hängde på väggarna. Flera jakttroféer prydde väggarna och gångarna. En björnpäls hängde på ena väggen med sitt stora gap öppet så tänderna syntes.

Horn från hjort, älg och rådjur syntes här och var. Någon uppstoppad fasan stod i ett hörn och betar från vildsvin täckte pelaren mellan fönsterna. De gick fram till ett spjut som hängde på väggen intill. Det var ett lite kortare spjut med en bred spets. Strax innanför spetsen gick två stora taggar ut åt sidorna. Skaftet var av ett mörkt träslag och det syntes på det att det använts mycket. Kungen tog ned spjutet från dess hållare med båda händerna och tittade på det med en suck. Efter en kort paus såg kungen upp mot Tyrian och sträckte ut spjutet mot honom.

”Det är mitt jaktspjut som jag har använt på alla mina björn- och vildsvinsjakter” sa han. ”Jag vill att du använder det under jakten. Det finns ingen anledning till att det skall hänga här och skrota.” Tyrian såg hur mycket spjutet betydde för kungen och tog emot det med en bugning.

”Tackar så mycket, ers nåd” svarade Tyrian. ”Jag lovar att jag skall ta med mig det tillbaka så att du kan använda det många gånger till. Har du dödat någon björn med det?” Kungen sken upp.

”Ja, det kan du tänka dig, min gosse” sa han. ” Tre stycken faktiskt och ett tjugotal vildsvin. Ge hit spjutet igen så skall jag visa dig hur man gör.” Han tog spjutet med ett ryck och började peka mot sidan av sig. ”Om björnen kommer springandes emot dig och håller huvudet lågt så fatta spjutet såhär.” Kungen satte vänsterhanden bakom änden på skaftet av spjutet och höjde det upp vid sidan av sitt huvud. ”När han kommer nära skall du ta ett snabbt steg åt höger och stöta ned vid sidan av huvudet på björnen. Men du måste göra det på björnens vänstra sida, alltså på höger sida om huvudet för dig. Då kommer spetsen att nå ned till hjärtat. Sedan måste du hålla björnen stången. Detta är det farliga sättet att göra det på.” Kungen log emot Tyrian och gick lite närmare. Spjutet pekade fortfarande bort mot den osynliga björnen. ”Så tog jag min första björn. Det är även så du gör emot vildsvin. De andra två lyckades jag reta upp så de gick upp på bakbenen och då är det bara att stöta in mot hjärtat underifrån och sätta änden av skaftet i backen. Då sköter sig resten själv." Kungen hoppade ut och gjorde en stöt snett uppåt. Han satte sedan skaftet i golvet och sjönk ned och höll det uppe. Sedan skrattade kungen till och tog sig upp på fötterna igen. Tyrian hade aldrig sett kungen så här uppe i varv tidigare. Det syntes lång väg att han älskade att jaga. Kungen räckte över spjutet till Tyrian igen. Sedan visade kungen runt honom lite i rustkammaren och berättade om olika vapen och deras historier. Kungen hade även en del jakttroféer som han gärna drog jakthistorierna om. De stannade där en stund sedan tackade de varandra för en trevlig kväll och Tyrian gick och la sig.

Nästa morgon väcktes Tyrian tidigt och åt en snabb frukost ihop med de andra riddarna. De tog på sig sina rustningar. Deras förnödenheterna och utrustning lastades på vagnar. Tyrian hade ännu ingen egen väpnare utan fick rykta och sadla Viento själv. Det var så han ville ha det med. Han och hästen. Han behövde ändå inte lika lång tid på sig som de övriga riddarna som var bepansrade från huvud till tå. Han själv hade bara sitt harnesk som han fått av alvkungen. Han tog spjutet i handen och ledde ut Viento på borggården. Där stod prinsessan Tindra och kungen och tittade på riddarna som höll på att göra sig i ordning för att rida av. Han ledde fram Viento till dem och ställde sig med spjutet i ena handen och Vientos tyglar i andra. Prinsessan gick fram till dem och klappade Viento på kinden och gav honom en puss på mulen. Sedan vände hon sig mot Tyrian. Hon gick fram och kramade honom. Tyrian släppte tyglarna och omfamnade henne med högerarmen.
"Jag vet att du bör åka men jag vill hellre ha dig här" sa hon. Tyrian tryckte henne tätt intill sig och släppte sedan ut henne ifrån sig och såg henne i ögonen.

"Jag vet" sa han. "Men jag är snart tillbaka och vem vet med lite tur kanske jag har med mig en fin björnpäls hem." Han kysste henne på pannan och hon backade med sin hand följande hans arm tills de stod hand i hand emot varandra. Hon blev röd om kinderna. Kungen kom ned från trappan han stod på och gick in mellan dem och gav Tyrian en stor kram. Han dunkade Tyrian på ryggen.

"Bra! Jag ser att du har med dig spjutet" sa Kungen. "Kom nu ihåg vad jag har lärt dig och glöm det inte när du möter björnen." Kungen log brett och vände Tyrian mot riddarna. "Se så! Upp med dig och rid med dina fränder." Tyrian satt upp och märkte att han var sist om att göra så. Riddarmästare Karl höjde handen och beordrade dem framåt. Tyrian vände på sig och såg på prinsessan samtidigt som han red ut genom porten. Hon vinkade.

De red i maklig takt ut genom staden. När de passerade hejade sig de morgonpigga människorna som redan var uppe. Folk såg att Tyrian var med och ropade hans namn. Sedan dess att Tyrian räddat prinsessan från trollet hade folket börjat gilla honom mer och mer för varje dag som gick. De såg honom som en av folket. Riddarna passerade Storkyrkan och sedan ut genom Österport. De red över vindbryggan och fortsatte in åt landet. När de kom till den första korsningen tog de vägen mot norr och passerade den lilla byn där Tyrian svängt av när han följt efter prinsessan till trollen. Sedan fortsatte färden inåt land och snett upp mot norr. De red igenom en dalgång mellan höga åsar och passerade flera små gårdar och kom framåt kvällen fram till byn Enskedde. Där de övernattade. Riddarna tog in på värdshuset och väpnare och tjänstefolket slog upp tälten utanför byn. Nästa morgon fortsatte de färden och red vidare in i landet. Nu öppnade markerna upp sig och det blev mer jordbruksland. De stora kullarna låg längre och längre ifrån varandra. Vid middagstiden passerade de en liten by men stannade inte utan red vidare. Barnen i byn sprang ut och iakttog riddarna med stora ögon. Tyrian vinkade till dem när han red förbi. Det var en mulen dag men utan regn. Framåt kvällen red de igenom ett pass som klöv en av de stora kullarna på mitten. En gammal härförare hade använt passet för några hundra år sedan för att komma runt motståndarnas arme och passet kallades för generalen. Man sparade en dags ritt på att gå igenom passet men det var högt och halt. De ledde hästarna. Högst uppe på toppen såg man långt ut över landskapet. Skogklädda kullar med toppar av den röda graniten stickandes upp ur jordbrukslandskapet. När de kom ned nådde de fram till en by. Denna natten bodde även riddarna i tält utanför byn. Flera byinvånare besökte lägret. Det blev dans runt lägerelden och en man ifrån byn spelade luta. Luften var kylig denna kvällen och det kändes att hösten började få ett ordentligt grepp. Dagen därpå red de vidare in åt landet. Mitt på förmiddagen pekade riddarmästaren Karl mot en väldig skogbeklädd kulle vid horisonten.

"Killefjäll!" sa Karl. "Det är där de har sett björnen. Träeborg ligger någon mil framför fjället så vi borde vara där innan middagstid." Tyko sträckte sig över i sadeln mot Tyrian och puttade till honom lätt med handen.

"Sen fäller jag den där björnen innan kvällen så du kan åka hem till din prinsessa" sa Tyko. "Bra va? Så slipper hon oroa sig för din skull." Hans leende gick nästan från öra till öra när han manade på hästen. Tyrian skrattade till och ropade efter Tyko. "Ja då får du skynda dig nu om du skall hinna innan kvällsmaten." Tyko sänkte farten och vände sig om i sadeln igen med ett flin på läpparna. De nådde fram till Träeborg till middagen och blev mottagna av riddare Aston av Träeborg. Han var en lång bredaxlad man i trettioårsåldern. Han var redan klädd för jakt i mörka byxor och en mörkgrön kort jacka. Han bar en hatt med en fjäder från en orre. Aston välkomnade dem och bjöd genast på mat till riddarna för att de skulle kunna ge sig ut på jakt direkt efter måltiden. En gryta beståendes av rotfrukter, lök och kött serverades ihop med bröd och ost. Under måltiden presenterade riddarmästare Karl de nya riddarna för riddare Aston. När han förtäljde vem Tyrian var så brast Aston ut. "Oj, har jag självaste trolldråparen vid mitt bord." Han ställde några frågor och sa att de nog måste vara tur att ha med sig Tyrian till jakten. Aston berättade även om vart man sett björnen och att det var dit han tänkte föra sällskapet till efter måltiden. Han berättade även att det var tänkt att han skulle viga sig med Grevinnan av Stenbock denna helgen men att han skjutit upp bröllopet en vecka för att kunna ta emot riddarna och jaga efter björnen. Grevinnan hade inte gillat detta men funnit sig i situationen. Riddarna skrattade åt detta men tyckte att det var förståndigt av honom att välja att jaga före något giftermål. Grevinna kunde vänta, för vem visste när en björn skulle visa sig så långt söder ut igen.

Viento frustade när han sicksackade mellan träden. Hans andedräkt blev till rök i den kyliga luften. Solen hade precis gått ned så de hade bara en timme kvar tills det blev helt mörkt. Hundarna skallade längre fram i skogen. Tyrian styrde igenom den täta skogen på ett vant sätt. Tyko låg strax bakom honom och riddarmästare Karl strax före. De passerade en liten sjö som låg helt stilla och mörk mellan tallskogen. De hade delat sig i grupper om tre och Träeborgs hundförare hade släppt ett flertal hundar. De red emot vinden mot ståndskallet. De passerade ut mellan tallarna och kom fram till en tätare granskog. Hunden var inte långt bort då de satt av och ställde hästarna. De tre riddarna gick in i den täta skogen med spjuten beredda. Strax öppnade skogen sig lite och där på andra sidan en liten kulle i gläntan såg de hunden. En jaktspets med en tät skallgivning. De smög sig närmare men såg än så länge inte djuret. Hunden verkade skälla på en gran. Ned mot rötterna där grenarna hängde ned mot marken. Karl tecknade att de skulle sprida ut sig och ta sig närmare granen. Tyrian tog vänsterflanken och Tyko tog den högra sidan. Karl gick kvar i mitten. De tog sig så tyst de kunde ända fram till hunden. Det nöffade till under granen och ut for ett vildsvin rakt mot Tyko som snabbt stack djuret bredvid huvudet. Han höll så hårt han kunde i spjutet som böjde sig av kraften från vildsvinet. Riddarmästare Karl var snabbt framme och stötte galten i sidan som stöp med ett tjut. Hunden studsade snabbt fram och började dra i galten. Tyrian smög vidare fram till granen och lyfte på grenarna med spjutet. Det fanns inga mer grisar där under. Sedan gick han bort och gratulerade de andra. Tyko var den som fick ta äran för galten då han träffade med första stöten. De berömde hunden för sitt arbete och mod. Sedan drog de med galten bort till hästarna och band fast den i Tykos häst, Stjärna. De satt upp och började rida. Hunden följde glatt efter, jagandes vildsvinet som släpades efter dem.

”Tyko, var det inte björn vi skulle jaga idag?” frågade Tyrian. Riddarmästaren vek sig av skratt i sadel och Tyko tittade upp mot honom och ryckte på axlarna.

”Jag tänkte på riddare Aston bara” svarade han. ”Det är ju dyrt att ha kungens riddare på besök. Jag ville ju bara hjälpa honom på traven med maten.” De red vidare ned till samlingspunkten skrattandes. Väl nedanför fjället gratulerade de andra riddarna Tyko för galten. Riddare Aron lovade att om de var kvar i fyra dagar så skulle han låta den helgrillas över öppen eld och serveras till kvällsmat. Det var viktigt att så fint kött fick hängmöra i några dagar. De red sedan tillbaka till Träeborg.

I tre dagar jagade de utan resultat. Tyrian hade sett både älg och rådjur på nära håll men eftersom de jagade med spjut så passade han på att bara njuta av synen av dem. Vädret hade varit väldigt skiftande och när de vaknade för att ge sig ut och jaga den fjärde jaktdagen så var det frost. Årets första.

Löven hade skiftat färg och skogen sprakade av färger. Denna morgon hade de åter igen delat in sig i grupper om tre riddare och en hundförare. Tyrian, Tyko och Aston jagade ihop denna dagen och skulle söka av ett område på fjället som de inte hade sökt igenom tidigare. Många av de andra riddarna hade börjat ifrågasätta om björnen verkligen fanns kvar på Killefjäll men Aston var positiv. De skulle söka av ett stort område mellan två stora sjöar som låg uppe på fjällplatån. Terrängen var besvärlig med flera småkullar och djupa sprickor. Det skiftade mellan tall och björkskog. Björkarnas blad lyste gyllene i morgonsolen. Hundföraren som följde med dem hade släppt två hundar en halvtimme tidigare och de jobbade i terrängen framför dem medans de red sakta igenom området. ”Vov, Vov, Vov!” Hördes längre fram och de alla förstod att en av hundarna hade ställt något. Hundens skall blev hetsigare. De hade vinden till sin fördel och började rida upp mot ståndskallet. Skallet blev högre och högre. De red över en liten kulle och ned i en liten sankmark. Nu förstod de att de var nära. En liten kulle till sedan borde hunden stå där bakom. Något vrålade och hunden tystnade. ”Björnen” sa Aston. Sedan blev det ett jädra liv på hunden igen som verkade driva björnen bortåt.

”De rör på sig” sa Tyko. ”Skynda! så hinner vi ikapp dem.” De började rida efter hundens skall. När de red över kullen såg Tyrian något i ögonvrån. En skugga rörde sig snabbt förbi inne mellan några granar och den var stor. ”Aston, Tyko! Björnen är här borta!” ropade han högt. De verkade inte höra honom. Han vände hästen och började följa efter skuggan. Tydliga språng spår efter djuret gick igenom terrängen runt den lilla kullen tillbaka ned mot sankmarken de precis hade korsat. Innan han kom fram till den våta mossiga marken svängde spåren snett åt väster. Här var det tätare granskog vilket gjorde det svårt att se längre fram. Han red ut i en liten glänta. Björnen hade vänt om och kom rusandes mot Tyrian och Viento genom de täta granarna. Tyrian styrde snabbt Viento åt sidan och björnen snodde runt bakom dem.

”Bakut!” skrek Tyrian till Viento. Viento sparkade bakut och träffade sidan på björnen som kastades iväg till kanten av gläntan. Tyrian satt snabbt av och gick fram med spjutet i högsta hugg. Björnen var groggy av smällen och försökte resa sig. Tyrian kom inom räckhåll och siktade mot hjärtat. Han kände plötsligen en skuldkänsla. Björnen såg upp mot honom med rädsla i blicken. Varför gjorde han detta egentligen? Det var bara för att kunna ta med pälsen hem och för att riddarna och kungen skulle prisa honom. Björnen hade inte gjort nåt. Det var inget troll eller vätte som var ute och stal silver eller prinsessor. Han sänkte spjutet och björnen kom på fötter och sprang därifrån. När Tyrian höjde blicken såg han ett bistert ansikte inne i skogen. Lithomiel hade spänt blicken i honom men när deras blickar möttes fick alvprinsen ett litet leende på sina läppar.

”Skydda och hedra skogen” sa Lithomiel. Något hördes bakom Tyrian och han vände snabbt på huvudet. Det var Tyko och Aston som närmade sig igenom skogen. När Tyrian vände tillbaka blicken var Lithomiel borta.

”Vänta” ropade Tyrian. Han såg ut igenom buskaget men alven fanns ingenstans att se.

”Jag tror inte björnen kommer tillbaka bara för att du ropar på den Tyrian” sa Tyko. Han smilade från öra till öra. Tyrian sträckte ut armarna och pekade på marken framför honom.

”Han var precis här” sa han. ”Men jag hann inte fram.” Det sista var en lögn men det var bättre än att säga till sina jaktkamrater att han hade skonat björnen som de jagat i nästan fyra dagar och rest i tre för att nå fram till.

”Stå inte där då!” sa Aston. ”Upp på hästen så ger vi oss efter den.” Tyrian hoppade upp och de följde spåren ned till en av de stora sjöarna. De kunde se på långt håll hur björnen tog sig upp på andra sidan. Det skulle ta någon timme att ta sig runt.

De grupperade om sig till eftermiddagen och släppte hundar igen på andra sidan sjön men de kom aldrig ikapp björnen. När de kom tillbaka till Träeborg serverades vildsvinet som Tyko och riddarmästare Karl hade fällt. Till köttet serverade även rotmos, ett grovt bröd och öl. Mycket öl. De jagade i tre dagar till men fann aldrig björnen igen. En av Astons mannar, Göte, fällde ett vildsvin den sjätte dagen men annars gick de lottlösa. På morgonen den åttonde dagen reste sällskapet hem igen utan björn. Prinsessan Tindra och kungen var mycket glada när Tyrian kom hem. Några dagar efter deras hemkomst nåddes de av nyheten att riddare Aston hade fått in nya rapporter om att björnen hade skådats och gett sig efter den. Han hade jagat den så hårt att han helt hade missat sitt eget bröllop. Aston hade till slut lyckats att fälla björnen men när han kommit hem till Träeborg fann han borgen i lågor. Grevinnan av Stenbock hade låtit hennes mannar att sätta eld på borgen som hämnd på att hon känt sig utebliven. En strid hade följt och Aston hade vunnit och nu krävde han grevinnans mark för att kunna återbygga sin borg. Grevinnan hade dött under striderna och saknade arvingar så kungen överlät helt enkelt marken till riddaren. Aston byggde en ny borg fast denna gången av sten. Några av de gamla balkarna återanvändes och den nya borgen fick namnet Svarteborg.

Kapitel 11
Tyrian och bröllopet

En kort tid efter att Tyrian kommit hem till slottet i Havsport satte kungen ett datum för Tyrians och Tindras bröllop. Nästkommande midsommarafton. Inbjudningarna skickades ut till när och fjärran. Det sändes inbjudningar till kungahusen i Sverige, Norge och Danmark. Det var fortfarande höst när budbärarna lämnade Havsport. En sen kväll när de satt och planerade inför bröllopet kom Tindra att tänka på att Tyrian inte bjudit in några som inte var ifrån slottet.

"Älskling, vill inte du bjuda in några till bröllopet?" frågade hon där hon satt i en fin soffa snidad i rosenträ med sammetskuddar. Regnet öste ned utanför fönstret. Det var snart allhelgonahelgen. Han tittade upp mot henne lite förvånat.

"Vem skulle jag bjuda in?" sa Tyrian. Prinsessan tittade på honom med en sorgsen blick och sträckte sig bort över bordet och gav honom en kram.

"Dina föräldrar kanske eller syskon" sa hon. "Har du inge vänner från innan du kom hit?" Tyrian kom då att tänka på profetian som fått honom att lämna sin familj från första början. Han skakade på huvudet. Sedan berättade han för prinsessan varför han lämnat hemmet, om Viveca och om hur de alla skulle drabbas av hemskheter om de kom hit. Det var ju verkligen inget han önskade någon.

"Men på vägen då? Har du inte träffat några vänner innan du kom hit?" sa hon. Tyrian tänkte lite på det och kom fram till att han träffat en massa trevliga människor på vägen men att de var få som han blivit vän med.

"Gunilla här nere på tavernan sköldpaddan" sa han. "Hon var väldigt snäll mot mig när jag bodde där. Sen har vi kapten Acke på Duvan och mina tre kamrater ombord. Kaj, Hjalmar och Dan." Prinsessan lyste upp och la sin hand på Tyrians knä.

"Där ser du. Du har ju massa vänner" sa hon. "Du har säker fler du vill bjuda in." Tyrian tänkte till och kom att tänka på alverna. Han hade lovat att inte berätta så mycket om dem men han visste ju ändå att många människor kände till dem. De handlade ju med människorna ibland. Han såg upp mot prinsessan men allvar i blicken och tog hennes hand i sin.

"Jo, jag har några till jag skulle villa bjuda in men det får stanna mellan oss" sa han. Han lutade sig sedan närmare och viskade i hennes öra. "Kung Lentarion, hans drottning Asteliel och resten av den kungliga familjen i skogen. Jag vill att vi omnämner prins Lithomiel separat i inbjudan." Han drog bak huvudet och hon tittade på honom med en mycket skeptisk blick. Prinsessan klappade på soffan bredvid sig och Tyrian hoppade dit. Hon skruvade lite på sig och såg ned i bordet.

"Jag har hört de namnen förut men de är inte lätta att komma i kontakt med" sa hon. "Vi får nog tala med far om att bjuda in dem. Bodaland har inte alltid kommit överens med dem."

"Vi har ju bjudit in kungahusen från Sverige, Norge och Danmark som varit i krig med oss i sekler" sa Tyrian. Hon fortsatte att skruva lite på sig och drog sig lite med ena handen bakom nacken. Hennes hår var uppsatt så hennes smala och vackra hals var blottad. Tyrian längtade tills giftermålet.

"Jo, jag vet men det är lite annorlunda när det inte gäller människor liksom" sa hon. "Vi får tala med far om saken. Du får ta upp det med honom men gör det så att ingen annan hör."

Senare samma kväll åt de kvällsmat ihop med kungen. De satt i ett av tornrummen i kungafamiljens egna torn. Ett vitt välvt tak tornade upp sig över dem och de satt runt ett stort långbord. Det var bara de tre där bortsett

från några tjänare som var beredda på att passa upp om så skulle behövas. Så som det brukade vara. I början av måltiden talade de om annat. Kungen berättade om olika tvister som kommit upp framför honom under dagen och var noggrann med att höra med Tyrian hur han hade dömt i hans ställe. Allt för att preparera honom för den dagen han skulle sitta på tronen. Tyrian satt själv och tänkte på hur han skulle få med sig kungen ifrån tjänarna så han kunde fråga om han kunde bjuda in alverna till bröllopet. Sen kom han på det. Kungens rustkammare. När efterrätten dukades fram frågade kungen de båda hur det gick med planeringen och inbjudningarna för bröllopet. Prinsessan Tindra började räkna upp en massa adelsmän som de skickat inbjudningar till och kungen nickade medhållande. Fram åt slutet av inbjudningarna så tillade hon att Tyrian hade några han ville bjuda in och räknade upp namnen på de vänner Tyrian tidigare nämnt. Så som Acke och Gunilla. Men hon utelämnade alverna. Sen började de tala om andra mer praktiska saker. När de ätit färdigt frågade Tyrian kungen om han inte kunde vissa honom sina jakttroféer som han såg när han var i rustkammaren sist. Kungen blev alldeles till sig. De gick dit så fort de ätit färdigt och sagt godnatt till prinsessan. Väl uppe i rustkammaren började kungen tala om hur han fällt än den ena och än den andra trofén. Tyrian lyssnade och skrattade vi rätt tillfällen. Kungen var mycket dramatisk när han talade om jakt och det var riktigt roligt att höra på hans historier. Efter att kungen berättat färdigt en jakthistoria om hur han fällt en råbock med hjälp av en slunga som han råkade ha i fickan när hans bågsträng gått av så tystnade det emellan dem. Tyrian tog chansen.
”Ers nåd, jag har en annan sak jag skulle vilja ta upp med er” sa han.
”Ja, vadå? min gosse” sa kungen.
”Jag har några jag skulle vilja bjuda in till bröllopet men jag vet inte hur det skulle gå till” sa han. ”Eller ens om ers majestät godkänner att jag bjuder in

dem. Prinsessan sa något om att ni inte alltid dragit jämnt med dem.”

Kungen såg misstänksam ut och lutade sig lite på sidan.

”Vad har du för vänner som jag inte skulle godkänna?” frågade kungen.

Tyrian stålsatte sig lite innan han talade igen. Han såg sig runt omkring så att ingen annan fanns i rustkammaren.

”Jo, jag skulle vilja bjuda in kung Lentarion av skogsriket och hans familj” sa Tyrian. Kungen såg nog lika förvånad ut som han var misstänksam och rullade pekfingrarna emot varandra.

”Hur känner du till dem?” frågade kungen. Nu var det istället Tyrian som skruvade på sig.

”Jo, jag gick vilse i den stora skogen och råkade snubbla på deras rike av misstag” sa Tyrian. ”Sen lät de mig övervintra hos dem. Deras son, prins Lithomiel, stod mig särskilt nära och var min läromästare under tiden hos dem. Dagen jag lämnade dem fick jag bära ögonbindel så jag har ingen aning om hur jag tar mig tillbaka till dem.” Kungen gick bort till en av ställningarna och plockade ned ett svärd. Han drog det ur skidan och kollade längsmed eggen. Han vände sig sedan mot Tyrian igen och satte spetsen av svärdet mot sin fingerspets.

”Jo, det stämmer att vi inte alltid har dragit jämt men det är så gammalt nu” sa kungen. ”Det är klart vi skall sända en inbjudan till dem.” Han skidade svärdet och hängde tillbaka det.

”Ers nåd, jag har lovat att inte tala för mycket om dem med andra så jag skulle uppskatta om ni var diskret med inbjudan” sa Tyrian.

”Självfallet! Jag vet allt att de är måna om sina hemligheter.” sa kungen. På väg ut ur rummet fick Tyrian syn på en sköld han inte tänkt på tidigare. En stor välvd droppformad sköld som var täckt av stora fjäll. I mitten av cirkeln i droppen satt en kort men bred och kraftig tagg.

”Vad är det för sköld?” frågade Tyrian. Han pekade på skölden med hela handen.

”Den? Jo, det är min farfars fars gamla sköld” sa kungen. ”Den är täckt med drakskinn. Taggen är från raden med taggar som går upp ifrån drakens ryggrad. Det sägs att den skall stoppa drakeld.”

Tyrian nickade intresserat. Han hade ju själv varit med om en hel del konstigheter vilket gjorde att han hade lättare för att acceptera sådana historier.

”Vart fick han den ifrån?” frågade han.

”Det var en bröllopsgåva ifrån kungen av Ungern” sa kungen.

Tiden gick och Tyrians dagar spenderades mellan att öva i ryttarbanan och i fält med Viento samt att sitta med i rådsmöten i tronsalen med kungen. Han föredrog att rida på Viento med svärd i hand men förstod vikten av att lära sig hur riket styrs. Hans giftermål med prinsessan Tindra skulle medföra att han blev kronprins av Bodaland. Det var en uppgift han stod lite tvivelaktig till. Han tyckte inte om allt ansvar som det skulle innebära men samtidigt såg han fram emot chansen att påverka riket för det bättre. Kvällarna spenderades oftast med prinsessan. De planerade bröllopet till punkt och pricka. Vintern var mycket vacker i Havsport och isen la sig i hamnarna. Snön gnistrade på taken i hela staden och holmarna utanför. Våren gick fort och staden kom verkligen till liv när handeln startade upp igen. Köpmän från andra länder och städer handlade med alla möjliga varor på stadens torg. Sommaren kom och det började bli dags för bröllopet. Festligheterna var planerade att hålla på i tre dagar. Första dagen skulle det hållas bal på slottet och alla gästerna skulle presenteras. Gästerna skulle även ha med sig sina bröllopsgåvor. Andra dagen som inföll på midsommarafton skulle själva vigseln hållas med den stora bröllopsfesten. Den tredje dagen planerades en turnering på ett av stadens torg som också skulle avslutas med en fest.

Dagen före midsommarafton grydde. Staden var nu full av folk och ett stort tältläger hade rests utanför staden. Flera stora skepp låg förankrade i hamnarna med gäster och deras sällskap. Kungafamiljerna från Norge och Danmark hade varsitt skepp nere i hamnen. Dessa skepp var så stora att de fick ta sig in i hamnen med hjälp av ankardraggning. Båda två var smyckade med träsniderier som var guldförgyllda. Sveriges kungafamilj hade anlänt med en stor karavan med droskor. De var alla vackert smyckade med sniderier täckta med bladguld. En stor skara med gycklare, musiker och annat löst folk hade samlats i staden. Stadsbefolkningen hyrde ut alla skrymslen de hade tillgängliga och tog hutlöst betalt. Ficktjuveri och stölder blev allt fler och fler så stadsvakten hade att göra. De hade till och med hämtat in fler vakter inför festligheterna.

Tyrian stod framför spegeln nere i riddarhuset. Han hade på sig nya kläder i purpur som var gjorda för att användas enbart till denna kvällen. En vit kråsskjorta stack ut över västen. Prinsessan skulle också bära purpur men Tyrian tyckte inte om färgen på sig själv. Tyko stod bredvid och nickade. "Vackert Tyrian" sa Tyko. "Du kommer att ta dem med storm." Tyrian grimaserade.
"Ser jag inte bara uppblåst ut då?" sa han. Tyko skakade på huvudet. "Med lite tur kommer alla att ha blickarna på prinsessan istället för mig." Tyko skrattade.
"Du ser bra ut i kläderna" sa Tyko. Tyrian hängde nu ut sin gamla medaljong för första gången på utsidan kläderna. Han tittade sig i spegeln och hängde på sig svärdet.
"Bättre eller sämre?" frågade Tyrian.

”Fint smycke! Helt klart bättre” svarade Tyko. När de var klara gick de tillsammans med de andra riddarna mot den stora balsalen. Riddarmästare Karl gick först sen Tyrian efter dem gick de övriga i två kolonner. Tyko gick först i en av kolonnerna. När de kom fram till salen visades Tyrian till sin plats. Än så länge hade det inte anlänt några gäster. Tjänarna rusade runt i salen och såg över allting så att det var perfekt. Det hängde draperier längsmed väggarna och ett stort ornament var uppsatt mellan de två stora välvda trapporna som gick nedifrån entrén. Några meter ifrån trappornas botten stod en tron och två vackra stolar uppställda. Allt på en stor röd matta som sammanslöt med mattorna som gick ned från entrén via trapporna. Bakom dessa stolar var långbord uppställda med ett högsäte stort nog för flera kungafamiljer. Kungen och prinsessan anlände till salen strax därefter. Prinsessan var mycket vacker i sin purpurfärgare klänning. Hon hade håret uppsatt på bakhuvudet men med ett flertal långa knippen med hår hängandes ut. Tyrian tog hennes hand och kysste henne och gav henne en komplimang för hennes vackra utseende. Kungen bar också kläder i purpur. De satte sig sedan på de tre platserna. Kungen på tronen och brudparet tillsammans på kungens högra sida. Efter en stund gav hovmästaren klartecken på att allt var i sin ordning. Gästerna släpptes in i salen i par och gick ned för trapporna. Vartannat par på varannan sida. Varenda en presenterades högtidligt av en härold. Först kom de tre kungaparen från Sverige, Norge och Danmark. De reste sig och tog i hand med kungligheterna och tackade dem för att de kommit. Efter dem kom det alviska kungaparet in. Tyrian blev glatt överraskad och tog kung Lentarion och drottning Asteliel väl i hand. De syntes på dem att de var glada att återse sin gamle gäst. Efter dem kom prinsar och prinsessor i par och hälsade dem. Det var givetvis från Sverige, Norge och Danmark men även från länder längre bort så som det Tyskromerska riket och England. Sist av alla kom Lithomiel och prinsessan Yolia. Tyrian var glad att se dem och hälsade dem artigt. När Lithomiel skakade hand med Tyrian drog han Tyrian tätt intill sig och viskade snabbt i hans öra.

”Du klarade testet med björnen galant, unge man.” Sedan log han och gick vidare. Efter det kom andra adelsmän och adelskvinnor så som hertigar, baroner och grevar. Dessa följdes av friherrar och riddare. Där efter kom högt uppsatta borgare och ämbetsmän samt några av de högre stående inom prästerskapet. De ökade takten något framåt slutet och till slut stod det flera par i vardera trappa och väntade på att få komma fram. Tyrian hade så fullt upp med att välkomna alla att han missade vilka de sista anlända var. Härolden ropade högtidligt ut ”Ulf och Stina, brudgummens föräldrar.” Tyrian såg upp och flög upp ur stolen. Han tog några steg fram. Fadern gick fram och höll ut handen. Tyrian ignorerade handen och kramade om sin far och sedan sin moder. De sa inget men de började gråta alla tre. Tyrian vände sig mot kungen och prinsessan och presenterade dem för varandra. Efter detta gick de till bords. De hade även gjort plats för Tyrians föräldrar i herresätet.

Det serverades en trerätters middag. Förrätten bestod av en fralla som var fylld med en skaldjursröra. Till huvudrätt serverades lax med en smakrik sås och rotfrukter. Till efterrätt dukades det fram ett flertal olika tårtor. Tyrian satt i högsättet tillsammans med prinsessan, alla kungaparen och hans föräldrar. Han ville helst av allt tala med sina föräldrar och med alverna men nu var han också en representant för riket så det var viktigt att tala med kungarna från de tre omgärdande rikena. Det kom ganska snabbt fram att prinsessan Tindra hade bjudit in Tyrians mor och far. När måltiden var klar rörde sig de flesta av gästerna ut till balkongen och sträckte på benen. Balkongen hade utsikt ned mot den södra hamnen och vattnet glittrade mellan de praktfulla skeppen. Det gav tjänarna en chans att bära undan borden. Väl ute på balkongen fick Tyrian en chans att tala med sina föräldrar. Han frågade om Frej och Fjalar och om hur allting gick hemma på gården. De berättade att Frej hade gift sig med en flicka några gårdar bort som heter Elna. Tyrian visste precis vem det var. Fjalar hade också lämnat hemmet och gått in i stadsgardet i byn Tjärnen under sheriffen som hjälpt Tyrian med vättarna. De hade också blivit bjudna men kunde inte komma. Stina kramade om sin pojke ordentligt när hon fick chansen. De båda tyckte att han hade vuxit till sig bra och sa till Tyrian att han var längre än båda sina andra bröder. Samtalet avbröts när kungens härold bad alla att återvända till bankettsalen. Det skulle vara dans ikväll men enligt tradition fick inte Tyrian dansa med Tindra under denna kväll. Det skulle sparas till bröllopsfesten. När alla gästerna kommit in i hallen igen stod Yolia högst upp på trappan med en alvisk dubbelflöjt i händerna. Kung Lentarion klev fram mellan gästerna och trapporna.

"Mina damer och herrar, om jag får be" sa alvkungen. "Min dotter, prinsessan Yolia, har bett mig att presentera henne. Vi vet att ni vill komma igång med dansen men hon skulle väldigt gärna spela en melodi för brudparet. Det är första gången hon spelar på sin dubbelflöjt utanför vårat rikes gräns." Han lät orden sjunka in innan han fortsatte. "Så varsågoda!" Kung Lentarion svepte med hela handen från publiken upp mot Yolia. Tyrian stod bredvid Tindra och höll henne i handen. Han böjde sig tätt intill henne och viskad kort. "Det här kommer verkligen bli något speciellt." Yolia höjde flöjten till munnen och började spela. Melodin började lugnt och harmoniskt. Det blev mörkare i salen trots att solen sken utanför. Någon i publiken ropade "Kolla!" och pekade upp i det välvda taket. En bild av skuggor bildades och föreställde en skog. Takten i musiken ökade något och det dök upp skuggor av djur i taket. Ett par rådjur och en hare rörde sig lugnt runt i skogen. En skarp ton hördes och något skrämde djuren som försvann. En skugga av en man kom in skogen från ena hållet och en skugga av en kvinna kom ifrån andra hållet de möttes i mitten och fattade varandras händer. De föll på knä och talade med varandra. En mörkare ton kom in i melodin tillsammans med en annan man till häst. Riddaren red fram och tog tag i kvinnans hand och sparkade omkull den första mannen. Därefter drog han upp kvinnan på hästen och red ut ur skogen. Här var musiken hektisk men när den första mannen kom på fötterna blev den lite lättare igen. Mannen sprang efter riddaren ut ur skogen. Plötsligen var riddaren högst upp i ett torn i en borg med kvinnan. Musiken var nu mörkare och man såg att han talade med hela kroppen mot kvinnan. Han hotade henne med knuten näve och höll fram en ring. En vigselring. Kvinnan verkade skräckslagen. Snart dök den förste mannen upp igen och klättrade upp för sidan av tornet. Samtidigt som riddaren jagade runt kvinnan på toppen. När han kom upp blev det strid. Nu var musiken snabb men väldigt bra. Till slut lyckades hjälten stöta riddaren med svärdet och putta ut honom från tornet. I nästa ögonblick red hjälten och kvinnan ihop på riddarens häst i skogen. Musiken var nu ljuv. Djuren var tillbaka. Det slutade med att paret red bakom ett träd och försvann. Musiken fortsatte något och ljuset kom sakta tillbaka in i salen. Alla applåderade när Yolia var klar. Aldrig tidigare hade de sett en sådan uppvisning eller hört så rörande musik. När applåderna tystnat höjde Yolia handen för att få ordet.

"Jag kallar melodin kärleksparet i skogen och den påminner mig om Tyrian och prinsessan Tindra" sa Yolia. "Hur de träffades. Tyrian som smög efter trollen in i grottan och befriade henne med ett enda hugg. Nästan som i en av forntidens sagor." Hon fick ytterligare en applåd. Efter det började slottsorkestern spela och det var dags att bjuda upp till dans. De många prinsarna från grannländerna hade allihopa siktet inne på att bjuda upp prinsessan Tindra. Så var seden. Medans de alla rörde sig emot brudparet för att be om lov visslade någon till ovanför trappan. Uppe vid prinsessan Yolia stod nu Lithomiel. Han hoppade upp på de kraftiga träräcket som följde trappan och gled ned ståendes och landade bara några meter ifrån brudparet. Med ett par snabba smidiga steg var han framme. Han sträckte ut handen mot Tindra och sa "Får jag lov?" Hon neg och tog emot handen. De var först ut på dansgolvet. Tyrian var näst i tur med en Svensk prinsessa. Snart dansade alla med alla och kvällen var en succé. Jo alla dansade med alla utan givetvis Tyrian med Tindra. Mellan danserna fick Tyrian möjlighet att tala med både föräldrarna och alverna. Det dansades långt in på natten men tids nog mattades folkmassan ut och Tyrian kunde smita iväg och gå och lägga sig. Prinsessan Tindra och kungen hade redan dragit sig tillbaka.

Dagen efter väcktes Tyrian av Tyko. Han hade sovit länge. Han såg till att få sig något att äta sedan tog han sig ned till stallet. Viento stod i sin spilta och Tyrian talade lite med hästen samtidigt som han ryktade honom. Hästen svarade givetvis inte eftersom att det fanns folk i närheten. Viento hade fått äran att vara ledarhäst för vagnen som skulle dra dem till och från kyrkan. Själva bröllopet skulle äga rum strax efter middagstid. Tyrians enda riktiga uppgift innan det var att göra i ordning sig själv tills det var dags. Han kunde ändå inte låta bli att hjälpa till med att göra i ordning sin trognaste vän. Vientos man var kraftig och lockade sig ned längs med ena sidan. Den var vit på den annars linfux färgade hingsten. Tyrian ordnade och donade med Viento en bra stund tills några stalldrängar kom och skulle göra i ordning hästarna. De jagade iväg Tyrian och sa åt honom att skynda sig med att göra sig själv i ordning. Så han gick och tog ett bad i slottets badstuga och gick sedan till sitt rum. Hans bröllopskläder hängde på en herrbetjänt mitt i rummet. Han beslutade sig för att äta något innan han tog på sig de nya fina kläderna för att undvika att smutsa ned dem. Han åt en bit bröd och lite ost. Sedan tog han på sig kläderna. Höga svarta stövlar med gravyr, vita byxor som satt åt, en vit skjorta med krås, en röd väst med blåa detaljer och en öppen blå jacka med röda detaljer. Mässingsknappar och kragspeglar med Bodalands emblem på. En ö i ett hav med en gran på. Han hade ingen hatt utan istället hade han låtit klippa håret något några dagar innan. Det var fortfarande långt fast nu utan några kluvna toppar. Det hängde ned över axlarna. Han spände fast svärdet med bältet runt midjan men under den korta öppna jackan och hängde fram amuletten han tagit av vätten Olg för så många år sedan. Han såg på sig själv i spegeln och var väldigt nöjd med hur utstyrseln blivit. Plötsligt kom det över honom hur stort det här var. Han skulle gå ut framför tusentals människor och gifta sig med en prinsessa och där med inte bara vara riddare utan även kronprins. Ansvaret i det kändes nästan överväldigande. Han måste se proper ut och vara en förebild. Han sträckte på sig och sköt ut bröstet. Dörren öppnade sig och in kom riddare Tyko och riddarmästare Karl.

"Ta nu inte i så du spricker" sa Tyko. Tyrian vek sig av skratt och förstod hur fånig han måste ha sett ut. "Glöm inte att detta bara handlar om dig och prinsessan. Dig och Tindra. Tänk inte på resten. Politiken och kungaansvaret kan vänta till en annan dag." Tyko la handen på Tyrians axel och han kände sig redan mycket lugnare.

"För en gång skull håller jag med riddare Tyko om något" sa riddarmästare Karl. "Passa nu på och njut av bröllopet. Har du nu fått instruktioner om hur allt går till?"

"Ja, det har jag" sa Tyrian. Han hade ju varit med och planerat hela bröllopet. Klart han visste hur det gick till. Riddarmästare Karl skruvade lite på sig och satte sig på ett bord som stod tätt intill.

"Öh, och du vet hur det går till efter" Karl gjorde en paus och vevade lite försiktigt med handen framför sig. Karl blev röd i ansiktet och det märktes på han att han ville få sagt något men tyckte att det var pinsamt att ta upp det.

”Efter vadå?” frågade Tyrian. Tyrian stirrade på Karl. Tyko började skratta och titta på de båda.

”Efter bäddningen” sa Karl. ”Vet du vad som förväntas av dig efter bäddningen?” Bäddningen var en urgammal tradition som många tycke att man skulle ta bort. Normalt sett den här tiden tillämpade man inte den traditionen men vid viktiga bröllop så som kungliga var detta fortfarande sed. Det som hände var att man tog brudparet med sig till deras från och med nu gemensamma gemak och bäddade ned dem i sängen. Bara de närmaste och mest högborna fick följa med på denna tradition. Sen lämnade alla rummet och det förväntades att brudparet skulle fullborda bröllopet. Tyrian blev högröd. Tyko skrattade ännu mer.

”Jo tack, jag vet” fick Tyrian till sist fram.

Strax därpå gick de ut till borggården. De gick bara utanför dörren till riddarhuset som var en egen del av slottet. En stor trappa ledde ned till borggården men de väntade där uppe. En vacker droska utan tak stod uppställd nere på borggården och ett myller av gäster stod och väntade där nere. Tyrian fick en applåd när han kom ut. Det var bara de gäster som senare skulle få vara med på festen i slottet och inne i kyrkan som stod där nere. Tyrian stod där och väntade. Prinsessan och kungen skulle komma ut ur den stora porten och de skulle samtidigt gå ned och mötas vid droskan. Väntan var olidlig och han kände hur alla stirrade på honom. Han såg alverna och sina föräldrar där nere bland gästerna men även kungafamiljerna från de tre grannrikena. Han började svettas. Inte jätte mycket men en droppe bildades på pannan och började rinna ned längst sidan av ansiktet. Solen gassade rakt på honom och det var varmt. Plötsligen öppnades dörrarna till slottet. Två vakter klev ut med hillebarder och ställde sig i givakt mittemot varandra med hillebarderna snett lutade inåt. Där efter klev två vakter ut med var sin lur och ställde sig emot varandra i givakt utanför de andra vakterna. De höjde sina lurar till läpparna och blåste en fanfar. Då klev kungen och prinsessan ut. Kungen var klädd i en liknande dräkt som den Tyrian bar. Men Tindra var klädd i en vit lång klänning med smal midja och stora höfter. Den gick bara nedanför armbågen på ärmarna och satt åt långt upp på halsen. Den passade perfekt. Hon hade vita handskar på sig och en slöja hängde ned framför ansiktet på henne. Hon bar en krona i vilken slöjan var fäst. Hennes hår var uppsatt i en vacker kreation men hängde också ned i en rak smal klunga över ryggen. Tyrian tappade nästan andan. Hon var otroligt vacker. Hon glittrade nästan som när trollens magi låg över henne inne i berget. Karl kommenderade till marsch och Tyrian kom på sig själv och satte fart på fötterna. De gick ned mot droskan. Han hade svårt att släppa henne med blicken och det märktes att hon hade svårt att släppa honom med blicken. De log båda två. Nere vid droskan klev Tyrian själv fram emot kungen och prinsessan. Han sträckte ut sin vänstra arm och kungen överräckte bruden. Han hjälpte henne upp i droskan. Kungen tog tag i Tyrians axel. Han vände sig mot kungen som bara nickade. Han klev sedan upp i droskan han med. Kusken manade på hästarna och de red över borggården ut mot staden.

När de kom ut ur slottsporten blev brudparet chockade. Hela Storgatan var full med människor. Husen var lövade och det hängde baner och vimplar längsmed väggarna och från taken. Storgatan hade ett avspärrat körfält som de färdades på igenom folkmassorna. Tyrian och prinsessan Tindra vinkade åt folket. Droskan svängde av Storgatan ner mot den södra hamnen. De följde en av de större gatorna kallad för Teatergatan nästan ända nere i hamnen. Där låg ett av torgen. Torget var fullt av marknadsstånd och folket jublade och viftade med små vimplar när de passerade. Det stod vakter med jämna mellanrum längs avspärrningen och höll koll på åskådarna. Tindra skrattade och vinkade med armen helt uppsträckt åt folket på torget. Tyrian tyckte om hennes skratt. Det var som solens strålar tidigt på våren som slog bort allt mörker. Det var tydligt att folket älskade sin prinsessa men han var inte lika säker på om de skulle gilla honom lika mycket. De fortsatte ned till hamnen och åkte hela hamngatan bort. De stora skeppen glänste i solen och överallt stod folk och såg på. De vände längst bort på hamngatan och åkte nästan halvvägs tillbaka där de svängde upp längsmed Köpmannagatan. De red över mitten av Havsports största torg, Salutorget. Torget var till stora delar avstängt för byggnationen av läktare samt rännarbana inför morgondagens tornerspel. Men folket hade ignorerat avstängningarna och klättrat upp på läktarna för att se diligensen bättre. Därefter bar det rakt upp mot Storkyrkan som låg rakt ovanför Salutorget längsmed Köpmannagatan. De hade åkt ganska långsamt runt i staden och turen hade tagit nästan en halvtimme. Detta var inte bara för att vissa upp brudparet utan även för att hinna förflytta gästerna till kyrkan. När de kom fram till kyrkan var en stor vid cirkel avspärrad framför kyrkans port. Utanför avspärrningen stod åskådare högt och lågt. Tindra vinkade till ett par yngre flickor som var uppklädda som små prinsessor. De jublade och klappade händer. Någon av dem grät. Riddarmästare Karl och Tyko tog emot dem vid kyrkan. Karl hjälpte först Tyrian ned och Tyrian hjälpte sedan sin blivande fru. Åskådarna jublade. De gick bort till Storkyrkans port och vände sig sedan om och vinkade mot folket en sista gång innan de gick in. Prinsessan slängde iväg en slängkyss samtidigt som de vände sig om och klev in i kyrkan.

När de kom in i vapenrummet i kyrkan hängde Tyrian av sig svärdet bland alla de andra svärden som hängde prydligt längs väggarna. De ställde sig till rätta. Kyrkklockorna började ringa och ljudet var nästan öronbedövande där de stod längst ned i klocktornet. Tyrian stod bredvid Tindra och bakom dem hjälpte en kammarjungfru till med att lägga Tindras släpp tillrätta. De båda riddarna ställde sig i givakt vid ingången. När klockorna tystnade öppnades porten in i själva kyrkan. En orgel spelade så högt att det knappt gick att höra vad man tänkte och de började gå in emellan bänkraderna. Alla stod upp när de gick i procession ned mot altaret. Alla var vända mot dem med stora leenden. När de kom längst fram möttes de upp av ärkebiskop Eskil. Han var en kort och mager man som för länge sedan sett sina bästa år. Han bar en hög och kantig hatt, en prästrock samt en präststav som snurrade ihop sig högst upp. Tyrian slängde en blick bakåt och såg sina föräldrar sitta på bänkraden längst fram på hans sida. Där satt även alverna och av någon anledning det svenska kungaparet. Längst fram på prinsessans sida satt givetvis kungen samt både det norska och danska kungaparet. Ärkebiskop Eskil harklade sig och Tyrian vände blicken mot honom igen.

”Vi har samlats här idag för att förena dessa två ungdomar i äktenskap” började ärkebiskopen. Sedan drog han igång på allvar och talade i ungefär en halvtimme om hur länge han har tjänat Bodaland och kungafamiljen. Han tog upp minnen från både när kung Torvald och prinsessan Tindra var små. Det var tydligt att han inte visste mycket om Tyrian men han tog i alla fall upp historien om när Tyrian ridit in i staden med prinsessan och trollkungens huvud. Sedan svamlade han om något annat en stund tills kungen harklade sig för att skynda på honom lite. Det var tydligen inte ovanligt att ärkebiskopens predikningar drog ut på tiden. Eskil summerade ihop predikan lite snabbt och gick vidare till vigseln.

"Som sagt, vi har samlats här idag för att viga dessa två ungdomar" sa
ärkebiskopen. "Tager du riddare Tyrian Trollbane, prinsessa Tindra av
Bodaland till din maka?" Tyrian vände blicken mot Tindra och svarade "Ja."
Sedan vände Eskil blicken mot prinsessan och frågade "Tager du prinsessan
Tindra av Bodaland, denne riddare Tyrian Trollbane till din make?" Hon såg
intensivt in i Tyrians ögon och svarade "Ja." De utbytte ringar.
Ärkebiskopen såg lite på snedden ned mot kungen. Kungen nickade till
svars och ärkebiskopen tog till orda igen. "Därmed förklarar jag er man och
hustru i faderns, sonens och i den heliga andens namn. Amen. Du får lov att
kyssa bruden" Tyrian lyfte Tindras slöja och de kysstes. Någon jublade
långt bak i publiken. Därefter drog den högljudda orgeln igång igen och de
vände om och marscherade ut. Åskådarna reste sig och började fylla på efter
att brudparet passerat. Tyrian höll Tindras hand högt när de kom in under
läktarna längst bak. I vapenrummet spände Tyrian snabbt på sig sitt svärd
igen och de gick ut ur kyrkan under kyrkklockornas sång och till folkets
jubel. De satt upp på droskan och gjorde en liknande tur ner åt norra sidan
av staden som de gjort på vägen till kyrkan. Var de än passerade såg folk
glada ut och alla hälsade på dem med vinkningar och jubel. När de
passerade piren som löpte ut i hamnen sköt soldaterna i vakttornet salut.
Fyra höga smällar dånade igenom staden. Tindra hoppade till och hamnade i
knät på Tyrian och det slutade med en kyss. De fortsatte sedan upp mot
slottet igen och red in på borggården. Viento gnäggade högt när de stannade
mitt på gården. De steg av och började gå mot slottsträdgården. När de
passerade hästarna stegrade sig Viento och gnäggade igen. Tyrian bad
Tindra att vänta lite och klev bort och klappade hästen på mulen. När han
var riktigt nära viskade Viento "Grattis prinsen." Tindra kom snart bort och
klappade Viento bakom örat.

När de gick in under blomstervalven i slottsträdgården applåderades de av gästerna. De hade dukat upp under bar himmel på en av de större gräsmattorna. En större öppen paviljong stod vid ena sidan av gräsmattan som brukade användas som scen. Idag hade man valt att använda den för att ha huvudsätet på. De övriga borden bildade en halvcirkel framför scenen vilket bildade en öppen yta i mitten. Gästerna stod redan med ett spetsigt glas champagne i händerna och snart hade även brudparet ett var med. Det var en dyr lyxvara som bara importerades till särskilda händelser. Stora fat stod utställda fulla med jordgubbar som gästerna mumsade på ihop med den konstiga bubblande drycken. Gästerna kom fram i små grupper och gratulerade brudparet. Det talades mest om själva vigseln. Innan de nått fram till trädgården hade prinsessan bytt ut det långa släpet mot ett kortare. Brudparet och gästerna gick till bords. Några akrobater uppträdde på den stora öppna platsen i mitten samtidigt som maten dukades fram. De var klädda i rött och grönt och gjorde allt från frivolter till att jonglera med brinnande facklor och knivar ståendes på varandras axlar. Maten som tjänarna bar fram var allt annat än sparsam. Där kom ringlad gädda, olika pajer, fasaner fortfarande klädda med sina fjädrar, stora styckbitar med vilt, ål, skaldjur och till allt så serverades rotfrukter av alla dess slag. Som kronan på verket bars två svanar fram. Fortfarande i sina fjäderdräkter som placerades framför Tyrian och Tindra med halsarna i en sådan böj att när de möttes näbb mot näbb bildades ett hjärta. De samlade började genast att ta för sig av maten. Någon skar i en paj och flämtade till när ett flertal fjärilar flög ut ur den. Själva måltiden var som en uppvisning i sig. Grodor hoppade fram från någon av pajerna och man hade sockrat tulpaner som ställdes ut både som prydnad och för att ätas. Det serverades vitt vin och ljust öl till maten. Tyrian talade med sina föräldrar och med alverna under måltiden men hade svårt att ta ögonen ifrån sin nya maka. Tindra åt lite av en av svanarna samt tog en stor bit av en broccolipaj. Tyrian testade lita av allt som fanns på deras bord. De båda drack vin. Kungen åt utan tvekan mest på bordet och skrattade högljutt åt ett skämt som den danske kungen drog. När alla gästerna var mätta och belåtna dukades maten undan till ett eget bord för den som ville ha lite mer med tiden.

Mellan måltiden och desserten var det dags för ett flertal av gästerna att hålla tal. Först ut var kung Torvald.

”Då har äntligen den dagen kommit då jag fick ge bort min enda dotters hand i äktenskap” inledde kungen.”Det är både med tungt och lätt hjärta jag lämnar ifrån mig ansvaret av min dotter till min nye son, Tyrian. Tungt eftersom hon är mitt allt och att jag kommer att sakna att vara den som har beslutande rätt i vårt förhållande. Men lätt känner jag mig i hjärtat eftersom jag vet att hon är i goda händer. En sten släpptes från mitt hjärta den morgonen när Tyrian red in i staden och besvärjelsen över min Tindra var bruten. Men samtidigt kändes det svårt att lova bort min dotter till en okänd man som kom till mig med ett avhugget huvud i sin sadelväska. Ja i början visste jag inte alls vad jag skulle tänka om det hela. Men med tiden har jag lärt känna Tyrian och kommit till insikten att det hade varit svårt att finna en ärligare och godare gemål till min dotter. Jag tror att när min tid här är över så kommer alla bli förvånade över hans godhet som jag hoppas kommer att synas igenom när han tillträder tronen. Det känns även lättare i mitt hjärta att veta att de kommer att stanna här i slottet med mig och av tanken att man kanske snart får några barnbarn att leka med. Jag önskar er både lycka och välgång i allt ni åtar er!” Kungen höjde sin bägare och utbringade en skål för brudparet. Därefter var det Tyrians fars tur att hålla tal. Han var klädd i enklare kläder men ändå fina nog för ett bröllop. Han reste sig och slog lite lätt i glaset med en kniv. Han hade en liten fusklapp med sig som han gömde i handen. Det syntes att han var nervös inför att tala framför en så stor och högboren publik.

"Hej, jag är Tyrians far, Ulf" började han. "För många år sedan stod Tyrian på vakt över våra får. Han såg något stjäla en unghäst borta i en annan hage. Han följde efter dem utan att tveka. Vi visste inte vad som hänt när vi vaknade nästa morgon. Tyrian och hästen var helt enkelt borta. Vi blev väldigt oroliga men efter fem dagar kom Tyrian och hästen tillbaka ihop med en köpman och en knekt. Det visade sig att de som stulit hästen var vättar och att Tyrian hade lyckats klappa till en av vättarna så hårt att den svimmat och tagit tillbaka hästen. Han hade sedan lyckats ta sig ned till en grannby och där informerat sheriffen som tog itu med vättarna. När jag fick höra denna historia om vad som hänt så visste jag att Tyrian skulle klara sig i alla lägen han hamnade i. Han fick hästen i belöning av mig för sitt mod och Viento som hästen heter drog idag brudparets droska. Jag ser även att Tyrian bär en amulett och det är samma amulett som han tog ifrån en av vättarna vid ingripandet. Det värmer mitt hjärta att det har gått bra för dig och att du samtidigt inte har glömt vart du kommer ifrån." Det sista var riktat rak emot Tyrian. Sedan fortsatte Ulf. "Prinsessan Tindra hörde av sig till oss med en inbjudan. Givetvis tackar man inte nej till sin sons bröllop och absolut inte ett kungligt bröllop. Jag behöver inte önska er lycka till för jag vet redan att allt kommer att gå bra för er men jag önskar er det ändå. Jag hoppas även få se mer av er i framtiden. Skål för brudparet." Alla skålade. Ulf satte sig ned och pustade ut. Stina la handen på hans axel och berömde honom för talet. Där efter talade kung Lentarion lite sparsamt om Tyrians tid i skogen och om tävlingen. Sedan talade de tre kungarna från Sverige, Norge och Danmark och alla önskade brudparet lycka och välgång. Efter alla dessa tal serverades desserten. Det blev en stor tårta med ett brudpar högst upp. Tårtan var full med sylt och grädde och serverades med tee, punsch och konjak. Därefter följde ett av Tyrians stora orosmoment för bröllopet, brudgummens tal till bruden. Han reste sig upp och begärde ordet. Alla tystnade och såg mot honom. Det var strax över fyrahundra gäster på bröllopet och allas ögon var vända emot honom.

"Jag försökte skriva ned ett tal men kom aldrig på vad jag skulle säga utan bestämde mig för att göra som jag brukar och ta det som det kommer" sa Tyrian. "Och nu står jag här framför er alla och vet inte riktigt vad jag skall säga." Ett litet skratt gick igenom gästerna. "Jag är mållös över hur vi har mottagits av alla. Inte bara här utan även ute i staden. Jag har aldrig sett så mycket folk som samlats och att de alla var där för att gratulera mig och prinsessan är oerhört rörande. Jag trodde länge att min härkomst skulle sätta käppar i hjulet för det här bröllopet men nu vet jag bättre. Att kärlek övervinner allt." Han tog prinsessan Tindra i händerna och fortsatte. "Tack för att du besvarar min kärlek, tack för att du finns här i mitt liv." Han böjde sig sedan ned och kysste prinsessan. Sedan höjde han sin bägare och utbringade en skål till prinsessan.

Akrobaterna gick ut igen och körde ett nummer på den öppna gräsytan medans tjänarna dukade undan disken. Tårtan ställdes borta på bordet med den andra maten ifall någon skulle vilja ha mera. En stråkkvartett tog plats bredvid scenen och stämde snabbt in sina instrument. Tindra sken upp och tog tag i Tyrians hand och nästan drog med sig honom upp ur stolen. Nu var det dags för deras första dans som vigt par. De hade övat i månader i smyg på dansen som var koreograferad in i minsta detalj. En typ av valls skulle de dansa med ett flertal lite svårare manövrar. Prinsessans längtan inför detta ögonblicket var stor. Tyrian tyckte att det var lite pinsamt men han hade försökt att dansa så bra som möjligt med prinsessan när de övat. Han ville ge henne det här ögonblicket men samtidigt var han lite rädd för att klanta

till det. Kungen reste sig ur sin tron och proklamerade dansen.
Stråkkvartetten började spela. Brudparet började på var sin sida om
gräsmattan och gick med lätta fina steg in mot varandra. Tyrian fattade
Tindras vänsterhand med sin högra och la sin vänstra om hennes midja. Hon
la försiktigt upp hennes hand på hans axel. Sedan dansade de med hakorna
högt och utan problem. Dansen avslutades med att Tyrian la ned Tindra över
sitt knä och de stirrade varandra intensivt i ögonen på väldigt nära håll.
Gästerna applåderade. De reste sig upp. Tyrian bugade och Tindra neg.
Snart var hela gräsplätten full med dansande par. De dansade sent in på
kvällen.

Det blev lite kyligt och tjänarna började bära in maten och förberedde för att
flytta in festligheterna i den stora bankettsalen. Tyrian stod och talade med
Lithomiel och Yolia när någon plötsligen tog tag i hans axel. Han vände sig
om och där stod de tre kungarna från Sverige, Norge och Danmark. De hade
stora leende på läpparna och började dra och skjuta med sig Tyrian in i
slottet. Fler gav sig in i leken och snart så bars han av prinsar och kungar
vidare in genom korridorerna i slottet. Det samma hände prinsessan Tindra
men där var det istället drottningar och prinsessor som stod för dragande
och bärande. Kung Torvald, Ulf och Stina samt alverna följde med på lite
avstånd. Drottning Asteliel frågade kung Torvald vad som höll på att hända.
Han svarade med en liten grymtning och ett litet leende på samma gång
”Bäddningen.” Pöbeln kom fram till prinsessans gemak och bar in dem båda
och slängde upp dem på sängen. De drog sedan upp ett stort täcke som låg
förberett nere vid fotändan av sängen. Rummet var stort och väggarna
täcktes av vackra träsniderier. Mestadels föreställande blommor och djur.
De bäddade sedan in brudparet genom att sticka in täcket längsmed
kanterna under madrassen. De spände täcket så hårt att de hade svårt att röra

sig. Kungen och Tyrians föräldrar gick fram till sänggaveln. Både Tyrian och Tindra var högröda i ansiktet. Detta var skämmigt på riktigt.

”Jaha, barnbarn då!” sa kungen. Han rodnade. ”Ni löser det nog.” Tyrians mor skrattade lite tillsammans med nästan alla andra. Sedan lämnade de alla rummet och Tyrian och Tindra blev ensamma för första gången sedan han räddat henne från trollen.

”Sitter du fast?” frågade Tyrian. ”Jag tror att jag kanske kan få upp ena armen.”

”Jag kommer ingen vart” sa Tindra. Täcket var så hårt spänt över dem att det kändes som att blodet ströps i hela kroppen. Tyrian lyckades till sist få upp sin ena arm över kanten på täcket. Han sträckte sig mot kanten av sängen men nådde inte. Tindra fick lite mer spelrum när Tyrian fick ur armen och kunde långsamt hasa sig närmare honom. Täcket släppte efter och Tyrian fick tag på kanten av täcket och kunde rycka loss det från undersidan av sängen. De satte sig båda upp och pustade ut. Sedan började de båda skratt.

”Vilken konstig tradition din familj har egentligen” sa Tyrian. Han log och hoppade lite närmare sin nyblivna fru.

”De var din mor som skrattade vill jag minnas” sa Tindra med ett lika stort leende.

”Ja, det gjorde hon ju” sa Tyrian. ”Jag får ta upp det med henne någon gång. Tack för att du bjöd in dem. Jag blev riktigt förvånad och glad när de dök upp.”

”De talade också om spågumman men vi kom överens att de skulle stanna under hela bröllopet i alla fall” svarade Tindra. Hon hoppade lite närmare honom. De satt där och såg på varandra en stund.

”Du var mycket vacker idag” sa Tyrian. ”Klänningen och håret var helt ljuvligt.”

”Du såg rätt stilig ut själv” hon rynkade lite på näsan när hon sa det.

”Vad är tanken nu?” sa Tyrian. ”Jag vet vad de där ute väntar sig men du behöver inte göra något du inte vill bara för att göra dem där ute glada.”

”Vadå? Vill inte du?” frågade hon.

”Jo, jag vet bara inte riktigt hur” svarade han.

”Inte jag heller men vi kan försöka komma på det ihop” sa Tindra. De kysstes och snart nog låg alla bröllopskläderna på golvet. De fullbordade äktenskapet på ett sådant där fumligt och klumpigt sätt som bara två nervösa nybörjare kan göra. Det var över snabbare än de väntat men det gjorde inget för Tindra som mest tyckte det gjorde ont. Med tiden kom det att bli mycket bättre för de båda.

Dagen efter själva bröllopet hölls en turnering nere på Salutorget. Tyrian hade bett om att få vara med själv men enligt tradition fick inte brudgummen vara med. Man ansåg att det var fult och att det satte press på de övriga tävlande om att ge sig för att ge brudgummen vinsten. De högborna kungar, drottningar och andra adelsmän satte sig på plats på läktaren som var rest för dem längsmed ena sidan av ryttarbanan. Tyrians föräldrar var inbjudna med bra platser. Alverna var också där men de bar alla huvudbonader för att dölja sina öron. De flesta människorna hade bara hört talas om dem i sagor medans de rikare som varit gäster på bröllopet varit mer medvetna om deras existens. Handelsavtal hade skrivits mellan alverna och människorna. Trots den lätta maskerade drog de till sig en del blickar. Trettiotvå deltagare hade tagits ut att tävla mot varandra. Prinsar ifrån de tre omgärdande rikena och riddare från när och fjärran. Ifrån Havsport var det inte mindre än sju riddare med. Däribland både Tyko och riddarmästare Karl. Från landsbygden i Bodaland var det med sju till och ytligare sju riddare från andra städer i riket. Riddare Aston av Träeborg var med. Utöver dessa tjugoen riddare var det sammanlagt elva prinsar och riddare med ifrån de tre grannrikena. De tävlade om tre lansar. En bruten lans mot kroppen på sin motståndare gav en poäng. Lyckades man bryta den mot huvudet på någon fick man tre poäng. Lyckades man istället stöta ur sin motståndare ur sadeln så vann man dusten direkt. Man tävlade i ett elimineringsträd. Dusterna höll på långt in på eftermiddagen och publiken jublade varje gång någon bröt en lans mot någon. I kvartsfinalen dog en av riddarna från landsbygden efter att ha blivit träffad så hårt i huvudet av en dansk prins att han ramlade bak och slog i huvudet i gardisten mellan be båda tävlande. Tyko kom hela vägen till kvartsfinalen med men slogs där ut av en norsk prins. Riddare Aston åkte ut i semifinalen mot den svenske kronprinsen. Riddarmästare Karl slog ut den danske prinsen i semifinalen som råkat döda riddaren ifrån landsbygden. De tog en liten rast innan finalen om tredje pris och den riktiga finalen började. Flera gycklare och akrobater uppträdde på rännarbana och fick åskådarna att skratta och dra efter andan. Tyrian passade på att tala lite extra med sina föräldrar och alverna denna dagen och fick veta att föräldrarna skulle ge sig av direkt morgonen därpå för att undvika att påverka spådomen mer än nödvändigt. Lithomiel berättade att de tänkt ge sig av efter mörkrets inbrott för att väcka så lite uppmärksamhet som möjligt. Efter pausen började de med finalen för tredje pris. Riddare Aston mot den danske prinsen. Det var en otroligt jämn match och de lyckades båda att bryta två lansar var på varandra. Lyckligtvis träffade en av Astons lansar prinsen i huvudet vilket gjorde att han vann med poängen fyra mot två. Riddarmästare Karl fick en stöt i huvudet av den svenske kronprinsen i första rundan och låg under med tre mot noll när de red emot varandra igen. Karl tänkte om sin strategi i sista sekund och sänkte spetsen till kronprinsens bröst. Träffen blev så hård att svensken slog i backen och riddarmästaren vann turneringen.

Senare den kvällen samlades alla gäster igen i bankettsalen på slottet. Tyrian och Tindra var klädda i vackra ljusgröna färger. Under kvällen tackades det en massa från olika håll och åts god mat. Ett flertal vildsvin hade helstekts och även torsk och lax serverades. Tyrian passade på att tala så mycket med sina föräldrar han kunde men talade givetvis med kungarna av grannrikena. Karl och de andra medaljörerna mottog sina priser och gratulerades för sina insatser under dagens tornerspel. Innan Tyrian och Tindra drog sig tillbaka tog de farväl av både Tyrians föräldrar och alverna. Dagen efter lämnade gästerna staden. Skepp efter skepp seglade ut ur hamnen. Tyrian och Tindra spenderade denna dagen ihop med kungen och öppnade alla de bröllopsgåvor de fått. Utav alverna hade Tyrian fått delar till resten av kroppen till sin rustning. Det var smitt av samma stål och hade en passande stil till harnesket. Han fick även en hjälm och en stålkrage. Utav Tyrians föräldrar fick de en broderad tavla men texten "Hem ljuva hem" på och den var dekorerad med blommor i hörnen. Den hängde de upp över sängen. Ett år efter bröllopet föddes Tyrian och Tindras första son, prins Torulf.

Kapitel 12

Tyrian och kråkan

Några år gick efter prins Torulf fötts. Prinsen hade redan fått två syskon till. Prinsessan Eleonora och prins Tyr. Eleonora och Tyr var tvillingar och nästan ett år gamla när vi återvänder till berättelsen. Det var vår och prins Tyrian hade lämnat slottet tidigt. Han och Viento hade skakat av sig sin livvakt för länge sedan. De red igenom en skog som låg i sydöstlig riktning om Havsport. Tyrian var nu tjugofem år och hans axlar och bringa hade växt sedan bröllopet men midjan var den samma. Det var inte ovanligt att Tyrian och Viento tog långturer i skogarna innanför staden och inte heller ovanligt att de skakade av sig livvakten. Tyrian var enkelt klädd men hade svärdet med sig och medaljongen runt halsen. Någon timme innan middagstid kom de fram till en sjö. Den låg mitt inne i skogen. Inga vägar verkade gå i närheten av den. Tyrian hade ridit Viento rätt hårt och frågade hästen om han ville ta en paus. Hästen tyckte det var en bra idé. Tyrian stannade vid en liten sned tall som låg längst ut på en liten udde i sjön. Intill låg en liten sandstrand. Han sadlade av hästen så att Viento kunde gå ut i vattnet. Vilket hästen genast gjorde. Tyrian var själv varm efter ritten och svetten rann ned från pannan. Han kollade runt sig och kom fram till att ingen annan var i närheten. Han tog av sig kläderna och la dem under den lilla tallen. Sen sprang han ut i vattnet där Viento vadade runt och drack av det kalla friska vattnet. Tyrian dök i med huvudet före och simmade ut några meter. Han märkte hur kallt vattnet var och frustade till och sprang sedan upp igen.

”Kallt, eller?” frågade Viento. Hästen skrockade lite och fortsatte att vada runt vid stranden.

”Gå i lite längre du med så får vi se vad du tycker” sa Tyrian. Han fick tag på en filt han hade haft med sig som låg i en av sadelväskorna. Innan han började torka av sig så hängde han medaljongen på en gren på den lilla sneda tallen. Han torkade av sig och tog på sig sina byxor och skor. Sedan drog han på sig både skjortan och tunikan i ett svep. Han spände fast svärdet runt midjan och började rota i en av sadelväskorna efter något att äta.

”Krax!” sa kråkan. Tyrian tittade upp och där på tallen satt nu en kråka. Längst ut på en av de snedaste grenarna. En kall kår gick längsmed ryggen på Tyrian. Kråkan hade medaljongen i en av sina klor. Tyrian lyfte upp händerna mot kråkan och började gå mot den så sakta han kunde.

”Sitt kvar” sa han till kråkan. ”Sitt alldeles stilla så jag kan få tillbaka medaljongen.” Kråkan kraxade till igen och svingade sedan upp smycket så att den fångade halskedjan med näbben. Sedan lyfte den. Tyrian slängde sig efter kråkan men han inte få tag i den. Han landade raklång på marken men var lika snabbt upp på fötterna.

”Viento!” ropade han. Hästen var redan med på noterna och rusade upp mot Tyrian och den lilla tallen.

”På med sadeln så håller jag koll på fågeln” sa hästen. Tyrian slängde upp sadeln och drog åt sadelgjorden och satt upp. Han fick med sig sin hatt när de passerade trädet och började följa efter kråkan. Kråkan flög högre och högre upp vilket i och för sig gjorde det lättare att hålla koll på den. De red efter den igenom en ljus björkskog. Tyrian red rakt in i riset från en hängbjörk och det yrde pollen åt alla håll. Han nös och gned bort det gula pulvret från ansiktet. Kråkan tog en nordostlig riktning men höll ett sådant tempo att Tyrian hann med. Som tur var så var marken hyfsat plan. De följde kråkan länge. Skogen ändrades ju längre de kom och gick över till mestadels tall. Nu blev det svårare att se kråkan men de hjälptes åt båda två. Marken började luta desto mer uppåt. Tyrian såg snart att de var på väg uppför ett fjäll. Dimma dolde krönet av den stora skogbeklädda kullen. De red vidare upp längsmed slänten. På vissa ställen var det riktigt brant och de fick ta omvägar. Tyrian började oroa sig för att tappa siktet på kråkan som kom närmare och närmare dimridån. Kråkan började plötsligen att sjunka. Den gjorde sig klar att landa i en hög tall högt upp i sluttningen. Tyrian manade på Viento lite extra och de kom snart fram till en liten öppning i skogen. De såg hur kråkan landade uppe i en krum men ändå hög tall. Där hade den sitt bo och de båda såg hur det blänkte till när kråkan la medaljongen i boet. De red genast upp till tallen.

När de kom fram stannade de under tallen och Tyrian satt av. Vad de kunde se så var även fågeln kvar där uppe. Tallen delade sig i brösthöjd och fortsatte sedan upp emot himmelen med två väldiga stammar. Flera grenar gick där emellan och bildade nästan en naturlig stege. Tyrian spände av sig svärdet och hängde in det under sidan av sadeln. Sedan bad han Viento att ställa sig närmare trädet och med hjälp av stigbygeln klev han upp i klykan mellan trädets båda stammar.

"Stanna här och håll utkik" sa Tyrian. Viento nickade med hållande. Sedan började Tyrian klättra upp för trädet. I början var det rätt lätt. Men med tiden blev det allt glesare och glesare mellan grenarna. Han försökte att hålla boet under uppsikt så att inte kråkan tog med sig medaljongen och drog iväg. Boet låg långt uppe mellan två grenar på den sydvästliga stammen. Det var byggt med små pinnar och hade utsikt ned över hela skogen. Tyrian tvingades att klättra ut på utsidan av stammen där grenarna var kraftigare. Han nådde upp till boet och kikade in i det kupolformade nästet. Kråkan var kvar där inne och han såg medaljongen. Han började långsamt att föra in handen i boet. Kråkan kraxade till och flög ut ur boet. Den höll hårt i halsbandet men Tyrian fick tag i det samtidigt som den flög ut. Kråkan ryckte och drog men Tyrians grepp höll och till slut släppte kråkan och flög vidare. Han trädde halsbandet över huvudet och släppte ned medaljongen innanför skjortan. Han var just på väg att klättra ned när han såg en lucka öppnas i dimridån som täckte den stora kullen över honom. I luckan såg han ett torn högt uppe på toppen. Den stängde sig lika snabbt som den öppnat sig. Tyrian klättrade ned och berättade för Viento vad han sett. De bestämde sig för att ta sig upp och ta en titt.

De red vidare uppför kullen som bara blev brantare och brantare. Tyrian fingrade lite på medaljongen som hängde innanför skjortan. Han kände sig nästan naken utan den. Han hade ju haft den på sig enda sedan han lämnade föräldrarnas gård. Dimman blev tätare ju högre upp de kom. Viento frustade och sa "Underlig dimma. Det är ju ingen dimma någon annanstans än här." Tyrian såg ut på utsikten som nu hade blivit vidsträckt. Hästen hade rätt. Men å andra sidan var det inga andra toppar som var så höga i närheten. När dimman nästan var helt tät kom de fram till en brant som de inte kunde ta sig upp för. De började istället följa branten. Tyrian satt av och ledde Viento. Branten verkade hög men det var svårt att avgöra i dimman. Efter bara någon minuts vandrande längst branten såg Tyrian en väg upp. Det var bara en skreva i berget men det var tydligt att den använts förut. Den var för brant för Viento så de kom fram till att han skulle stanna kvar nedanför. Tyrian band upp tyglarna vid bettet så att Viento kunde röra sig fritt. "Om jag inte är tillbaka innan midnatt så får du springa till slottet och hämta hjälp" sa Tyrian.

"Hej hallå! Tyrian är fast upp i ett torn på ett berg" sa Viento. "Ja, just det ja. Jag kan tala. Ta med en hel hög med riddare så räddar vi honom." Viento log på ett finurligt sätt som bara hästar kan.

"Haha" sa Tyrian. "Jag menar allvar. Jag tycker att jag borde hört talas om tornet där uppe. Det är ju ganska nära slottet." De skildes åt och Tyrian började klättra upp längsmed sprickan. Sprickan var inte alls lika brant eller svår att ta sig fram i som den vid Befnedal. Det var nästan som en stig i sprickan som sneddade i ett blixtmönster upp längsmed bergväggen. Efter bara en kort klättring sprack dimman upp. Han kom snart över ett krön och såg då en platå som var gräsbevuxen med små ljungbuskar som växte i klungor här och där. Himlen var blå och solen sken. Mitt på platån låg ett väldigt torn i svart sten. Tornet var fyrkantigt och väldigt brett men framförallt var det högt. Säkert dubbelt så högt som det var brett. Tyrian försökte dölja sig något och smög bort mot tornet.

Han kom fram utan att det verkade som om någon sett honom. Tornet var mycket större än han trott. Porten var säkert tio man hög och fyra manslängder bred. Det var byggt i svart granit som Tyrian visste fanns på kusten av Bodaland men det var en väldigt ovanlig sten som bara förekom i små ådror mellan den vanliga röda graniten. Det måste ha gått åt en ofantlig mängd för att bygga tornet. Utsidan av tornet var helt slät så det fanns ingen chans att klättra upp men efter lite sökande fann Tyrian en liten välvd gång som ledde in genom muren. Den var i midjehöjd och Tyrian tvingades krypa in genom gången. Det gick en rännil i mitten av tunneln och Tyrian förstod snart att det var en avfallstunnel han kröp igenom. Till sist kom han ut i ett stort kök. Han såg direkt att alla bänkar och spisen var säkert två manslängder höga men ändå såg ut att vara i proportion med sig själv. En stor dörr ledde ut mot ett annat rum. En gryta stod och kokade uppe på spisen och det luktade riktigt gott. Han hörde fotsteg närma sig och han sprang in bakom en stor hink som stod under diskbänken. Fotstegen var tunga och snart var de framme vid dörren. Han hörde en ljus men ändå kraftig röst. ”Vänta där. Jag skall bara kolla till grytan.” Dörren öppnades och in klev en väldig kvinna. Hon var åtminstone sju man hög och en manslängd i bred över axlarna. Hon bar en ljusgrön klänning som gick hela vägen ned till golvet och hennes ansikte var grovhugget. Hon hade håret i en väldig råttfärgad fläta över ryggen. Flätan var något spretig och håret såg nästan ut att vara gjort av hästtagel. Tyrian gömde sig så väl han kunde bakom hinken men var ändå så nyfiken att han sneglade fram då och då. Kvinnan gick fram till spisen och lyfte upp en stor träslev och rörde om i grytan. En mörkare röst ropade ifrån nästa rum. ”Är du klar snart? Jag måste ha hjälp med att hålla i bordet om jag skall kunna slå fast benet.” ”Alldeles strax, gubben!” sa hon. ”Jag skall bara smaka av först.” Hon öppnade en låda i köksbänken bredvid henne och tog ut vad som såg ut att vara en tesked. Hon doppade den i grytan och förde den upp till sina läppar. Hon smackade ljudligt och la skeden på kanten av spisen. Hon gick sedan mot dörren men råkade välta ned skeden på golvet. Hon pustade och vände sig om. Sedan viftade hon bara med handen mot skeden och lät den ligga kvar på golvet. Hon gick ut i nästa rum. Tyrian kände på sig att han inte borde stanna kvar här men han ville också berätta om vad han hade sett så han beslutade sig för att ta skeden med sig. Han smög snabbt bort över golvet och fram till skeden. Den var lika stor som hans underarm med handen kupad som en sked men smalare. Den var dessutom gjord i silver och han förstod genast att det fanns mer bestick uppe i den där lådan som tillsammans skulle vara värd en förmögenhet. Han övervägde att hitta en väg upp för att plocka på sig fler skedar men frågade sig själv varför. Han hade ju redan allt han behövde och skulle en dag bli kung. Han tog teskeden och började smyga bort åt avfallstunneln igen. Dörren svängdes plötsligen upp bakom honom.

”Vad håller du på med? Din lilla tjuv!” skrek jätten bakom honom. Tyrian vände sig om och såg en manlig jätte som var ännu längre och bredare än kvinnan. Tyrian fick panik och sprang bort till tunneln. Han slängde sig in i den och började krypa så snabbt han kunde. Jätten klampade fram till tunneln och tog hinken som stått under diskbänken med sig. Sedan skickade han allt vatten i hinken in efter Tyrian som sköljdes med hela vägen ut och slog i huvudet så hårt att han svimmade.

När Tyrian vaknade satt han fastbunden i vad som liknade en väldig barnstol. Benen var surrade runt var sitt stolsben och händerna bundna i den lilla gardisten som löpte runt sittbrunnen. Han satt vid ett väldigt bord i ett enormt rum. Han var blöt. Han såg runt omkring sig och förstod att det måste vara det andra rummet i jättarnas torn. Det fanns en stor eldstad med en brinnande brasa vid väggen längst in och den stora porten gick rakt in i rummet. Han såg att det fortfarande var ljust ute. Han hörde hur en dörr bakom honom öppnades och försökte vända blicken dit men satt för hårt fjättrad vid stolen.

"Inge, han har vaknat!" sa kvinnan. Eller ja, Tyrian trodde i alla fall att det var kvinnan han sett tidigare. "Inge, kom då!" Tyrian hörde hur hon gick närmare honom.

"Jaja, jag kommer Lisa" stånkade Inge. Tyrian hörde hur ett par fotsteg till närmade sig bakom honom. Först kom Lisa ut på Tyrians högra sida och ställde sig längsmed bordet med armarna i kors. Hon stirrade ilsket på honom. Sedan kom Inge fram på vänstra sidan bordet. Han var ännu större än vad Lisa var. Nästan lika lång som åtta män och minst en och en halv manslängd bred över axlarna. Han hade halvlångt tovigt brunt hår och var klädd i en vit men lite smutsig skjorta, en brun väst och bruna byxor. Han hade samma sorts grovhuggna ansiktsdrag som Lisa. Han ställde sig med händerna mot sidorna och blängde på Tyrian.

"Vem är du då? Din lille tjuv" frågade Inge. Han satte ena handen på bordet och hytte med fingret emot Tyrian. "Såna som du borde hålla sig långt borta från oss." Jätten stod kvar och pekade.

"Jag heter Tyrian och är prins av Bodaland" svarade Tyrian. Inge sträckte sig upp igen och gned sin haka.

"Varför skulle en prins smyga in till oss och försöka stjäla vår sked?" frågade Inge.

"Jo, jag såg tornet av en slump och gick upp för att se vad det var för nåt" svarade Tyrian. "När jag kom hela vägen hit så var tornet mycket större än vad jag trott från början. Jag hittade hålet där i väggen och tänkte att jag skulle se vem som bodde här. Så jag smög in. När Lisa gick ut och kollade till grytan gömde jag mig bakom en hink under diskbänken."

"Smög du på mig? Din lille fegis!" röt Lisa. Hon hytte med näven. "Jag borde klå upp dig, din lille skit, så du lär dig att veta hut."

"Lugna dig, Lisa" sa Inge. "Vad hände sen då och varför är du klädd i vanliga kläder om du är prins?" Tyrian vred lite på sig i stolen men satt så hårt fast att han knappt rörde sig.

"Jo, sen tappade hon skeden och gick ut för att hjälpa dig med bordet" svarade Tyrian. "Jag tänkte dra innan ni såg mig men så fick jag ett infall att ta med mig skeden som bevis på att jag talade sanning när jag kom hem. Förlåt mig." De båda jättarna tittade på varandra och sedan tillbaka mot Tyrian.

"Det får vi nog diskutera om vi kan göra, lille prins" sa Inge. "Men svara mig nu om varför du bär vanliga kläder och varför du är här ensam?" Tyrian tänkte till och mötte sedan Inges blick.

"Jag är inte ensam" sa han. "Min väpnare står nedanför berget och väntar på mig och skulle något gå fel och jag inte kommer tillbaka innan midnatt så rider han till Havsport och hämtar riddarna. Min vanliga livvakt skakade jag av mig. Jag gillar att rida i mindre sällskap, helst själv. Att jag bär vanliga kläder beror på att jag inte vill dra till mig för mycket uppmärksamhet."

”Att du inte vill dra till dig uppmärksamhet kan jag förstå” sa Inge. ”Men hur hittade du hit då? Slump, sa du.”

”En kråka tog mitt smycke när jag badade i en sjö längre ned i skogen” sa Tyrian men blev snabbt avbruten av de båda jättarna. ”Kråkan!” sa de i mun på varandra.

”Har han inget bättre för sig den där förbannade kråkan än att leda folk till vår tröskel” sa Inge till Lisa. Hon skakade på huvudet och stampade med foten.

”Det är andra gången i år han gjort det” sa Lisa. ”Vi får nog ta ett snack med honom.” Hon vände blicken mot Tyrian igen och gick närmare. Hon la händerna på bordet och lutade sig in.

”Öppnades dimridån så du fick en skymt av tornet?” frågade hon. Tyrian nickade till svar. Hon vände sig om och knöt bägge nävarna i luften och morrade. Sedan vände hon sig mot Inge igen.

”Vad är det för mening att ha en väktare om han bara släpper in en massa folk hela tiden?” frågade hon. Inge gned sig åter igen på hakan.

”Eller så kanske han ville att vi skulle träffas av någon anledning” svarade Inge. Han vände återigen blicken mot Tyrian.

”Varför skulle vi behöva träffa dig?” frågade Inge.

”Inte vet jag” började Tyrian. ”Jag är ju prins och jag har träffat lite ovanligare varelser tidigare. Kråkan kanske vill att jag skall hjälpa er med något.”

”Ovanliga varelser?” sa Lisa. ”Vem kallar du ovanlig varelse?” Tyrian förstod att hon tog illa upp.

”Ursäkta mig men jag har aldrig mött några jättar tidigare” sa Tyrian. ”Men jag har mött vättar, troll, ett skogsrå och en sjöjungfru tidigare. Sen har jag bott i hopp med alver i några månader.”

”Fy fasen för vättar och troll” sa Inge och spottade på golvet. ”Jädra troll som trollband eran prinsessa där nere men jag hörde att han fick vad han förtjänade."

"Oj, jo det var jag som räddade prinsessan Tindra" svarade Tyrian. "Det var så jag blev prins. Jag är numera gift med prinsessan." Båda jättarna sken upp och Inge började binda upp repen som höll fast Tyrian.

"Oh, men då skall du inte sitta fast här" sa Inge. "Varför sa du inte att du var prins Trollbane. Lisa, hämta något att äta." Lisa neg och sprang ut i köket. Lagom till att Inge hade knutit loss sista repet kom hon tillbaka med en kopp full med gryta.

"Vi hade ingen skål i din storlek men jag hoppas att koppen duger" sa hon. Hon la även fram en silver tesked som såg ut som den Tyrian tagit tidigare. De båda såg på Tyrian och väntade på att han skulle smaka. Han smakade och tyckte att det var gott. Sedan dukade Inge och Lisa in resten av maten och tog var sin stor skål med gryta. De åt tillsammans och de frågade Tyrian om massa saker. Tyrian svarade med det han kände för att delge. De frågade mycket om bröllopet och om Tyrians och Tindras barn. Det visade sig att jättarna var barnlösa och att de önskade sig egna barn. När de ätit färdigt såg Tyrian att det mörknat ute.

"Jag ser att det har blivit mörkt ute" sa Tyrian. "Jag måste återvända innan väpnaren drar till slottet och hämtar riddarna. Tackar så hemskt mycket för maten och för det goda sällskapet. Återigen förlåt för att jag tog er sked." Inge hjälpte Tyrian ned från barnstolen. Han gav tillbaka svärdet till Tyrian och visade honom till dörren.

"Kom gärna tillbaka igen men knacka på dörren nästa gång" sa Lisa. "Du får väldigt gärna ta med dig prinsessan."

"Ja, det får du gärna göra" sa Inge. "Men ta inte med dig några fler och snälla du berätta inte om oss för folk. Vårt släkte är utdöende och tyvärr beror det lite på att ditt släkte har folk som vill bli hjältar och ger sig på oss." De skakade hand och Tyrian gav sig ut.

Tyrians kläder var nästan torra men ändå blev han snabbt frusen i den kalla vårluften. Han tog samma väg tillbaka och hittade nedgången. Det var svårt att se när han klättrade. Han ropade till Viento när han var en bit ned. Dimman låg fortfarande tät och han kunde inte se om hästen var kvar. Plötsligen gnäggade Viento till där nere någonstans. Efter den branta utförsbacken kom han ned till Viento och satt upp. De red ner igenom skogen och månen lyste klart så fort de kom ur skuggan av dimman som dolde bergets topp. Kråkan satt på en gren och avtecknades tydligt mot månen när de red förbi. Under ritten tillbaka till Havsport berättade Tyrian om vad han varit med om uppe på kullen. Efter en stund svepte Tyrian filten om sig som han använt när han badade på förmiddagen. Nu var den torr och gav värme när de red igenom natten.

Kapitel 13

Tyrian och Kungen

Prinsessan Tindras skrik hördes igenom den tjocka dörren in till hennes och Tyrians gemak. Skriket ekade ned igenom korridorerna i slottet. Utanför dörren satt Tyrian och kung Torvald i en soffa. Hösten var i antågande. Det blåste hårt utanför och regnet smattrade mot fönsterrutorna. Klockan var väl efter midnatt och prinsessan hade påbörjat förlossningen sent på eftermiddagen. Tre år hade gått sedan Tyrian mött jättarna Lisa och Inge. Han hade sedan dess stadgat sig mer till slottslivet. Han hade delat sin tid mellan att lära sig att styra riket, ryttarbanan och med sin familj. Detta var det fjärde barnet som var på väg att födas. Prins Torulf och tvillingarna hade suttit och väntat utanför i början men på kvällen hade Tyrian skickat dem till sängs. En blixt skar igenom himlen utanför och dess sken blinkade in genom fönstret. Tindra skrek igen och det skar i rösten på henne. Kungen och Tyrian tittade på varandra med oro i blicken. En till stämma, mindre och skränig, ljöd strax därpå inne ifrån rummet. Kungen och Tyrian förstod att det var klart. De reste sig och ställde sig framför dörren. De väntade otåligt utanför. Efter en kort men olidlig väntan öppnades dörren till hälften och barnmorskan Isa höll ett litet bylte i famnen. Hon visade upp barnet som var insvept i ett vitt linne lakan.

"Jag gratulerar, ers majestät och ers kungliga höghet" sa hon. "Det blev en son. Tindra mår bra." Tyrian tog emot pojken och kysste honom på pannan. Kungen gick också fram och gav pojken en kyss på huvudet. Isa sträckte sig efter barnet.

"Prinsen skall till sin mor nu!" sa hon. "Ni får träffa honom mer imorgon." Hon tog pojken och gick in i rummet igen. Innan hon stängde dörren såg de båda en skymt av prinsessan som låg och flämtade på sängen. Hon nickade mot Tyrian som svarade med en slängkyss. Det fick Tindra att skratta. Kungen gratulerade Tyrian men sen gick de åt var sitt håll och la sig att sova. Ryktet om att det fötts en ny prins spred sig under natten igenom slottet och ned till staden. När gemene man vaknade tog det inte lång tid innan alla hade hört nyheten.

Trots att det blivit sent vaknade Tyrian tidigt. Han åt frukost innan han gick upp till Tindra. När han kom fram till korridoren såg han barnmorskan Isa sittandes sovande på soffan utanför dörren. Hon snarkade lätt med huvudet bakåtlutat mot väggen. Han smög så tyst han kunde förbi henne och in i gemaket. Han öppnade och stängde dörren bakom sig så tyst han kunde. För att inte väcka Tindra eller bebisen smög han fram till sängen. Bredvid sängen stod en spjälsäng och i den låg den lille prinsen och sov. Han såg på pojken och kände sig väldigt nöjd med tillvaron.

"Är han inte vacker?" viskade Tindra. Tyrian vände blicken mot sängen och såg att Tindra tittade mot honom med ett stort leende på läpparna. Han log tillbaka.

"Jo, det är han" svarade Tyrian. "Jag väckte dig inte, va?"

"Nej, jag har varit vaken en stund" svarade hon. Hon klappade på sängen och Tyrian satte sig bredvid henne.

"Grattis, förresten" sa han.

"Detsamma" svarade hon. De tog varandra i handen.

"Vad skall vi döpa denna till då?" frågade Tyrian. Torulf hade varit en jämkning mellan deras båda fäders namn, Torvald och Ulf. Tyr var helt enkelt ett namn som var nära Tyrian och Eleonora var döpt efter Tindras mor.

"Jag vet inte" svarade hon. "Min farfar hette Eben. Vad sägs om det?"

"Det låter fint." sa Tyrian. Där med kom de överens om vad den lilla prinsen skulle heta.

Enligt gamla tradition skall den nyfödda prinsen vissas upp för staden från en av de balkonger som vette mot sydsidan av slottet. Vid middagstid gick de dit. Kungen bar på prins Eben, Tyrian stöttade Tindra. Prins Torulf och tvillingarna kom efter. Vädret hade lugnat sig med natten och nu var det lätt sydvästlig vind och mulet. Det var viktigt att Tindra var med och visade upp barnet så att alla visste att hon mådde bra men hon hade nog helst legat kvar i sängen en dag till. De var alla fint klädda och innan de trädde ut på balkongen lät man en stor klocka slå tre gånger. En halvtimme tidigare hade klockan slagit sju gånger. Kungen gick ut först och visade upp barnet för folkmassan som jublade, därefter kom Tyrian och de andra. Barnmorskan Isa var med och övervakade det hela.

"Låt mig presentera prins Eben" ropade Kungen ut till folket. Han var extra glad över att de valt namnet på hans far. Han höll ungen högt. Folket jublade. De var många som hade samlats nere på stadens gator. Tyrian, Tindra och barnen vinkade. Kungen lämnade över barnet till Isa. Det började plötsligen att duggregna. Barnmorskan tog barnet och gick in. Kungen sa till dem att gå in, han själv hade några saker han ville berätta för folket medans han hade deras uppmärksamhet. Tyrian hjälpte Tindra in samtidigt som kungen proklamerade ut att ett handelsavtal med Danmark precis hade skrivits. När alla de andra var inne i slottet vände Tyrian blicken ut mot kungen. Ett skrik hördes från folkmassan nedanför. Plötsligen svepte en drake förbi balkongen. Han kom uppe från taket och tog kungen när han passerade. Tyrian sprang ut på balkongen. Han såg precis hur draken svängde uppåt igen innan han nådde ner till marken. Draken var stor och höll kungen i sina grip liknande klor längst ut på en av armarna som satt under vingarna. Draken hade svarta fjäll som glimmade svagt i rött när ljuset träffade den. Två stora vingar bredde ut sig över staden. De liknade dem på en fladdermus men var mycket större. Draken hade en lång hals varpå ett huvud med två stora get liknande horn stack upp ur skallen på den. En rad av mindre taggar följde från huvudet ned längs den långa halsen, ryggraden och ända ut till svansens spets som var försedd med några större taggar. Plötsligen öppnade draken sitt stora gap och sprutade eld på ett av husen nere vid salutorget. Den slog i bakbenen i ett av taken men fick sedan ordentligt med luft under vingarna och flög upp högt och tog riktning mot nordöst. Tindra skrek. Tyrian stod bara där och gapade. Hur var detta möjligt, tänkte han. Han spanade så långt han kunde i vilken riktning draken flög. Några av riddarna som var i närheten fångade Tindra som började springa ut mot balkongen. Barnmorskan sa till dem att hon skulle föras till sängs. Tyrian gick snabbt fram till prinsessan. Barnen grät.

"Jag skall hitta honom" sa Tyrian. Han vände sedan blicken mot riddarna. "Jag följer henne till sängen och lämnar henne där. Ni springer till riddarmästare Karl och får honom att sätta ihop en räddningspatrull. Se även till att få Viento sadlad och klar. Vi ger oss av genast." De bugade och sprang iväg med all hast.

Tyrian följde prinsessan och barnen till deras gemak. Han försökte att lugna henne samtidigt som han tog på sig hela sin rustning. Den han fått av alverna. Hon vädjade honom att inte åka. Hon ville inte mista dem båda. Han förklarade att han trodde han var den mest lämpade att återföra kungen vid liv. Detta för att han var en av de få som hade handskats med magiska varelser tidigare. Han packade snabbt med sig de viktigaste sakerna han behövde så som mantel, sitt svärd, medaljongen och lite kläder. Han kysste prinsessan farväl och gav sig ut ur rummet. Han började gå ned mot borggården men kom plötsligen på vad kungen hade sagt om den där skölden. Den som var gjord av drakskinn. Han vände på klacken och hämtade den genast. En vakt frågade honom vad han skulle in i kungens gemak att göra men flyttade sig snarast när han såg vilket humör Tyrian var på. Han tog skölden från sin hängare och gick sedan ned till borggården. Tio riddare höll redan på med att packa i ordning sina hästar och alla var klädda i sina rustningar. En stalldräng kom ut med Viento sadlad och klar. Tyrian slängde ned sina tillhörigheter i sadelväskorna och fyllde resten av utrymmet i dem med lägerutrustning och mat som hade burits fram av väpnarna som hjälpte riddarna att komma iväg. Åtta av riddarna hade även blivit tilldelade stora kraftiga armborst som de hängde från sadeln på sina hästar. Dessa var ämnade att skydda dem emot ett luftangrepp av draken. Tyko och Karl skulle båda med på räddningsförsöket och stod snart klara vid Tyrians sida. Karl nickade mot Tyrian och pekade på skölden.

"Den kan vara riktigt bra att ha när man jagar drakar" sa Karl. "Tur att du kom ihåg den." Tyrian nickade. Snart stod där alla tio riddarna plus Tyrian, klara för avfart.

"Vi reser lätt" började Tyrian. "Ni kommer inte att ha de bekvämligheter ni är vana med men det viktiga är att vi hinner fram till kungen innan det är försent. Alla här är dugliga stridsmän men nu kommer er uthållighet att ställas på prov. Gör inte mig eller konungen besvikna för då är det ute med honom." Riddarna svarade med ett vrål. De satt upp och red ut genom porten och genom staden. Regnet ökade och dropparna slog mot rustningarna.

I två veckor red de i ilfart genom landet. De började så fort det grydde på morgonen och slutade inte rida fören mörkret fallit. Vart de än kom fram pekade människorna åt nordöst och berättade att de sett draken. Draken hade drygat ut sitt försprång och de förstod snart att han flugit hela denna vägen på en dag och över en natt. Här och var mötte de tydliga spår efter drakens framfärd. Brända hus och ladugårdar. Någon bonde hade blivit av med sin sugga när draken satt sina tänder i den. Tyrian och riddarmästare Karl frågade de mötande om de hade sett kungen och alla svarade att draken hade hållit i en man med sin högra arm. Riddarna övernattade i allt från tält och ladugårdar till borgar och herresäten. Efter fjorton dagarna i sadeln kom de fram till en väldig skog som sträckte ut sig så långt ögat nådde. Tyrian kände genast igen sig. Det var alvernas skog. De slog läger precis vid skogsbrynet inte långt ifrån vägen som Tyrian ridit på när han blev lurad av skogsrået. Han förstod var draken var. I berget bakom skogen. Lithomiel hade berättat för honom den där dagen de red runt sjön att i bergen som syntes vid horisonten fanns det drakar. Det betydde ju plötsligen också att Tyrian höll på att leda tio riddare rakt in i alvernas rike. En plan utformades i hans huvud. Han band Viento vid ett av träden utan att sadla av honom. När de andra hade fullt upp med att sätta upp tälten frågade han hästen så tyst han kunde om han kunde vägen till alverna. Han sa även åt honom att blinka tre gånger ifall det var så. Viento blinkade tre gånger. Hästen hade ju inte varit blindfållad när de lämnade riket som Tyrian varit. Det såg ut att bli en klar natt. Tyrian plockade ned lite extra mat i sina sadelväskor. Han åt sedan med de andra och när det var dags att lägga sig gav han sig själv den första vakten.

Han väntade tills mannarna hade somnat innan han satt upp och red vidare. Han red igenom natten. Viento styrde själv rakt in i skogen. Innan det ljusnade passerade Tyrian den lilla bron som de gått över strax innan han träffat Evandel, väktare av väst. Han såg kullen han blivit gripen i första gången han passerade in i riket i det första morgon ljuset. När han kom upp

halvvägs stoppades han av en pil som slog ned i marken framför honom.
Alverna visade sig på sina plattformar högt uppe i träden. Evandel trädde
fram i morgondiset och var precis på väg att börja ställa samma frågor som
han alltid gjorde när någon kom och klampade mot deras rike. Först såg han
häpen ut och sedan så slog han ut med armarna.

"Men är det inte prins Tyrian jag har här vid min tröskel" sa han. Tyrian
blev lite chockad över att Evandel verkade glad. De hade ju inte direkt fått
en bra början men vem vet ibland läker tiden gamla sår.

"God morgon Evandel, väktare av väst" började Tyrian. "Jag behöver få
träda in i riket och tala med kungen och prins Lithomiel."

"Vad gäller ert ärende?" frågade väktaren. Tyrian surnade till lite. Han hade
bråttom.

"Jag följer en drake som borde ha passerat här" sa Tyrian. "Jag behöver
assistans av prinsen att hitta till drakens håla. Dessutom så följs jag av ett
flertal riddare som är på väg rakt mot ert rike. Jag behöver även en välkomst
grupp som rider ut och möter dem och för dem runt ert rike oskadda."

"Oj, javisst!" svarade väktare. "Vi rider genast." Evandel visade Tyrian runt
ett av träden in bakom ett buskage. Där låg en liten stuga och några hästar.
Den ena av dem var sadlad och alven slängde sig genast upp på den. Han röt
en order på alviska till de kvarvarande soldaterna. Sedan red de vidare in i
skogen. Väktaren lät nu Tyrian rida in mot staden utan ögonbindel. Det gick
mycket fortare än senast. När de kom fram såg det precis likadant ut som
när Tyrian anlänt som yngling. Det var ungefär samma tid på året och löven
hade börjat ändra färg. De tog riktning direkt upp mot trädslottet. När de
kom fram satt de av och började gå upp för trapporna mot kungens platå.
Evandel och Tyrian hann nästan upp innan de möttes av kung Lentarion och
prins Lithomiel i trappan. Ryktet hade hunnit före dem. Kungen och prinsen
valde att skynda ned och möta dem. De hälsade på varandra med alla

artighets fraser som var behövliga. Sedan frågade kungen vad han kunde hjälpa till med. Tyrian berättade då vad som hade hänt. Att kung Torvald blivit kidnappad av en drake och att spåren ledde dem till skogens kant. Han berättade även att riddarna nog bara var några timmar bakom honom och att han behövde hjälp med en välkomst styrka som kunde vissa dem vägen runt så att alverna kunde vara i fred. Sedan vände han blicken mot Lithomiel och frågade om han inte kunde hjälpa honom att finna draken. Kungen och Lithomiel såg på varandra.

”Vi såg aldrig draken passera här men väktaren av öst hörde när den passerade längre bort” sa kungen. ”Vilken färg hade draken?”

”Den var svart men skimrade i rött i ljuset” svarade Tyrian. ”Den var jättestor. Men det kanske de alla är. Det är ju den första jag har sett.” Alverna såg på varandra och sedan tillbaka mot Tyrian.

”Jo, han är allt stor han. Även för att vara en drake” sa kungen. ”Han heter Askan. Vi vet var han har sin håla.”

”Jag sätter i ordning ett följe så följer vi med dig och försöker frita kungen” sa Lithomiel. ”Askan är väldigt oberäknelig. Han har varit lugn i tvåhundra år nu. Så får han plötsligt för sig att kidnappa en kung.”

”Gör det, min son” sa kungen. ”Askan är ju inte bara en fara för alla. Han smutsar ju ned de andra drakarnas namn. Vi har jobbat hårt för att drakarna skall få vara kvar. Men när de beter sig så här så kommer det hjälte efter hjälte och dödar dem en och en.” Lithomiel och Evandel lämnade Tyrian och kungen. Kungen bjöd Tyrian på mat medans Lithomiel satte i ordning sin grupp med alvkrigare. Även Evandel satte i ordning en grupp som red mot västra ingången till riket för att möta upp riddarna. Tyrian åt fort och mycket. Sedan tackade han för sig och gick ned till Lithomiel. Han hade satt ihop en grupp på fem med sig själv inräknat. Tyrian kände dem alla sedan sin tid hos alverna och visste att de var duktiga på strida. Men duktigast av dem alla var Eldrid Lejonsvans. Eldrid var den första som tagit ett steg fram och erbjudit sig att följa med på drakjakten. Alla alverna hade förutom sina svärd och sköldar även en alvisk långbåge med sig. Pilarna till dessa bågar var ungefär en och en halv gång längre än vad människornas pilar var. Detta gav deras bågar ett längre drag och ett längre skott. De satt upp genast och tog nordostlig riktning ut ur alvernas stad.

De red igenom skogen större delen av dagen. Det började regna när de passerade alvernas gräns. Skogen gick över till granskog och på sina ställen var den riktigt tät. Tyrian kände hur vattnet trängde in överallt. Till sist började marken att slutta kraftigt uppför. När de passerade en glänta såg de upp mot det väldiga berget. Berget var så högt att träden slutade växa uppe längs sluttningarna. Tre stora toppar låg strax över en fjällplatå. De tornade upp sig högt i skyn. Lithomiel pekade mot den bortre toppen och förklarade att Askans grotta låg strax över fjällplatån på sidan av berget. Tyrian nickade till svars. De red sedan vidare upp för sluttningarna. Här fanns inga stigar. Inte ens djurstigar syntes till. Innan de vek upp mot den sista bergstoppen tvingades de att vada igenom en å. Vattnet var kallt och forsade snabbt när de ledde hästarna genom ån. Det regnade fortfarande och Tyrian var nu genomblöt. Till sist svängde de upp mot det sista krönet. Strax framför dem slutade granarna att växa och björkarna tog vid. Lithomiel föreslog att de skulle ställa av hästarna i skyddet av granarna och fortsätta till fots. Alla höll med. Tyrian satt av och ledde Viento runt till andra sidan av en liten dunge ifrån alverna. Han gjorde som han brukade och band upp tyglarna i vid bettet. Han klappade Viento och viskade i hans öra ”Visa inte att jag inte har bundit fast dig men om draken kommer vill jag att du tänker på dig själv. Spring som vinden.”
Viento gneggade lite lågt för att dölja sitt skratt åt Tyrians lilla ordvits.

Tyrian la huvudet mot Vientos panna.

”Var rädd om dig” viskade hästen innan de skildes åt. Alverna och Tyrian gick sedan upp för bergsluttningen.

De kom upp över krönet. Tyrian förundrades över hur platt det var. Utsikten över skogen borde vara fenomenal men nu doldes det mesta av sikten av det kraftiga regnet. Här uppe på platån växte mestadels ljung och någon annan liten barrig växt Tyrian aldrig sett.

”Där borta” sa Lithomiel och hukade sig något. Han pekade på en större skreva i sidan av bergstoppens fot.”Vi går närmare så kan vi ta ställning nedanför den sista lilla höjningen. Vi får komma på en plan över hur vi skall få ut draken bara.” Tyrian och de andra alverna nickade och sedan fortsatte de. De var så tysta de kunde. Regnet hjälpte till med att dölja deras ljud och de kom enda fram till en liten backe som låg precis innan skrevan började. De la sig ned ganska tätt ihop och samtalade lite. Ifrån platsen de valde såg man långt in i skrevan som till sist slutade i en ganska låg grott öppning. Tyrian undrade om draken verkligen kunde ta sig in där men den var ju i alla fall hög nog för att han skulle kunna stå raklång där. Alverna passade även på att göra redo sina bågar.

”Detta är först och främst ett räddningsuppdrag” började Tyrian. ”Jag tänker mig att om ni ligger här och har koll mot ingången så smyger jag in och ser om jag kan få med mig kungen.”

”Nej, nu när vi är här så måste vi döda draken” sa Lithomiel. ”Annars så kommer han att följa efter oss hela vägen och på öppen mark har vi inte en chans.”

”Okej, om jag smyger in och ser efter kungen och beroende på läget så försöker jag locka ut draken så ni får en skottchans?” föreslog Tyrian. Alverna nickade och började sätta upp pilar i marken framför sig för att kunna ladda om snabbare.

”Tyrian, var rädd om dig och använd skölden” sa Lithomiel. ”När du kommer ut ur grottan så ta dig så nära bergsväggarna som möjligt så att vi kan skjuta.” Tyrian nickade och kollade så att skölden satt ordentligt fast på armen. Han reste sig för att gå in i drakens grotta. En hand grep tag om hans axel. Det var Eldrid. Han stirrade in i Tyrians ögon men en bister min. ”Må lycka följa de modiga!” sa alven lite högre än de andra tyckte var bra. De andra alverna knöt sina händer och slog sig på bröstet till hälsning.

Tyrian gick in emot grottan. Han gick in mellan de två bergväggarna som bildade skrevan. Marken var platt men sluttade något uppför. Det var brett mellan bergväggarna, kanske tjugo famn i början och närmare tio inne vid grottan. Precis innan han gick in i grottöppningen såg han en smal trappa som gick upp längsmed berget på vänster sida om ingången. Den gick snett upp över själva öppningen. Han testade att ta några steg i den och det verkade inte vara några problem. Han drog sitt svärd och gick in i grottan. De var alldeles mörkt och han stannade i några ögonblick. Synen vande sig med mörkret. Han fortsatte in. Grottgången krökte sig åt vänster in i berget. Han rundade ett hörn och ljuset från ingången försvann. Strax såg han något. Det glimmade av guld längre fram men det var så mörkt att det var svårt att urskilja. Det doftade starkt av svavel och rök inne i grottan. Han stannade innan han kom ut i vad han förstod var en större sal inne i berget. Han såg på guldet som verkade ligga i en stor hög mitt på golvet av grottan. Han kunde efter en stund urskilja att något stort låg ovanpå guldet.

Plötsligt öppnades ett par stora ögon mitt på guldhögen. Det brann som i en kamin inne i dem och de spred ljus ut i salen. Mer guld låg längs väggarna och reflekterade ljuset från drakens ögon så det blev så ljust att det inte var svårt att se längre.

”Vad är du för någon dåre som kommer in i min grotta utan ljus?” frågade Askan. Draken höjde på huvudet och stirrade stint på Tyrian. Ändå att draken låg kvar på sin guldhög så såg han ut att vara beredd på att attackera när som helst. Tyrian blev bländad av drakens blick och lät tiden gå lite innan han svarade. Han såg sig om i rummet. Draken var mycket stor och Tyrian började ifrågasätta vad han egentligen gjorde där. Var detta slutet? Plötsligen fick han syn på kungens krona. Draken hade den på sin arm som ett armband. Tyrian kände hur ilskan kom. Till slut fick han syn på något längre in i grottan. Det var kungen. Han var bränd på nederdelen av kroppen och det syntes att han hade varit död länge. Han hade tre djupa sår över ansiktet efter att Askan dragit av kronan från huvudet på honom. Han hade resten av sina smycken på sig.

”Ditt fega kräk!” skrek Tyrian till draken. ”Vad hade kungen gjort dig?” Draken reste sig sakta.

”Jaha, du kan tala alltså” sa Askan. ”Det var inte min kung, för jag har ingen. Jag bestämmer själv över mitt liv och gör som jag vill. Jag står långt över er i hierarkin”

”Förstår du inte att vi kommer att döda dig för vad du har gjort?” svarade Tyrian. Tårarna rann ned för kinderna. Draken fnös och riktade hela sin kropp mot Tyrian. Som ett lejon som smyger sig på sitt byte.

”Du och vilken arme?” sa draken. ”Alvprinsen du har med dig där utanför? Hans mannar kommer inte ens att hinna skada mig fören jag har bränt er alla. Deras pilar kommer att studsa på mina tjocka fjäll.” Tyrian tappade lite av modet och såg frågande ut.

”Jag kände lukten av er samtidigt som ni satt av hästarna och hörde er långt innan” sa Askan. ”Din häst verkar lite speciell. Det var länge sedan jag mötte ett talande djur.” Tyrian bestämde sig för att det var dags att agera.

Han skrek mot draken och höjde svärdet. Han stod fortfarande i grottgången. Draken tog ett djupt andetag samtidigt som han sträckte sig upp i luften. Sedan böjde han sig fram i en hast och sprutade eld mot Tyrian. Elden forsade ur både näsborrarna och drakens stora gap. Tyrian satte spetsen på skölden i marken och gick ned på ena knät bakom den. Han kröp ihop så mycket han kunde samtidigt som han tog spjärn emot den inkommande elden. Elden träffade skölden och forsade runt och över den. Trycket av eldkvasten var enormt och han kände hur han puttades bakåt. Tyrian höll skölden så nära att elden inte gick ihop igen fören bakom honom. Det sved i alla öppningar av rustningen och han började känna sig kokt inne i all metall. Elden slutade att strömma förbi och Tyrian reste sig genast. Draken såg förvånat mot honom. Tyrian var helt svart av aska och rök.

”Vi kommer snart hit med en hel arme med sköldar som denna och långa pikar och dödar dig, din orm!” skrek Tyrian och vände på klacken och sprang ut ur grottan. Askan satte efter honom. Rustningen brände och Tyrian trodde att han skulle svimma när som helst. Han kom runt kröken och sprang ut ur grottan. Regnet fräste emot Tyrians rustning. Han sprang in till sidan av berget. Han fick då åter syn på trappan. Genast klättrade han upp för den. Han blev tvungen att skida svärdet och slänga ifrån sig skölden. Han kom upp över ingången precis innan draken kom ut genom grottan. Tyrian drog svärdet. Han höjde det högt över huvudet. När draken var halvvägs ut genom hålet avfyrade alverna sina pilar. De ven igenom luften och träffade draken. En pil satte sig skinnet på undersidan halsen av draken men resten studsade på fjällen som draken hade sagt att de skulle göra. Tyrian skrek för full hals ”Askan!” och hoppade rakt ut mot draken från klipphyllan. Draken såg upp, men försent. Tyrian högg med ett svepande hugg draken i nacken. Huvudet lossade. Tyrian landade sedan på drakens arm och studsade ned i marken. Han slog i benet och sedan huvudet.

Han kvicknade till lika fort som han svimmat. Tyrian tog sig upp på fötterna. Benet värkte men han kunde fortfarande stödja sig på det. Rustningen var fortfarande väldigt varm och han började instinktivt att ta av sig den. Lithomiel och resten av alverna kom springandes. Alvprinsen började genast att hjälpa Tyrian av med rustningen. De gick in under regnskydd vid grottan.

”Vilket hugg!” sa Lithomiel.”Va? Hur hann du komma på idén av att klättra upp över grottan?”

Tyrian såg stint på alven. Hans tankar gick tillbaka in i grottan. Till kungen som låg död där inne.

”Det spelar ingen roll hur bra hugget var” sa Tyrian. ”Kungen är död. Han ligger där inne i alla fall.” Lithomiel fick en mer allvarlig min.

”Jag beklagar sorgen, min vän” sa alven. Eldrid kom närmare efter att han inspekterat draken. Det var hans pil som satt sig under halsen på draken. Han hade pilen i handen och visade upp spetsen som nu var helt i sönderfrätt av drakens blod. Eldrid hade tänkt att gratulera Tyrian för sitt mod men insåg när han kom närmare att det inte var rätt tillfälle för det.

”Drakens blod fräter igenom metallen på min pilspets” sa han. ”Tyrian, kolla ditt svärd innan det är förstört.” Tyrian kollade snabbt svärdet men det syntes inte en skråma på det. Han ställde svärdet mot berget så att regnet sköljde av det kvarvarande blodet.

”Oh nej, kronan!” skrek Tyrian. De rusade bort till drakens arm. Bredvid kronan rann en rännil av blod men den verkade ha klarat sig. De drog snabbt av den från drakens arm. Tyrian hängde den sedan över svärdets kors där det stod upp efter bergväggen. Sedan fortsatte de att ta av Tyrians rustning som fortfarande var het. Den vadderade jackan som han bar under

rustningen var nu helt torr. Innan han gick in till draken hade den varit
dyngsur. Håret som hängde nedanför hjälmluvan hade brunnit av och han
hade lättare brännskador i knävecken, nacken och i armhålorna. Han förstod
hur mycket tur han hade haft att det regnat. Annars så hade nog vadderings
rustningen kunnat fatta eld eller i alla fall inte ha stoppat värmen lika
effektivt. Lithomiel beordrade två av sina krigare att ge sig ned och hämta
hästarna. När de kom tillbaka upp berättade de att Vientos tygel måste ha
lossat och att hästen vandrade omkring några meter bort ifrån de andra.
Lithomiel tog fram två facklor ur sin packning samt ett vattenskinn som han
räckte över till Tyrian. Tyrian drack utan omsvep. Han var röd som en kräfta
och varm. De väntade en stund tills Tyrian började återfå normal temperatur.
Han tog på sig sina vadderings kläder igen för att inte bli kall. Rustningen
fick ligga kvar i en hög innanför grottöppningen.

Lithomiel tände facklorna och alla utan en av alvkrigarna gick in i grottan.
När de kom in i drakens sal så ryckte Eldrid till.
”Oj, så mycket guld” sa han. ”Det måste finnas tillräckligt här inne för att
bygga upp ett flertal slott eller kanske en flotta.” De andra gav honom en
sur blick. Tyrian tog täten och gick raka vägen bort till sin döde konung.
Han ignorerade vad Eldrid sagt om guldet. Han lyfte sin svärfar upp i sitt
knä och grät över honom. Alverna ställde sig bakom honom med nedslagna
blickar av respekt för den fallne. Efter en liten stund sträckte sig Tyrian efter
sin mantel. Han märkte då att den saknades. Han hade haft den på sig innan
han gått in till draken. Han förstod att den måste ha brunnit upp. Lithomiel
drog snabbt av sig sin mantel och räckte över den till Tyrian som svepte in
kungen i den. De bar sedan ut kungen till grottans mynning. Därefter satte
Tyrian tillbaka kronan på kungens huvud. Regnet hade avtagit under tiden
de var i grottan och nu duggade det endast. Eldrid vände sig hastigt ut från

grottan. Han rusade sedan ut genom hela skrevan och spejade ut åt väst.
"Ryttare!" ropade han in mot de andra som stod kvar inne vid grottan. "De verkar som att dina vänner kommer i kapp dig Tyrian" Lithomiel och Tyrian satte efter. När de kom ut ur skrevan såg de en grupp på femton man komma ridandes. Fem alver och de tio riddarna. Tyrian vinkade mot dem och de svarade.

Riddarmästare Karl red längst fram och stannade precis framför Tyrian och alverna. Regnet hade nu slutat helt. Karl såg på Tyrian med oro i blicken. Han satt av och gick fram och omfamnade honom.
"Hur ser du ut, Tyrian?" sa Karl. "Det ser ju ut som om du har varit inne i skärselden och vänt. Vad har hänt?" Tyrian såg skamset ned i marken och svarade samtidigt som hans röst gav vika.
"Jag hann inte. Han var redan död när jag kom in i ormens håla." Tårarna började åter igen att strömma ned för kinderna på honom. Karl bet ihop och vände sig om mot sina mannar.
"Kungen är död! Länge leve den nye kungen!" Alla riddarna satt av och tog av sig sin hjälmar. De gick ned på knä och upprepade orden. "Kungen är död. Länge leve den nye kungen." Sedan reste de sig med blicken på Tyrian. Tyrian förstod just då vad detta betydde. Han stod först i successionsordningen och var nu alltså näste på tur att krönas. Han var mer eller mindre redan kung. Efter det berättade han om hur alverna hade hjälpt honom att hitta grottan och vad som hänt under själva striden och hur han fann kungen. Karl sände genast två man ned till skogen för att bygga en bår. Resten red in till grottan. Riddare Tyko gick fram och satte sin fot på bestens avhuggna huvud. De andra stirrade med förundran på den fallne draken. Sedan gick de alla till kungen och sörjde honom. Därefter gick de längre in i grottan och inspekterade skatten. Ingen av riddarna hade tidigare

sett så mycket guld. De kom överens med alverna att de skulle dela på guldet. De fyllde alla sina väskor med så mycket guld som möjligt. Utöver det packade de med sig mat för en dag och lämnade resten med två riddare samt två alver som skulle stanna kvar och vakta skatten. Kärror skulle sändas ut i efterhand och bärga resten av guldet. De surrade fast kungen vid båren och fäste den mellan de två riddarnas hästar som fick stanna kvar. Tyrian tog åter på sig sin rustning och tog med sig skölden och svärdet. De tog avsked med alverna och Tyrian tackade Lithomiel. Därefter gav sig riddarna av åt väst och alverna red ned åt skogen igen. De tältade i sluttningarna mellan skogen och fjällplatåerna den natten. Tyrian somnade så fort han lagt sig ned efter den långa och på så många sätt slitsamma dagen. Riddare Tyko smög in i Tyrians tält och hämtade hans rustning. Den natten arbetade riddarna i tur och ordning samtidigt som de hade vaktpass med att polera upp rustningen. Dagen därpå fortsatte de i skogskanten ned mot söder.

Den första staden de kom fram till var samma stad som Tyrian besökt efter sin tid hos alverna. En kista köptes in och de fick en ordentligt vagn att lägga kungen på. Folket i staden tog sina farväl till kungen och de högborna svor nya eder till Tyrian som ny konung. Där sände de även Tyko och en grupp med soldater upp till Askans grotta med vagnar för att hämta deras del av skatten. Tyrian såg till att en extra vagn togs med för att ta med sig drakens huvud. När de vilat en hel natt red de vidare mot Havsport. De fick med sig en större eskort och mer utrustning så livet på vägen blev lite lättare. Alla var slitna efter den långa ritten till drakens håla. De red hemåt med bistra miner. Alla de mötte tog farväl av den gamle kungen och hälsade Tyrian som deras nya regent. Ryktet om kungens död och att Tyrian dräpt draken spred sig som en löpeld genom landet. Var de än kom så visste alla vad som hänt. Tre veckor tog det dem att komma tillbaka till huvudstaden och då hade ryktet redan nåt slottet sju dagar tidigare. Strax innan de nådde fram till Havsport stannade de och höjde upp konungens kista så att den syntes bättre. De tog alla på sig sorgband och satte svarta vimplar på lansarna som de tagit med sig ifrån den första staden de passerat. När de kom ut ur skogsbrynet innan Havsport började klockorna i staden att klämta. De red sedan in i procession i staden längst Storgatan. Invånarna samlades och stod uppställda längs gatan. Tyrian red först. Det var vackert väder och hans rustning glimmade i solskenet. Efter honom kom riddarmästare Karl. Även han med fint polerad rustning. Efter dem kom två riddare som red i bredd, knä om knä. Följt av vagnen med alla sina åtta hästar. Där efter följde tre par med riddare till. Sorgband var uthängda längst väggarna på husen som fladdrade lätt i höstbrisen som svepte igenom staden. De kom fram till slottet och red in genom porten. Inne på borggården stod alla i hovet prydligt uppställda klädda i sorgdräkter. Prinsessan Tindra och barnen stod uppställda högst upp på trappan till huvudentrén. Framför dem stod kungens rådmän och några av de högre riddarna och ädlingarna. Riddarmästare Karl bröt den tunga tystnaden. ”Konungen är död! Länge leve den nya konungen” skrek han ut och red fram till Tyrian och höjde hans hand i luften. Alla på borggården svarade med samma replik. Sedan föll de alla på knä. Bortsett från Tindra och barnen som bara neg och bugade artigt. Tindra brast ut i gråt. Tyrian satt av från Vientos rygg och gick raskt upp till henne och barnen. Han omfamnade dem alla innan de gick in i slottet.

Dagen efter begravdes kung Torvald i storkyrkan. En sarkofag hade iordningställts mellan två pelare i kyrkan. Tindra och Torulf tog kungens död mycket hårt men de mindre barnen förstod inte riktigt vad det innebar.

Tre dagar efter begravningen kröntes Tyrian Drakdräparen till kung av Bodaland. Kröningen hölls även den i storkyrkan utav ärkebiskop Eskil. Festen som följde kröningen hölls dämpad.

Kapitel 14
Tyrian och Kriget

Sju år gick. Tyrian kom in i sin roll som landets kung. Han tillbringade nu mestadels sin tid i tronsalen där han hjälpte folket med sina tvister och fattade beslut om hur landet skulle skötas. Han saknade sin tid i ryttarbanan men smög dit någon dag i veckan och roade sig. Söndagarna spenderade han med drottning Tindra och barnen. Under de varmare månaderna tog de ofta utflykter ut ur staden. Viento och Tyrian älskade dessa utflykter då de fick en chans att rida i skogen igen. Folket gillade Tyrian men det märktes att många i adeln inte var lika förtjusta i honom. Anklagelser om att Tyrian skulle ha haft något med kung Torvalds död att göra nådde Tyrian då och då men viftades snabbt undan. Skatten som Tyrian fått med sig ifrån Askans grotta kom många gånger väl till pass. Han var inte blyg med att belöna dem som gjorde hans vilja. De tio riddarna som följt med på drakjakten fick en belöning i rent guld. De första sju åren var goda år men efter dem följde en vinter som ingen skådat maken till tidigare. Snön la sig redan i oktober och låg djup ända fram i april. Efter vintern kom översvämningarna som förstörde större delen av böndernas åkrar. Skörden blev som den blev och alla visste att maten skulle komma att ta slut. Tyrian försökte köpa in mat från grannländerna men även de hade drabbats hårt av vädrets makter. Danskarna var de som klarat sig bäst men efter en misslyckad bröllopsaffär mellan grevinnan av Orres son och den danske kungens dotter var den danske kungen inte längre lika vänligt inställd till att handla med Bodaland. Tyrian sände genast en kunglig befallning till grevinnan att infinna sig vid slottet för att stå till svars för sitt agerande. Utöver det sände han ut handelsmän till rikena bortom grannländerna för att köpa spannmål eller rotfrukter. Han lättade även på regler gällande jakt och fiske samt öppnade han upp för att man skulle kunna plocka bär och vildfrukt för att minimera riskerna för svält. Dessa nya regler gick inte i god jord hos landets adel som tidigare ägde all rätt till jakt på sina marker. Stämningen i slottet blev hårdare. Kungafamiljen höll sig mest till sina privata kvarter. Spioner greps och fängslades i slottet. Tyrian sände ut egna spioner till ett flertal fina familjer var av grevinnan av Orre var en av dem. Hon lyssnade inte till hans befallning på en månad. Snart fick han rapporter ifrån grevinnans slott på Orreön som var Bodalands största ö. Den unge sonen som varit trolovad till den danske prinsessan hade grevinnan låtit låsa in i ett av tornen i slottet. Han hade försökt rymma till Danmark. Han ville tydligen fortfarande gifta sig med prinsessan. Det hela verkade som om grevinnan ändrat sig över en natt. Från att vara nästan drivande för att få igenom bröllopet till att helt plötsligt förbjuda det. Tyrian sände ut en ny befallning.

Sju dagar gick innan grevinnans följe närmade sig huvudstaden. Tyrian hade aldrig träffat grevinnan tidigare. Han rådfrågade riddarmästare Karl som han hade befordrat till både rådman och marsk. Han frågade honom om hur grevinnan var som person och vad han hade att vänta sig av mötet. Karl svarade med att grevinnan tillhörde en av de äldsta ätterna i landet och hon hade gift sig med den nu avlidne greven Vilhelm av Orre. Han berättade även att hon alltid varit mycket vänlig och älskad av sitt folk. Enligt ryktena skulle hon även se mycket bra ut och ofta lyckas göra väldigt bra affärer helt enkelt genom att göra sina motparter mållösa med sitt utseende. Tyrian såg när grevinnans följe red in i staden från ett fönster i slottet. Hon kom i en droska med vackra sniderier. Fyra riddare red framför henne och fyra bakom. Deras färger var svart och gult. Standaret, en svart orre på gul bakgrund. När de passerade storkyrkan gick Tyrian ned till tronsalen och satte sig på tronen. Ett flertal rådmän var på plats varav riddarmästare Karl stod närmast Tyrian. Ett flertal vakter stod utplacerade längst väggarna i den väldiga vita salen med välvt tak. De väntade i tystnad på grevinnan. Fotsteg ekade i gången utanför salen. En skugga föll in genom valvet och snart trädde grevinnan in. Hon var lång och smal med en högdragen blick. Hennes ansikte var vackert men bestämt och hennes rågblonda hår var uppsatt i en knuta i nacken. Hon bar en svart klänning med gula detaljer. Klockärmarna var fodrade med gult och även livet var gult. Till denna bar hon även en liten hat som också den var i svart och gul med en liten slöja i ett nätliknande tyg som hängde framför ansiktets övre hälft. Hon bar en vackert dekorerad värja vid sin vänstra höft. Hon var följd av två riddare som gick bakom henne iklädda sina rustningar. Hon gick rakt in mot tronen som stod på en upphöjning med blicken fäst på golvet framför Tyrian. Hon stannade på behörigt avstånd framför de två trappstegen som ledde upp till tronen. Hon neg lite lätt fortfarande med blicken fäst på golvet.

”Ni kallade, ers majestät” sa hon. Hennes röst var kylig och hon såg inte upp mot Tyrian.

”Ja, det gjorde jag” inledde Tyrian. ”Två gånger till och med. Vad har du för försvar att du inte lyssnade till min första kallelse?” Hon fick ett litet leende på läpparna.

”Ursäkta mig, men jag har haft mycket att göra på sistone och har inte tid att springa ärende så fort det behagar er, ers unge majestät” svarade hon. Det skilde inte mer än fem år på Tyrian och grevinnan. Hennes ordval var menat som en provokation eller ett sätt att försöka sätta sig över honom. Han ignorerade att ta itu med den saken och fortsatte direkt med varför han kallat henne.

”En kunglig befallning är en kunglig befallning och jag väntar mig att du inte låter mig vänta nästa gång” sa han. ”Varför har du avbrutit förlovningen mellan din son och prinsessan av Danmark?" Hon vände blicken mot Tyrian och såg honom rakt i ögonen. Precis som med trollet så förvändes hennes ansikte i ett ögonblick till ett annat. Hon såg ut som en gammal kärring med krokig näsa. Tyrian kände igen henne. Det var Viveca. Helerskan som förutspått Tyrians öde och sänt ut honom från sitt barndomshem. Tyrian försökte att inte visa några spår av sin upptäckt.

"Det är väl upp till mig vem min son gifter sig med eller inte?" sa hon. "Jag förstår inte varför alla ska hålla på och tala med mig om den saken. Det är min ensak!" Hon snörpte till näsan och la armarna i kors. Tyrian tog lite tid på sig innan han svarade.

"Det verkar som om din son fortfarande vill att giftermålet skall gå i hamn" Tyrian gned sitt bockskägg som han lagt till med efter han blivit kung.

"Varför står du mellan din sons och prinsessans lycka?" Hon blev hetsigare i blicken och slog med armarna rak ned mot golvet.

"Han vill nog inte ha den där lilla nätta flickan när allt kommer på sin plats i alla fall" sa hon. "Oavsett så är det jag som bestämmer vad som händer med honom. Jag är hans förmyndare."

"Nu är det så att din sons bröllop med prinsessan har blivit en konflikt mellan Bodaland och Danmark." sa Tyrian. "Jag hoppas att du kan tänka dig att ändra på ditt beslut. Helst innan folket börjar svälta. Den danske kungen vill inte handla med oss fören han får som han vill. Dessutom så är bröllopet ett steg upp för stegen för din son. Jag förstår inte varför du motsätter dig så hårt mot något som gynnar alla." Nu blev grevinnan ursinnig och skrek tillbaka mot kungen.

"Min pojk kommer aldrig att gifta sig med den danska prinsessan!" Hennes blick var kall och hård. "Ingen lågättad yngling till kung kommer någonsin få mig att gå med på det!" Tyrian fick nog.

"Grip henne!" ropade han. Grevinnan stack in sin hand i en av klockärmarna och med en rörelse så drog hon fram ett trollspö. Riddarmästare Karl klev in framför Tyrian och drog sitt svärd. Vakterna vid väggarna fällde sina hillebarder och var på väg att omringa grevinnan och hennes män som också drog sina svärd. Grevinnan höjde trollstaven och svingade den ned mot marken. Svart rök slog fram och skymde sikten i tronsalen. Vakterna slöt ringen runt grevinnan och hennes följe men när röken skingrades stod enbart grevinnans två riddare kvar. Grevinnan var borta. Ett sorl utbröt i salen. De båda riddarna gav sig utan strid. Resten av grevinnans följe flydde innan nyheten nådde ned till borggården. Efter mötet talade Tyrian med sina rådgivare. Han berättade för dem vad han sett och att han har varit med om liknande saker tidigare. De alla blev häpna. ”En häxa!” sa Karl. Nyheten spred sig i landet och Tyrian sände bud till sina vasaller om att infinna sig med sina män. Kriget stod för dörren.

Vintern närmade sig när landets grevar och baroner samlade sig på insidan av Havsports näs på ett stort fält som Bodalands kungar använt sig utav i århundraden för mobilisering. Många av Tyrians vasaller var sena. Ett tydligt tecken på missnöje med några av Tyrians beslut. Beslut som han fattat för att underlätta för folket på adelns bekostnad. Först på plats var greve Aston av Svarteborg. En titel han fått när Tyrian blivit kung som ett tack för jakten han varit med på. Dessutom hade Aston ändå tillräckligt med marktillgångar efter det misslyckade bröllopet med grevinnan av Stenbock för att förtjäna titeln. Han ändrade även sitt namn till Svarteborg för att alltid minnas hur viktigt det var att vara i tid. Efter honom dök de andra upp en efter en. En vecka efter den utsatta tiden var ännu inte alla vasaller samlade men Tyrian beslutade att han inte kunde vänta längre. Folket hade börjat att svälta. De fattigaste i städerna och på landsbygden hade inte längre råd med mat. Små barn, gamlingar och sjuklingar hade redan börjat dö. Tyrian hade börjat ransonera ut mat men det fanns bara lite att ge. Han hade till och med strypt tillgången på mat i självaste slottet. Han fruktade att flera av vasallerna som inte anlänt inte skulle komma överhuvudtaget. Kanske de hade svårt att utfodra en arme eller kanske visade de sitt obehag mot den nye kungen. Tyrian väntade i staden tills dagen innan han tänkte låta armén marschera söder ut mot Orreön. Riddarmästare Karl hade fått äran att hålla i befälet i lägret tills Tyrian anlände. Tyrian och en mindre skara riddare och fotsoldater skulle frakta större delen av maten som skulle användas i kriget till hären.

Tidigt på morgonen gjorde sällskapet sig redo för avfärd till lägret inne på borggården. Tyrian hade låtit smida en rustning till Viento som han själv hjälpte till att klä hästen med. Rustningen lades över Vientos rygg och hängde ned över flankerna. Halsen och bogen täcktes av ledade stålskivor och över huvudet träddes en hjälm. En krona av mässing hade även fästs vid Tyrians hjälm så att alla lätt kunde se vem han var i stridens hetta. På gott och ont, tänkte Tyrian. Viento tyckte inte om rustningen. Han tyckte att den var tung och skramlig. Dessutom avskydde han att han inte kunde röra öronen. När hela följet var klart red de ut ur slottet. De flesta i staden sov fortfarande men när det hörde riddarna och vagnarna rulla längsmed Storgatan började folket att samlas. De var mestadels de i de fattigare skikten av staden som kom. De skrek mot Tyrian och riddarna som red förbi i sina dyra rustningar på sina dyra hästar.
”Vi vill ha bröd!” skrek någon. ”Ett av era svärd hade fött min familj i en månad” skrek en annan. Tyrian visste att de hade fel. Riddarnas utrustning var inköpt innan svälten och den kunde inte köpa folket mat som inte fanns. Men att blidka den danske kungen genom att lyckas få bröllopet på fötterna igen kunde kanske få till ett nytt handelsavtal. Det var värt ett försök. När

riddarna och kungen närmade sig porten var folkmassan stor. Någon långt bak i massan började ropa "Tyrian tyrann!" Mer och mer folk stämde in i versen och när han red ut över vindbryggan ekade det inne i staden. "Tyrian tyrann! Tyrian tyrann! Tyrian tyrann!"

De red igenom skogen i tystnad. De tog av i sydöstlig riktning när de kom fram till trevägskorsningen. Riddare Tyko red bakom Tyrian och snabbade på lite så han kom inom tal avstånd.

"Du vet att de bara är desperata, va?" sa Tyko. "Så fort vi löser denna krisen kommer allt att gå tillbaka till vanligt igen." Tyrian red med nedslagen blick. Han hade verkligen försökt att motverka svälten. Det var ju inte hans fel att skördarna sinat. Han tänkte tillbaka till sin tid på resande fot med Viento. Om det varit ett år som detta hade han kanske svultit ihjäl ute på vägarna.

"Jag vet, Tyko" svarade han. "Men det känns som om jag borde ha löst krisen för längesen så att vi inte behövde stå i den här situationen." Tyko nickade och klappade Tyrian på axeln innan han föll tillbak in i ledet igen. Följet nådde lägret vid middagstid och Tyrian blev häpen över hur många man han lyckats samla. Där fanns femhundra riddare, fyratusen fotsoldater, belägringsmaskiner samt nästan alla adelsmän. I mitten av lägret stod en grupp med stora paviljonger som bildade högkvarteret. Tyrian styrde sitt följe raka vägen dit och satt genast av när han kom fram. Han överräckte Vientos tyglar till en väpnare och gick med raska steg in i tältet. Där inne stod ett flertal av landets grevar och baroner runt ett bord med en stor karta på. Riddarmästare Karl stod där och flyttade pjäser på den stora kartan. När Tyrian kom närmare sträckte männen på sig och bugade mot sin kung. Riddarmästare Karl lämnade formellt över befälet över armén till Tyrian. Sedan diskuterade de samlade ihop en plan. Det fanns en bro över till

Orreön som häxans trupper redan försökt förstöra men än så länge så hade de endast lyckats förstöra ett av valven på den. Det skulle lätt gå att laga bara man förde med sig en portabel vindbrygga. Karl hade redan satt igång arbetet på vindbryggan och den skulle färdigställas under kvällen. Sedan var det nästan en dagsmarsch in på ön innan de skulle nå fram till grevinnans slott. Maten de hade med sig skulle inte räcka till en längre belägring så de skulle bli tvungna att gå till anfall. Med lite tur hoppades de på att häxan skulle skicka ut en del av sin arme för att möta dem på öppet fält. Karl hade fått in rapporter om att häxans styrkor redan höll på att bygga upp ett försvar vid bron. Tyrian beordrade att de skulle avmarschera i gryningen nästa dagen. Alla höll med om att det var en bra idé. Två dagar skulle det ta att komma fram till bron.

Armén stod uppställd innan gryningen. Tälten var rivna och lastade på kärror tillsammans med resten av utrustningen. Karl hade redan sänt ut en mindre styrka med spanare som hade till uppgift att varna för överfall. Tyrian och vasallerna satt upp samtidigt efter ett kort morgonmöte. Riddarmästare Karl fick signalen från Tyrian om avmarsch. Hela hären rörde sig. Först red en mindre grupp med riddare sedan kom Tyrian följt av Karl och alla vasallerna. Där efter kom ett kompani med riddare följt av fotsoldaterna och trossen. Sist red ytligare ett kompani med riddare. Det gick långsamt framåt. Tyrian som var van att alltid rida i mindre sällskap ute på vägarna blev lätt stressad över farten de var tvungna att hålla för att fotsoldaterna skulle hinna med. Han tog i åtanke att detta var män som var redo att offra livet för honom. Män som var ryggraden i armen och som alla var yrkeskrigare. Han såg tillbaka mot dem. Trots kylan svettades de och stora rökplymer bolmade ur deras munnar i morgonljuset. Här och där var marken täckt med frost under de första timmarna. Med två timmars intervaller stannade armén för rast. Framåt kvällen närmade de sig en större by vid namn Enebacken. Den låg i slänten på en kulle. Nedanför byn bredde ett stort fält ut sig med en större bäck som korsade nere i en dalsänka. När styrkan kommit ut på fältet beordrade Tyrian halt. Nattläger slogs och några av grevarna och baronerna fick husrum i byn. Tyrian valde själv att bo i lägret med männen. Vakter posterades ut och eldar tändes. Stämningen var god i lägret. Soldaterna fick mer mat än de fått tidigare. En mindre mängd öl serverades. Snart sjöngs det sånger runt eldarna. Sånger om hjältedåd och vackra kvinnor. Tyrian gick en liten vända igenom lägret innan han gick och la sig. Han hörde hur soldaterna berättade historier för varandra om än det ena och än det andra. Sagor om forna hjältar ifrån hedniska tider likväl som jakthistorier eller fyllekvällar de själva varit med om. Han insöp stämningen. Upprymd med ett stort mått av nervositet inför morgondagen. Det var beräknat att de skulle nå fram till bron strax efter middagstid.

Dagen efter fortsatte de marschen. De fick hela tiden rapporter från spanarna framför dem. Spanarna hade redan konfronterat fienden vid bron men höll avstånd. När hären var beräknat en timmes marsch ifrån bron tog de en rast så att alla fick äta något. Nu var männen desto mer nervösa. Det hände att soldater spydde eller var oförmögna att äta. De uppmanades att göra ifrån sig innan de fortsatte. Strax efter att de börjat röra på sig igen gick de över ett krön. Ifrån krönet såg man ut över fjorden som gick in mellan Orreön och fastlandet. Där såg de bron. Ett par torn hade byggts upp på öns sida av den. Bron var låg men lång och byggd med nio valv varav det sjunde ifrån land var raserat. Man såg hur spannarna red runt på stranden nere vid brofästet och retade sina motståndare på andra sidan. Det var tydligt att grevinnan inte tänkt släppa bron frivilligt. Många soldater syntes bakom den temporärt höjda palissaden på andra sidan vattnet. Många hästar syntes längre bort, vilket tydde på att hon även sänt ut riddare för att hålla bron. Ett klokt val att göra det extra svårt för kungens här vid ett så utsatt läge, tänkte Tyrian. Hären blev tystare och tystare ju närmare de kom.

Tyrian ställde upp armen på ett fält strax innan bron. Vägen de färdats på ledde rakt ut på bron. Vid sidorna låg det en gräsbevuxen strand där vattenlinjen tydligt visade sand som rullade i vågorna. Detta var betesmarker som nu passade väldigt bra för Tyrians anfall. Alla grevar och baroner samlades med Tyrian och riddarmästare Karl. De diskuterade snabbt igenom hur de skulle försöka ta sig över bron. Tornen på andra sidan såg ut att var klent byggda. En konstruktion av trä med stenar lutade upp emot den för att stoppa skott. Greve Aston föreslog att de skulle bygga upp en av de stora katapulterna och skjuta ned tornen men de andra tyckte att det vore ett slöseri med tid. En plan togs fram för att skicka fram en trupp med fotsoldater med sköldar och den portabla vindbryggan. Deras jobb skulle vara att lägga ut och säkra övergången. Sen skulle fler mannar rycka fram med en murbräcka och slå ett hål i den tillfälliga palissaden på andra sidan. Därefter en ryttarchock. En styrka med fotsoldater med stora sköldar togs fram samt en grupp för att bära vindbryggan. De rusade ut på bron. Sköldbärare i kanterna och framför dem som bar vindbryggan. De bar den tunga lämmen över huvudet. Halvvägs ut på bron började pilar och skäktor att flyga mot Tyrians män. Någon blev träffad och skrek högt men de flesta projektiler träffade vindbryggan eller sköldarna. De kom fram till hålet i bron. Två mannar av dem som bar vindbryggan gick ut framför den och satt ned kanten på den mot bron. De satte sina fötter framför den så att den inte åkte vidare framåt. Sköldbärarna täckte sina kamrater med sköldarna medans de andra puttade upp vindbryggan för att fälla ut den över hålet. När den stora tunga konstruktionen stod rakt upp öppnades en lucka i vardera torn. Det smällde högt och en svärm av småsten och grus kastades ut över fotsoldaterna. Rök pyrde ut ur kanonerna. Vindbryggan vältes bakåt. Många blev träffade både av stenarna och av själva vindbryggan. Panik utbröt på bron och soldaterna flydde tillbaka till stranden, släpandes på skadade fränder. På bron låg endast den skadade vindbryggan och de som dött vid beskjutningen.

Tyrian valde nu att lyssna på greve Aston. De rullade fram två av kärrorna och började montera ihop två katapulter, så kallade blidor. Det var två höga monster till vapen som drevs av en motvikt och fick förlängd räckvidd tack vare slungorna längst ut på den långa kastarmen. Det tog ganska lång tid att montera ihop dem men tack vare att de var hjulförsedda så verkade det inte nödvändigt att montera ned dem för nästa förflyttning. Sent på eftermiddagen stod blidorna klara och redo att använda. Tyrian hade använt tiden till att sätta i ordning en ny styrka för anfallet. Först skulle en trupp med sköldbärare tillsammans med en av deras kanoner ta sig fram över bron för att försöka lägga ut vindbryggan som låg kvar på bron. Kanonen var tänkt att skjuta salvor av grus och småsten mot motståndarnas palissad. Med dem sände han även med en liten grupp med bågskyttar vars uppgift var att skjuta nedhållande eld så att soldaterna kunde arbeta ifred. Men först var det blidornas tur att försöka slå ut kanonerna i tornen. Tyrian fick klartecken av ingenjören som ansvarade för monteringen av monstren till katapulterna. Han gav tecken till fri eldgivning. De ena blidan missade och stenen slog ned i vattnet framför motståndarna. En kaskad av vatten flög upp över bron. Den andra stenen missade tornet men träffade i palissaden bredvid tornet. Ett stort hål slets upp och man kunde höra männen bakom skrika. Ingenjörerna laddade snabbt om och ställde om siktet på de båda blidorna. Med ett vrål slungades de nya stenarna iväg mot fienden. Den katapult som träffat palissaden med förra stenen träffade nu rakt in i ett av tornen som rasade samman som ett plockepinn. Den andra blidans sten slog ned på bron och studsade rakt igenom palissadens mitt. Mannarna som hade till uppgift att avancera över bron gjorde sig i ordning. De andades häftigt. Tyrian höll dock inne ordern om framryckning tills de båda krigsmaskinerna ännu en gång kastat iväg sina projektiler. Det andra tornet sänktes också av en dubbelträff. Motståndarnas riddare syntes lämna befästningsverket. De red mot grevinnans slott. Fotfolket stod dock kvar. Tyrian beordrade sina styrkor framåt. Sköldbärarna rusade ut över bron med hesa skrik. De omringade vindbryggan under beskjutning av skäktor och pilar från andra sidan palissaden. Tyrians bågskyttar sköt in mot gliporna mellan stockarna och mot dem som stack upp huvudet över krönet. Kanonen närmade sig främre ledet och ett hål öppnades för den mellan sköldarna. Den var monterad på en ställning med tre ben och fastsatt med järnbeslag som gjorde det möjligt att sikta med den strutformade kanonen. Plötsligen kom en av piporna från motståndarnas kanoner ut genom hålet som den studsande stenen gjort i mitten av palissaden. Tyrians mannar hann avfyra sin innan och stenarna flög in genom hålet i palissaden. Något skott kom aldrig ifrån fiendens kanon. Trycket av de många stenarna som även träffade palissaden drog med sig flera stockar runt hålet. Nu skulle det gå att ta sig igenom med kanske två man åt gången eller en häst. Sköldbärarna som stod längst fram slöt hålet i deras försvar medans bågskyttarna fortsatte att skjuta mot hålet där den fallna kanonen låg. Resterande sköldbärare tog tag i vindbryggan som de strax fick upp över huvudena. Kanonen brände av ytterligare ett skott innan den flyttades för att göra plats för vindbryggan. Med ett brak slog den tunga vindbryggan ned i bron på andra sidan och soldaterna med sköldar började strömma över den mot hålet i palissaden. Från Tyrians utkiksplats från andra stranden såg han att många av häxans fotfolk flydde. På riddarmästare Karls inrådan sände genast Tyrian ut en trupp med riddare efter de flyende. Riddare Tyko fick befälet över de femtio riddarna som red över bron. På andra sidan bron blev striden kort mellan de försvarare som stannat kvar och kungens styrkor.

Efter slaget vid bron förflyttade Tyrian över sina styrkor till ön. Ytterligare en extra vindbrygga lades ut över hålet i bron för att kunna föra över de breda kärrorna. Resten av befästningsverket på andra sidan bron revs. Riddare Tyko återvände snart till brofästet och hade med sig många fångar. Han berättade att de alla gett sig så fort de hunnit ikapp dem. Riddarna som ridit av tidigare syntes inte till utan hade tillåtits att fly. De slog läger nära bron och denna natten sattes extra många vakter ut. De skadade togs omhand i ett flertal sjuktält som genast restes. Många hade lindriga skador från kanonernas stenar. Även de besegrade männens skador togs omhand. Tyrian beordrade det trots invändningar från flera av landets grevar och baroner. På kvällen gick Tyrian och riddarmästare Karl igenom skjukvårdstälten och talade med sina skadade mannar. Mitt inne i ett av de större tälten som mestadels inhyste Orreöbor stannade Tyrian upp. Han såg på riddarmästare Karl och sa "Dessa män är Bodalänningar som endast följer sin grevinnas order. När häxan är besegrad kommer dessa att utgöra ryggraden i försvaret av Orreön under sin nya befälhavare." Karl såg sig omkring. Han vände blicken mot Tyrian.
"Vem kommer föräras grevskapet efter kriget?" frågade Karl. Männen i sjuksängarna såg på dem. Alla var nyfikna på kungens svar.
"Min förhoppning är att kunna finna den riktiga grevinnan av Orre" sa Tyrian. "Men om hon ej finns kvar så får sonen ärva allt. Men bara under premisserna att han gifter sig med den danska prinsessan." De skadade männen började viska sinsemellan. Tyrian och Karl betraktade dem. De

förstod att många av de fallna måste ha tyckt att grevinnan agerat konstigt den sista tiden. Tyrians förhoppning var att ryktet skulle spridas att han inte var här för grevinnans land utan att han försökte gripa den bedragare som förtrollat sig till henne och bringat dem alla i krig. Senare den kvällen släpptes många av de nya fångarna fria. Några av dem tilläts att tala med de skadade. De skadade som kände sig friska nog att lämna lägret tilläts även dem att gå. Ryktet spred sig över ön den natten.

Morgonen därpå vaknade hären upp till ett strålande väder. De var marschklara till soluppgången. Enligt Tyrians rådgivare borde de nå grevinnans slott, Västerborgsslott, någon gång sent på eftermiddagen. Slottet låg på en klippa på västra sidan av ön och tornade upp sig över staden Västerborg. Ganska snart märkte de att fälten på ön inte hade samma skador av
översvämningar som de på fastlandet hade. Bönderna de mötte såg inte svältdrabbade ut. Efter två timmars marsch gjorde de halt för rast intill en större bondgård. Tyrian sände bud till gårdens ägare att inställa sig framför honom genast. Mannen kom lika fort som han blivit tillsagd. En kort och lite fetlagd man i femtiofemårsåldern. På mannens huvud syntes inte ett hår men han hade en mörkare krans nere i nacken och mustasch. Han var nervös när han trädde fram framför Tyrian som satt på en tron som ställts ut för mötet. Mannen var klädd i enkla kläder. Han gick ned på knä framför Tyrian och höll sin mössa i händerna. Han vred oroligt på den.
"Ni kallade, ers nåd" stammade mannen fram.
"Ers majestät!" vrålade riddare Tyko som stod strax intill. Mannen rykte till. Tyrian suckade.
"Det var väl inte nödvändigt, riddare Tyko?" sa Tyrian och vände blicken till mannen. "Vad heter du?"

”Philip, ers majestät” svarade mannen.

”Hur har skörden varit i år, Philip?” frågade Tyrian.

”Jo, den har varit bra, ers majestät” svarade Philip. Mannen såg lite lättad ut och började se sig omkring.

”Konstigt, för i resten av landet och även i grannländerna har skörden varit dålig” sa Tyrian. ”Vet du vad det beror på?” Mannen blev genast lite mer nervös igen. Han skakade på huvudet.

”Nej, ers majestät” svarade han. ”Jag har ingen aning om det.”

”Då skall jag berätta det för dig” sa Tyrian. ”Jag har en förmåga att se saker för vad dom är förstår du. Jag har så länge jag vet alltid lyckats se igenom den ena besvärjelsen efter den andra. Er grevinna är inte den samma som ni en gång haft. En häxa har tagit hennes plats. En häxa som jag mötte en gång i min ungdom. Vi är här för att gripa henne.” Mannen svarade inte utan höll blicken låg. Tyrian fortsatte. ”Troligtvis ligger häxans trolldom bakom vår dåliga skörd men för att inte försvaga sig själv har hon nog skonat ön. Jag hoppas att ni vill dela med er av skörden till resten av landet när det här är över? Du förstår att på fastlandet svälter folket.” Mannen såg upp mot Tyrian. Philip nickade till svars och sedan fick han gå. De satte av mot Västerborg igen.

Mitt på eftermiddagen såg de Västerborgs slott torna upp sig på sin klippa ut mot västerhavet. Slottet påminde på många sätt om slottet i Havsport. Det var byggt på höjden med tre stora vita torn och murar som omslöt borggården. Ett herresäte sammanband de tre tornen. Framför slottets port hade man dikat ur en torrgrav. Hären rörde sig vidare. Vädret denna dagen var fantastiskt. Havet glittrade i solen där den långsamt sjönk ned i väst. Det var kyligt men männen klagade inte då kylan gjorde de varma rustningarna och höga tempot lättare. Dessutom höll sig marken hård och det blev inte lerigt eller halt. Strax därpå såg de muren till Västerborg som låg i sluttningen till en bukt som bildade stadens hamn. Västerborgs mur var hög men hade få försvarstorn. Även hamnen hade gott försvar med kedja och vågbrytare samt pålar. Tyrian och hären gick längsmed landsvägen som följde kusten. När det bara var en kort sträcka kvar kommenderade Tyrian halt och samlade till råd för de av högre rang medans mannarna fick en kort rast. Han klappade Viento på halsen när han suttit av. Vasallerna, Tyrian och riddarmästare Karl samlades längs ut på en klippa över havet. Kustkanten var hög med lodräta stup ned i vattnet. Tyrian var den som tog till orda.

"Nå mina herrar, vad vet vi innan vi anfaller?" frågade kungen. De samlade vände blickarna mot Karl. Karl hade nåts av rapporter från spanare hela dagen.

"Både staden och slottet har stängt sina portar" sa Karl. "Vi vet inte hur häxan har fördelat sin arme. Vi vet inte heller om staden ställt sig helt till hennes förfogande eller om de helt enkelt stängt in sig för att skydda sig själva." Greve Aston steg fram.

"Jag skulle tycka de oklokt att ge sig på slottet utan att tagit itu med staden först" sa greven. "Om staden fortfarande kämpar för häxan så hamnar vi mitt emellan deras styrkor. Ifall de skulle våga sig på ett motanfall." Tyrian som känt sig dum som inte lyssnat till grevens förslag inför slaget om bron la handen emot skägget. Innan någon annan svarat så höjde Tyrian fingret.

"Vi måste få folket att förstå att vi endast är ute efter häxan" sa Tyrian. "Om vi sänder ut en delegation till staden som förklarar vad vi gör här och sätter upp ett krav på att de skall kapitulera kanske vi kan slippa en hård utdragen strid mot både staden och slottet." Några av vasallerna längre bak småfnissade. En man klev fram. Baron Edwin Tursko var en kort man med breda axlar. Hans hår hade sedan länge färgats vitt.

"Ursäkta mig, ers nåd men jag tror inte att de ger upp sina eder mot grevinnan för ett rykte om någon förhäxning” sa baronen. ”Att sända en delegation till staden kan mycket väl betyda döden för dem som ingår i den om de tar illa vid sig när vi kallar deras grevinna för häxa.” Han såg nervös ut och hans långa vita slokmustasch fladdrade till vid en kraftig utandning.

”Så du tror de hellre går i krig även om vi ger dem en fredlig utväg?” sa Tyrian.

”Tänk er in i deras situation, ers majestät” sa baronen. ”En ung och främmande kung anfaller deras nära och kära grevinna. Samtidigt som ett rykte sprids om häxeri. Jag tror de blir svårt att få över dem på vår sida. Svårare än du tror.”

”Jag anmäler mig frivilligt att framföra budskapet och förhandla med staden.” Rösten kom längst bakifrån den samlade gruppen. En hand sträcktes upp och rörde sig igenom hopen av adelsmän. Det var riddare Tyko.

”Om detta förhindrar att oskyldiga människor dör så offrar jag gärna mitt liv för att försöka med denna förhandling” sa Tyko. ”Jag må inte komma från bästa familj men de som har vistats vid hovet vet att jag är en av konungens närmaste vänner och därför kommer de att ta mitt ord på allvar.” Han vände blicken rakt mot Tyrian. ”Får jag lov att framföra ditt ord i denna fråga?”

”Du får föra min talan” svarade Tyrian. ”Tag med dig tre frivilliga riddare som eskort och ge er av genast. Vi övriga gör oss i ordning och ger oss av mot slottet.” Ett sorl spred sig hos de församlade.

Tyrian såg gruppen med de fyra riddare rida mot staden med en vit flagga vajande högt i en lans. När Tyko och riddarna närmades sig stadens port öppnades den och de försvann in bakom muren. Porten stängdes lika snabbt. Resten av hären började röra sig. De kom fram till en trevägskorsning vars ena väg ledde ut åt väst mot slottet och den andra mot söder och staden.

Marken var mestadels bevuxen av ljung och små gräsplättar. Här och var
stack små släta ytor av den röda graniten fram som var så väl förknippad
med kusten. Tyrian stannade hären vid korsningen. Han ville vänta tills
Tyko kom ut med Västerborgs svar men samtidigt ville han varken verka
hotfull mot staden eller feg för att fortsätta så han började helt enkelt att
formera om styrkan. Det var inte mer än en kvarts marsch till varken staden
eller slottet. Krigsmaskiner började byggas i ordning och spändes upp efter
oxarna som tidigare dragit deras vagnar. Snart öppnades portarna till staden
och ut red fyra ryttare. De nådde hären och till Tyrians förvåning så var
Tyko ej med dem. Istället hade de tre andra riddarna med sig en ung
adelsman. En ring bildades med kungens vasaller med Tyrian i den bortre
änden. Den unge mannen visades in i ringen. Han bar inga vapen men dyra
kläder i svart och gult. Han var i tjugoårsåldern och hade ett fjunigt litet
blont skägg och en välklippt blond frisyr. Han bugade mot Tyrian.
"Västerborg antar edert erbjudande om fred, ers majestät" sa mannen. "Mitt
namn är Elving av Västerborg och jag skall vara er gisslan under
belägringen av slottet. Vi har kommit fram till ett avtal med eder
förhandlare om att ni inte skall anfalla staden och att förhandlaren, riddare
Tyko stannar i staden som vår försäkring. Jag är då er motförsäkring.
Önskar kungen att gå med på dessa villkor?" Tyrian såg stint på mannen.
"Efter slaget mot häxan tenderar jag att besöka staden" sa Tyrian. "Folket
svälter på fastlandet och vi måste fördela de resurser som finns för att
minska lidandet. Har jag även tillgång till ert spannmåls förråd? Givetvis är
det ingen fråga om att lämna er lottlösa. Vi betalar för det vi tar och vi tar
inte mer än att ni kommer att klara vintern." Mannen såg betänksam ut.
"Vi går med på dessa villkor" svarade Elving.
"Bra! då är vi överens" sa Tyrian. Elving fick en hedersplats bland
vasallerna. Riddarmästare Karl frågade även ut riddarna som varit med inne

i staden och det verkade inte vara något i görningen. Tyrian vände nu sin blick mot slottet.

Första stenen slog in emot slottets mur med en hög smäll. Tyrian hade sänt fram en förhandlare som försökt få dem att lämna över häxan. De höll inte med om att grevinnan fallit offer för förhäxning. En armborst skäkta i huvudet på förhandlare baron Tursko hade blivit deras svar. Genast hade Tyrian givit order om att påbörja anfallet. Samtliga krigsmaskiner restes av ingenjörerna. Planen blev att bombardera murarna med blidorna under tiden resten av hären gjorde sig redo för ett frontal angrepp. Stora sköldar på hjul restes samt en murbräcka med ett litet hus täckt av våta djurhudar sattes samman. Två belägringstorn restes och täcktes in med blöta djurhudar. Arbetet tog hela kvällen. På Tyrians order riktades blidornas eld emot porthuset. Planen var att skada porten såpass mycket att den lättare skulle falla när de angrep den med murbräckan. Natten kom och de slog läger för natten ute på fältet. Slottet bevakades från alla håll som var möjligt. Tyrian satte till och med ut vakter som bevakade ut mot havet ifall häxan fick för sig att fly till sjöss. I gryningen nästa dag återupptogs bombardemanget. Stora trattformade kanoner syntes på murkrönet. Tyrian beslutade tillsammans med Karl om att vänta med ett anfall tills yttre porten fallit. Den rasade snart ned i torrgraven. Tyrian gav order om frammarsch. De två stora belägringstornen rullades mot de höga murarnas utkanter. Tanken var att försöka slå ut kanonerna innan huvudstyrkan kom inom räckvidd genom att sätta trupper på muren. Murarna var formade som ett V för att tvinga in en fientlig här i ett tätare avstånd. Längst ut på dessa uddar i muren fanns två vakttorn. När det ena belägringstornet närmade sig ett av vakttornen hördes en kraftig smäll och en skur av stenar slog ut mot anfallarna. Några stenar slog igenom tornets träväggar och djurhudar men det var fortfarande i fullt brukbart skick. Några män inne i belägringstornet skrek. Ett par brandbomber kastades från muren samtidigt som belägringstornet närmade sig. Den brinnande vätskan rann ned längs med tornet men verkade inte få något fäste på de blöta hudarna. De som stod högst upp på belägringstornen var beväpnade med pilbågar och sköt mot de som visade sig på muren och dem i vakttornen. Några av dem blev träffade av pilar och skäktor som sköts ifrån grevinnans soldater. Det första tornet nådde fram och fällde ut sin lem över murkrönet. Snart rusade Tyrians mannar ut på muren. De möttes av grevinnans män som kom från trappor bakom muren och från tornet. Striderna blev hårda. Männen som stred på sydsidan om porten blev snart tvingade tillbaka av försvararna som tagit hjälp av en av sina kanoner. Stenskurarna slog genom sköldarna och skadade männen svårt. När de retirerade in i belägringstornet slängdes fler brandbomber in i det stora gapet som dess vindbrygga lämnat helt öppet. Tornet stod snart i lågor. Det gick bättre för männen på norrsidan av porten som snart tog både det första tornet och sedan rusade fram emot kanonerna som stod uppställda riktade mot vägen som ledde till slottets port.

Tyrian sände fram män med stegar och män med stora rullande sköldarna. Efter dem skickade han ut murbräckan. De tog sig in längsmed vägen mot ingången under hård beskjutning både från sydsidan och norrsidan. Snart slutade kanonerna att dåna på den nordliga sidan samtidigt som Tyrians mannar slog sig fram på murkrönet. Snart var hela passet mellan de båda murarna fullt med fotsoldater och riddare. Stegarna lutades mot sydväggen. De modigaste som tog sig upp först kom snart ned igen i en väldans fart. På norrsidan gick det mycket bättre. Där var de redan framme vid porthuset men verkade ha problem med att ta sig in. Murbräckan tog sig fram till torrgraven och den första raserade porten. Männen välte flera av de stora rullande sköldarna ut över gropen så de kunde ta sig vidare in under första porten. Muren var trasig och skör där blidornas stenar träffat men till port längst in i porthuset satte stopp för deras framfart. Stenar kastades uppifrån nästa våning på porthuset mot murbräckan men de studsade bara av det starka taket de bar över sig. En första dov smäll hördes enda ut till Tyrian när murbräckan började jobba. Snart vrålade det till i porthuset och männen som arbetat med murbräckan kom springandes ut. Het tjära hade hällts ned i särskilda fåror och bränt männen i fötterna. Det lilla huset som omgärdade murbräckan hade räddat dem för att få tjäran över sig. Snart strömmade skadade mannar tillbaka från slaget. Karl såg på Tyrian som bestämt väntade på att slottet skulle falla. Mannarna som tagit sig upp på norra muren blev snart beskjutna från båda hållen. Dels från de på borggården innanför och dels från dem på sydsidan. Karl harklade sig.

"Det kanske är dags att skicka fram dem nu" sa Karl och pekade på tre herrar. De bar en konstig sköld i råhud som var formad som en cylinder med runt tak och ögonhål. De hade dessutom en stor järngryta som var tätt försluten och fylld med krut. Tyrian nickade och de satte av. Man såg den låga kupolformade skölden röra sig genom hären. Till slut försvann den in i porthuset. Snart kom den ut i en väldans fart. De sprang längs med den södra muren där kanonerna inte kunde komma åt dem. Stenar kastades på den märkliga skölden men föll bara av dess runda tak.

En väldigt smäll hördes och det skalv till i marken. Hela porthuset rasade samman. Sten och bråte for all världens väg. Alla avbröt det de gjorde och gömde sig bakom sköldar och längsmed murarna. En hög av sten och grus var det som fanns kvar av porthuset och soldaterna började strömma in. Tyrian beordrade fram ett kompani av riddare som red ned mot hålet. Försvararna flydde murarna. Fotsoldaterna banade väg för riddarna som snabbt men klumpigt tog sig över högen med bråte. Man kunde höra hur striden fortsatte bakom muren men alarmet blev kortvarigt. Tyrian beslutade sig för att rycka fram själv. Han red in i den avsmalnande gången och in genom hålet där porten en gång stått. Han kände sig hemsk när han såg alla de döda männen som gett sina liv för att inta slottet. Men han visste att det var nödvändigt. Om han inte fick bot på svälten skulle snart antalet döda rusa i höjden. Inne på borggården hade man samlat ihop de av grevinnans män som inte hunnit in i herresätet. De var avväpnade. Tyrian avdelade en styrka som förde dem ut ur slottet och vaktade dem utanför. En hög trappa ledde upp till porten som ledde in i slottet. Några män var redan framme med en mindre murbräcka och slog på den men det var lönlöst. När fångarna passerade Tyrian såg han att en av deras officerarna såg på honom. Tyrian pekade på honom med hela handen.

"Du där, vad är ert namn?" sa Tyrian. Mannen pekade på sig själv och såg vilsen ut.

"Jag? Jo, jag är riddare Aspegren " svarade mannen.

"Hur många man har grevinnan kvar?" frågade Tyrian. "Svara mig snabbt och ärligt annars väntar galgen dig." Riddaren såg häpen ut och såg sig om. Hans vänner såg på honom med bister min.

"Hon kan inte ha mer än ett tjugotal mannar kvar, ers majestät" svarade han. Han slog ned blicken och männen runt honom verkade besvikna på honom. Tyrian sände vidare fångarna. Greve Aston dök upp. Han närmade sig kungen med ett stort leende på läpparna.

"Gratulerar, ers majestät!" sa greven. "Det gick lättare än jag trodde att ta oss igenom muren. Jag föreslår att vi hämtar ett par av de där kanonerna och rullar upp dem till dörren."

"Tack greve men ännu är det inte tid för gratulationer" svarade Tyrian.

"Verkställer du planen?" Aston bugade och sprang iväg med några mannar och snart hade de monterat upp två av de trattformade kanonerna rakt emot porten. Tyrian sände ut en man med Viento ut från borggården och drog sitt svärd. Man lämnade plats ned i trappan ifall kanonerna skulle flyga bakåt. Tyrian höjde sitt svärd i luften.

”Anfall!” skrek Tyrian. Kanonerna smällde och for bakåt ned för trappan. Porten kastades in och snart strömmade riddare och soldater in i slottet. Tyrian följde med dem in i slottet. Soldaterna de mötte gav sig snabbt och snart hade de alla kapitulerat.

Motståndet i slottet samlades upp och fördes ut på borggården det samma gällde även tjänstefolket och grevinnans hov. Tyrian gick ihop med riddarmästare Karl igenom slottets gångar i de delarna som soldaterna redan sökt igenom. Inget spår syntes av häxan. Soldaterna tog sig längre och längre in i slottet och upp i dess torn. I mittentornet låg grevinnans kvarter samt slottets audienssal. Karl och Tyrian gick längst huvudkorridoren som ledde mot tornet och audienssalen. Slottet var fint i ordning med vackra speglar och tavlor på väggarna. Möbler snidade i alla dess former och färger. En soldat dök upp och meddelade att de funnit grevinnans son i det norra tornet. Tyrian blev glad över nyheten och beordrade mannen att ta med pojken till audienssalen men sa också till honom att det inte var någon brådska. De gick vidare och kom fram till ett större rum innan audienssalen som var vackert inrett med möbler och flera stora statyer. En välvd trappa i marmor ledde upp till en stor port som ledde in i salen. Karl studerade en av tavlorna på väggen. En vacker målning över ett slag som ägt rum i Bodaland i hednisk tid. Han kände igen alla karaktärerna i slaget och fann sig själv leendes. Tyrian gick själv upp i den stora audienssalen. Den var kalkad vit med fem stora välvda fönster i väggen bakom en tron liknande stol. De två yttersta var gjorda i blått glas medans de tre i mitten var klara.

Taket var välvt och längst med väggarna stod vackra möbler och kistor. Han gick in i mitten av salen och vände sig mot Karl. Riddarmästaren såg upp mot sin kung från den pompösa hallen utanför samtidigt som porten mellan dem båda slogs igen med en väldig kraft.

Häxan slog igen den tunga tvärslån i järn innan Tyrian han tänka. Häxan såg fortfarande ut som grevinnan men så snart hennes blick mötte Tyrians såg han att det var hon. Karl började banka i porten ute från hallen och skrek till Tyrian. "Är det hon, ers nåd?"

"Ja Karl, hämta en murbräcka och ta er in hit." svarade Tyrian med hög stämma.

"Ja, ers nåd!" svarade Karl. Tyrian hörde hur Karl sprang ifrån platsen och han skrek högt "Häxan har fångat kungen i audienssalen. Hämta en murbräcka." Han skrek det om och om igen tills det försvann bakom porten. Häxan stirrade på Tyrian med ett illmarigt leende. Hon började gå mot honom sakta. Hon vek av och började gå i en cirkel runt honom. Tyrian drog sitt svärd. Häxan svarade med att dra värjan med höger hand och ur ärmen på klänningen drog hon även fram trollspöt med vänster handen. "Det tog mig tre dagar att förstå vem du var" sa häxan. Hennes röst var nu mörkare och raspade. "Du var ynglingen som jag förutspådde en storslagen framtid för. Jag fick dig att lämna din familj och ditt hem." Hon kom upp jämsides med Tyrian och solens strålar träffade henne i ansiktet.

"Ja, det var jag" svarade Tyrian. "Det verkar som om du hade rätt." Han log tillbaka.

"Mina spådomar faller alltid in" svarade häxan. "Så du borde tacka mig, pojk. Men om jag vetat att du skulle stå här framför mig idag hade jag hållit min mun stängd och låtit dig och din familj fallit i olycka."

"Tacka dig?" svarade han. "Jag red ensam i vildmarken tack vare dig och har råkat ut för de konstigaste sakerna. Att jag överlevde hit är bara ren och skär tur." Tyrian började gå i en cirkel mitt emot häxan och tog oxens gard med spetsen mot henne. Han visste att om han kunde få tiden att gå så skulle snart de andra komma till undsättning.

"Tur vet jag inte om det var" svarade hon. "Din medaljong där på bröstet." Hon pekade med värjan på amuletten Tyrian tagit av vätten Olg i som pojk. "Den utstrålar mer magi än en drake gör. Vart i hela friden fick du svärdet ifrån? Det är så magiskt att det till och med har sagor uppkallade efter sig." Tyrian skiftade snabbt gard till garden från taket över huvudet med svärdet rakt ovanför sig. Häxan svarade med att höja upp värjan och trollspöt över huvudet så att de bildade en barriär mot hans svärd.

"Jag kan lova dig att jag och svärdet har skapat fler historier ihop" svarade han. "Som du säkert redan vet så har jag till och med huggit huvudet av en drake med det." Häxan gjorde en grimas.

"Jag saknar Askan" sa hon. "Han var en fin drake. Typiskt er människor att inte förstå er på mäktigare ting än er själva."

"Fin! Han dödade min företrädare som var en god kung och människa" svarade Tyrian."Han gjorde det av girighet. Om han var så mäktig varför drevs han av så enkla begär?" Han riktade om svärdet till plogens gard, från bakre höften med spetsen mot häxans ansikte. Hon svarade genast med att sänka sin gard till ett mellan läge.

"Han var alltid svag för guld och han såg nog inte högre på er kung än vad du gör på en hare" sa häxan. "För en hare är vad du och ert släkte är för mig!" Hon höjde trollspöt i luften och skrek "AD LEPOREM!" Hon slog snabbt med trollspöt mot Tyrian och en stråle av ljus slog ut. Han höjde upp svärdet framför sig och ljuset träffade klingan. Hela svärdet skakade. Strålen bröts och studsade åt alla möjliga håll. En liten del träffade Tyrians axelplåt men verkade bara studsa av. Tyrian tog två snabba steg in och högg mot häxan men hon backade undan.

”Jädra svärd!” röt hon. ”Och så har du ju en förbannad alvrustning på dig med. Jag får nog lösa detta på det gamla hederliga sättet.” En hög smäll ekade igenom rummet. Det var murbräckan som träffade porten. Om han bara kunde hålla henne stången en stund till så skulle de snart vara igenom porten.

”Försök du!” svarade han. ”Om inte jag slår ihjäl dig själv så kommer de utanför att göra det.” Det dunsade i porten igen och hela rummet skälvde av trycket. Häxan hoppade fram och stötte mot honom med värjan. Han slog snabbt undan stöten och rörde sig åt sidan. Han hög in mot hennes huvud med ett tvärshugg. Han blev häpen när han bara träffade luft. Häxan föll ned på knä undan hugget och stötte kvickt in mellan benen på Tyrian och träffade honom i låret under stridskjolen. Han vände sitt hugg och svingade ned svärdet i huvudet på häxan. Huvudet gick i två delar och hon föll genast ned död. Tyrian backade undan. Blod rann ned längst hans ben. Han vacklade mot porten. Den flög upp med en smäll när han var halvvägs fram. Murbräckan hade gjort sitt jobb. Karl och greve Aston var först in. De såg att Tyrian blödde kraftigt och mötte honom. De la omkull Tyrian och försökte förbinda såret med tyg från ett draperi. De skrek efter läkare och började bära Tyrian ut ur slottet. Fler soldater hjälpte till. Tyrian blev yr och började få svårt att höra vad de sa. Han mötes av en läkare på borggården. Han kände hur det svartnade framför ögonen på honom medans livet rann ur honom. Han kämpade men till slut slocknade han.

Kapitel 15

Mannen på berget

När Tyrian vaknade låg han i en sluttning täckt av gräs. Han var fortfarande klädd i sin rustning och hade både medaljongen och svärdet på sig. Han såg runt omkring sig och märkte att han var alldeles ensam. Tyrian satte sig upp och blickade ut över landskapet framför honom. En stor vildvuxen skog bredde ut sig nedanför sluttningen. Mossa och lavar växte på de stora och knotiga träden. Himlen var skymd av silvergrå moln så långt ögat nådde. Ljuset var dunkelt och han kunde inte säga om det var gryning, skymning eller om det var mitt på dagen. Bakom honom tornade ett stort berg upp sig med en snötäckt topp. Han hade aldrig tidigare sett ett så högt berg. Marken var fuktig så han reste sig upp men till hans förvåning var han inte blöt. Han började fundera på vart alla var och hur han hamnat här. Han blev stel av skräck. Han kom på att han blivit stucken i låret av häxan och det sista han mindes var hur han bars ut ur slottet av sina riddare. Tyrian tänkte tankarna. ”Är detta dödsriket? Är jag död?” Han öppnade och stängde sina händer framför ansiktet. ”Nä, det känns för verkligt” tänkte Tyrian. Han såg ned mot skogen. Molnen på himlen rörde sig fort men det blåste inget där han stod. Han såg upp mot toppen. Det var långt upp men han tänkte samtidigt att han borde kunna se långt ifrån toppen. Han tog några steg uppför. Sedan vände han sig om och började gå nedåt igen. Han kom fram till att det var bättre han försökte ta sig tillbaka och inte slösa tid på att klättra i berg. När han passerade platsen han legat på såg han snart två individer i skogskanten. De var skymda av trädens skuggor. Tyrian kisade för att se dem bättre. En av dem steg fram ur skuggorna. Nu förstod Tyrian att något var helt fel. Det var en av vättarna som han dödat efter kyrkorånet. Den andra vätten visade sig med. Tyrian svängde nervöst av åt höger. Han hann bara några steg innan en stor och kraftig skugga tog sig fram genom skogen. Ut ur skuggorna klev trollkungen. Han såg på Tyrian med en bister min. Det var dödstyst i naturen. Inga fåglar hördes. Inte heller vinden. Det ända Tyrian hörde var hans egna andhämtning. Han backade och började gå upp för berget igen. Han kände sig manad att gå upp mot toppen. Helt säkert var han på att någon inte ville att han skulle gå ner i skogen. Han vandrade uppför och snart blev det mycket brantare. Han såg ut över landskapet igen. I en glänta nere i skogen såg han plötsligt en stor eldkvast slå ut som lyste upp hela dalen. Askan ringlade sig nere i gläntan. Tyrian såg hur drakens glödande ögon var fästa vid honom. Tyrian fortsatte uppför berget. Snart var det så brant att han blev tvungen att ta till händerna. Han klättrade vidare. Det var helt vindstilla. En stor rökplym spred sig varje gång Tyrian andades ut. Ändå frös han inte. Han svettades inte av klättringen heller. En oroande känsla gick längst med Tyrians rygg. ”Detta måste vara dödsriket” tänkte han. Han klättrade vidare. Snart planade berget ut. Här började snön. Han vandrade vidare upp över ett krön. Han var nästan på toppen nu. Han såg ut över landskapet bakom honom. Plötsligen såg han Havsport långt borta i fjärran. Han såg sina föräldrars hem och alvernas skog. Men det kändes konstigt. Alla platser han varit på låg längst med horisonten. Han vände sig om. En man stod längre bort på berget bredvid ett stenbord. Han var klädd i en lång svart kåpa och hade huvan uppdragen över huvudet. Det var inte mer än hundra famn bort till mannen.

”Tyrian, kom hit” hörde Tyrian. Han visste inte om det var mannen som ropat på honom eller om han började höra röster. Han gick i alla fall bort mot mannen. Mannen stod orörlig och väntade på honom. När Tyrian kom fram svepte mannen med ärmen av kåpan mot bordet.

"Du är väntad, Tyrian" sa mannen. Hans röst var mörk och hängde kvar i luften på något sätt. "Varsågod och sitt." Tyrian gjorde som mannen sagt. Fyra stenar stod uppställda runt bordet. De var alla välanvända och kraftigt avrundade på sina säten. Bordet var runt och helt slätt. Ett timglas stod i andra ändan av bordet och ett schackbräde stod uppställt på mitten. Intill bordet låg en lie lutad upp mot en av stenarna. Den hade ett svart skaft och en bred klinga. Mycket bredare än Tyrian varit van vid. Den såg otäckt skarp ut. Mannen satte sig ned mitt emot Tyrian. Tyrian började bli otålig och undrade vad han gjorde här och varför mannen väntat på honom högst uppe på ett berg.

"Vart är jag?" frågade Tyrian.

"Du är i mitt rike, Tyrian" svarade mannen. Mannens ansikte var dolt och han talade mycket lugnt.

"Vem är du då?" frågade Tyrian. "Vart är alla andra?"

"Dina vänner är kvar på jorden" svarade mannen. "Jag är Döden och jag har kallat hit dig för att föra dig till andra sidan" Tyrian tappade andan. Tusen tankar rusade genom huvudet. Var han död? Vad skulle hända med Tindra och barnen? Skulle Karl få ordning på svälten? Han stirrade ned i bordet. Det blev en lång tystnad. Tyrian såg till sist upp mot Döden.

"Är jag död?" frågade Tyrian. Han stålsatte sig för svaret.

"Nej, inte än" svarade Döden. "Dina vänner kämpar för att hålla dig vid liv men det är först och främst upp till dig om du överlever."

"Vad skall jag göra för att återvända?" fråga Tyrian. Han stirrade på kåpan framför honom.

"Du har två alternativ" svarade Döden. "Antingen klamrar du dig fast vid livhanken och utmanar mig på ett parti schack. Vinner du så får du leva. Förlorar du, följer du med mig. Eller så accepterar du ditt öde och besparar dina vänner mödan och dör direkt." Döden såg upp mot Tyrian och huvan gled bak. Dödens ansikte saknade hud och kött. Endast ben var kvar. Där ögonen en gång varit brann två blåa flammor av den kallaste elden. Tyrian rös till. Att ge upp utan strid var inte vad han brukade göra och han bestämde sig för att inte göra det denna gången heller.

"Jag har för mycket att göra och för många som är beroende av mig för att följa med dig" sa Tyrian. "Jag utmanar dig på ett parti schack." Döden nickade.

"Nåväl, men jag måste varna dig" sa Döden. "Det var längesen jag förlorade senast." Döden svepte med sin beniga hand över brädet och pjäser dök upp ur tomma intet. Pjäserna var gjorda i svarta och vita ben.

Tyrian fick de vita pjäserna och Döden tog de svarta. Detta betydde att Tyrian fick börja. Han flyttade en bonde. Döden följde efter och flyttade också en bonde med sin hand som saknade både hud och kött. En skeletthand. Tyrian som spelat schack tidigare både med riddarna i riddarhuset, Tindra och forne kung Torvald såg genast igenom Dödens försök att vinna matchen snabbt. Han flyttade bonden framför kungen. Döden nickade och skrattade lågt och mörkt.

"Den gick du inte på, unge man" sa Döden.

"Nej, jag har ju spelat förut" sa Tyrian.

"Bra! Jag brukar alltid be de som träffar mig under dessa omständigheter berätta om sina liv" sa Döden. "Jag ser att du trots din unga ålder har varit med om många äventyr. Som du kanske sett så ligger hela din livslinje i horisonten. Vart börjar din berättelse?" Tyrian såg sig runt. Han fick syn på föräldrarnas gård. Han pekade mot gården.

"Den börjar där borta på min mor och fars gård" sa Tyrian. "Jag växte upp där med mina två äldre bröder Frej och Fjalar. Trots att vi hjälpte till på gården tror jag att mor hade mer att göra med att vakta oss än resten av hennes sysslor." Döden lyfte fram en av sina hästar och satte ned den framför bönderna. Han skrockade lite.

"Du var alltså ett busfrö" sa Döden. Tyrian skruvade lite på sig och flyttade fram ännu en bonde.

"Nja, jag var nog mer nyfiken tror jag" svarade Tyrian. Sedan berättade han om hur han råkat se de tre vättarna när de stal Viento. Döden flyttade en bonde till.

"Vad gjorde du när du såg dem gå iväg med hästen?" frågade Döden. Tyrian berättade om hur han följt efter vättarna i tre nätter och hur han lyckats frigöra Viento. Sedan flyttade Tyrian ut en av sina springare. Döden nickade och la handen på timglaset som stod bredvid.

"Jag ser att detta kan ta en stund" sa Döden. "Fortsätt, vad hände sedan med vättarna?" Tyrian berättade om hur han tagit sig ned till byn och varnat gardet. De hade gjort sig av med vättarna. Tyrian visade även medaljongen och förklarade att han tagit den ifrån vättarnas ledare Olg. Döden såg upp från undersidan av luvan och betraktade medaljongen.

"Ha! Den gamla olåten" sa Döden. "Inte konstigt att du har varit med om mycket i ditt liv. Vet du vad den gör?" Tyrian blev lite förvånad över att alla verkade ha koll på hans saker.

"Nej, jag vet att den är magisk men inte mer än så" sa Tyrian. Sen flyttade han en pjäs.

"Jo, den tillåter dig att se igenom illusioner och får dig att följa de vägar som är bäst för dig" svarade Döden. "Den är troligtvis anledningen till din långa livslinje. Vad hände sen då?" Döden flyttade också en pjäs. Tyrian rättade till sig och stirrade på brädet. Döden hade gillrat en fälla men Tyrian bröt den genom att flytta fram damen. Därefter fortsatte han att berätta om hur han kommit tillbaka till gården och att han fått Viento i gåva av fadern för hans mod. Sedan berättade han om hur häxan Viveca förutspått hans öde och hur han lämnat gården som yngling. Döden flyttade en pjäs. Tyrian tänkte igenom sitt nästa drag samtidigt som han berättade vidare om hur han mött stråtrövarna och Lithomiel för första gången. Han berättade om hur han tog sig in i deras grotta och om svärdet han fann där inne. Han visade Döden svärdet. Döden skrockade

"Medaljongen verkar verkligen ha fått dig på rätt väg" sa Döden. "Det är konungasvärdet. Det har varit försvunnet i närmare tre mansåldrar. Jag antar att du aldrig haft svårt att klyva något med det?" Tyrian flyttade en pjäs och såg upp mot Döden.

"Nej, det har alltid tjänat mig väl" sa Tyrian. Sedan fortsatte Tyrian berätta om hur han och Viento vandrat runt i vildmarken och tjänat ihop mat och lite pengar genom att arbeta som daglönare. Han berättade även om gården med tomten och alla de människorna han mötte på vägen. Döden flyttade en pjäs och uppmanade Tyrian att fortsätta med berättelsen. Tyrian såg att Dödens drag inte var det mest genomtänkta och började fundera på om det var hans berättelse som fick döden att tappa koncentrationen på spelet. Han berättade med mer inlevelse om hur han lurades in i skogen av skogsrået och hur någon varnat honom i rättan tid. Svärdet som fått det att ryka i händerna på rået. Sedan flyttade Tyrian en pjäs till. Han berättade om hur han ridit runt i skogen den natten och hur han blivit gripen av alverna. Döden flyttade en pjäs. Det var inte heller det mest genomtänkta draget som Tyrian såg det. Så han fortsatte att berätta om det första mötet med alvkungen och hur Lithomiel hade dykt upp och räddat dagen. Han berättade om sin träning under kampens träd. Han flyttade ytligare en pjäs.

Sedan pekade Tyrian ut mot alvernas skog i på horisonten. Döden gjorde ytterligare ett lite annorlunda drag. Tyrian tog då upp alvernas nyårsfirande. Sedan flyttade han fram ett av sina torn. Döden lyssnade intresserat på hela historien om alvernas tävling och gjorde sedan ett drag till. Tyrian fortsatte med hur han lämnat alverna med ögonbindel och ridit vidare. Han berättade för Döden att en del av honom alltid saknat tiden hos alverna. Tyrian flyttade en pjäs och började tala om kyrkorånet. När han var halvvägs upp i berget i berättelsen flyttade Döden en av sina springare och slog ut tornet som Tyrian flyttat ut. Han hade missat springaren helt. Han förstod att han själv hade blivit för ivrig att berätta sin historia. Han försökte efter det att hålla mer fokus på spelet men märkte direkt att om han lät döden fokusera helt och hållet på spelet så skulle han inte ha en chans. Han fortsatte att berätta om hur han fick tag på vättarna och hur han tog med sig silvret tillbaka till byn. Han berättade om hur fogden hade försökt ta Viento och hans grejer och hur snopen fogden blev när han bevisat sin oskuld i det hela. Sedan flyttade Tyrian en pjäs till. Döden började kalkylera sina drag så Tyrian berättade om sin tid på skeppet Duvan. Han berättade allt om kapten Acke och resten om manskapet. Han pekade ut mot Bodalands kust och berättade även om sin vistelse utanför Danmarks kust och incidenten med sjöjungfrun. Döden gjorde ett drag. Tyrian svarade med att ta en av Dödens springare. Sedan berättade han hur han först kommit fram till Havsport och hur han följt en ung kvinna ut i vildmarken. Han berättade även för Döden om hur Viento kastade av honom och började tala. Döden gjorde nu ett dumt drag och blev av med ett torn till Tyrians häst. Döden skrockade åt ironin att ha lyssnat på en berättelse om en häst och sen missat hästen på brädet. Tyrian skrattade med honom. Döden såg upp mot Tyrian och ville höra mer. Så Tyrian berättade vidare om hur han räddade den unga kvinnan hos trollkungen. Tyrian gjorde ett drag och fortsatte berättelsen. Han sa att det visade sig att kvinnan var prinsessan Tindra och att han blev lovad att gifta sig med henne. Döden flyttade en pjäs och lät handen ligga kvar på pjäsen.

”Schack!” sa Döden. Tyrian blev mörk i ansiktet men såg till slut en lösning som inte skulle försätta honom i schack inom de närmaste dragen igen. Han hade en möjlighet till att göra en rockad. Han bytte plats på tornet och kungen.

Efter det blev Tyrian försiktig igen. Han ökade takten i sin berättelse men höll den enklare så att han kunde lägga mer tanke på spelet. Han berättade vidare om hur han flöjt med på björnjakten men skonat björnen. Sedan kom han till bröllopet. Pjäserna rörde sig fram och tillbaka på bordet men ingen verkade få en överhand. Han berättade om hur kråkan fört honom till jättarna. Lagom till när han berättade om hur Askan fångade kungen kom han att tänka på att han snart hade slut på berättelser. Han var ju tvungen att vinna innan han hade slut på historier som distraherade Döden. Han började lägga fram en plan. Han började med att vara extra offensiv medans han talade om hur han tog sig till alverna med hjälp av Viento. En öppning i spelet visade sig för honom när han närmade sig drakens grotta. Tyrian spädde på berättelsen och flyttade ned ett torn så det täckte den bakersta raden på Dödens sida. Döden tvingades flytta fram kungen. Tyrian flyttade fram sin drottning så att den täcktes av raden framför kungen och lurade in döden i en fälla med en springare. Snett framför kungen.
”Schack” sa Tyrian och fortsatte direkt i sin historia med hur draken sprutat eld runt hans sköld och hur han sprang ut ur regnet. Döden tog springaren med en häst. Tyrian såg då att han hade överhanden. Så han berättade vidare om hur han hoppat ut över draken och samtidigt som han förklarade hur han högg av huvudet på Askan flyttade han fram sin bonde som slog ut hästen och satte kungen i schackmatt.
”Schackmatt” sa Tyrian och såg mot Döden. Döden stirrade ned i brädet och började gå igenom hur alla hans pjäser kunde förflyttas. Han insåg snart att

han förlorat. Döden reste sig upp och fattade lien. Tyrian lutade sig bakåt och la armarna i kors.

"Du lovade att jag skulle få återvända till de levande om jag vann" sa Tyrian. En viss nervositet fanns i hans röst. Döden svingade snabbt lien över schackbrädet och välte alla pjäserna.

"Arrgh!" vrålade han. "Nu blir de arga på nästa plan igen. Du lurade mig. Du har inte varit med om allt det du har berättat för mig?"

"Jo, det har jag" svarade Tyrian. "Följ bara min livslinje så ser du allt." Tyrian pekade ut mot horisonten och Askans grotta var tydlig. Döden lugnade ned sig och la ned lien igen. Han satte sig på sin plats.

"Vad hände sedan?" frågade döden samtidigt som han satte armbågarna på bordet. "Hur kom du hit?" Tyrian såg det väl inte som mer än rätt så han fortsatte och berätta om hur han regerat och hur svälten träffat landet. Han berättade om häxan Viveca och om hur han startat kriget. Döden verkade redan veta mycket om själva slagen men lyssnade ändå tålmodigt. Tyrian kom sedan till striden med häxan och hur han blivit stucken i benet och sedan lyckats dödat häxan.

"Det var så jag hamnade här" avslutade Tyrian med.

"Ja, du har då varit med om en hel del" sa Döden. "Du har haft tur igenom allt. Men nästa gång vi ses så vet jag att du får följa med mig för ingen har någonsin lurat mig två gånger." Dödens blick var vassare än Tyrians svärd. Han visste att Döden menade allvar.

"Nå, hur kommer jag tillbaka till de levande?" frågade Tyrian. Döden reste sig och tog sin lie och sitt timglas. Han började gå bort mot horisonten. Han gick rakt ut i luften med den silverfärgade himlen framför sig.

"På återseende, Tyrian!" ropade Döden och försvann.

Tyrian vaknade. Han öppnade ögonen och såg runt omkring sig. Sängen han låg i var mjuk. Det var hans och Tindras säng i slottet i Havsport. Solen kom in genom fönstret och bländade honom. När han vant sig vid ljuset såg han att Tindra satt bredvid honom. Hon jobbade med sitt broderi. Hon använde silkestrådar och en stor ram av trä för att spänna ut tyget. Tyrians händer låg på ovansidan täcket. Han sträckte ut sin vänstra hand och snuddade Tindra på armen samtidigt som han sa ”Hej” Tindra skrek och hoppade till. Hon andades häftigt och la sin ena hand över bröstet för att lugna sig. Hennes förvånade min ändrades snart till ett leende.

”Du får inte skrämmas så” sa hon. Sedan satte hon händerna i sidan och såg på honom med bestämd blick. ”Vad i hela friden tänkte du? Varför gav du dig på en häxa alldeles själv för? Du kunde ju ha dött.” Tyrian for tillbaka i tanken på mötet med Döden på berget. Han undrade om de vetat hur nära det var att han inte vaknat igen.

” Livmedikusen sa att det var ett mirakel att du klarade dig” fortsatte Tindra. ”Du förlorade mycket blod av häxans stöt.”

”Ursäkta mig, kära Tindra” sa Tyrian. ”Häxan lurade in mig i ett rum och låste dörren. Jag känner ändå att jag lyckades få henne att tala länge innan vi började fäktas.”

”Det var dumt ändå!” sa Tindra. Tårarna började rinna ut för hennes kinder och hon lutade sig över Tyrian och kramade honom. ”Jag trodde jag skulle förlora dig.” Allt kom på en gång och hon grät högt. Tyrian kramade om henne och svepte med handen över hennes rygg för att lugna henne. Han var mest glad för att vara i livet. De stannade i omfamningen en stund tills Tyrian bröt tystnaden.

”Hur länge var jag borta?” sa han. Tindra drog sig tillbaka och satte sig på stolen igen. Hon såg honom i ögonen och tog hans hand. Hennes vackra ögon var fyllda med tårar.

”Det har gått sju dagar sedan striden” sa hon. ”Du har vaknat lita av och ann de senaste dagarna men du har inte varit särskilt kontaktbar då. Du hade kraftig feber men den verkar ha get med sig. Innan var du stekhet." Hon log mot honom.

De satt där och talade tills livmedikusen kom förbi efter någon timme. Sedan spred sig nyheten genom slottet att kungen hade vaknat. Den dagen tog Tyrian endast emot riddarmästare Karl. Karl hade tagit över befälet över hären och slottet när Tyrian fallit. Tyrian bad om en rapport.

"Efter att du fallit visste jag att vi var tvungna att försöka finna den riktiga grevinnan" började Karl. "Så jag lät leta igenom hela slottet. Jag tog med mig slottets fångvaktare och frågade ut honom om alla som satt i cellerna nere i fängelsehålan. När vi stannade vid en cell längst ned sa vakten till mig att det bara sitter en gammal kvinna där inne och att grevinnan har förbjudit dem att tala med henne. Jag bad då vakten att öppna dörren. Där var då ingen gammal kvinna utan grevinnan. Hon insisterade genast på att sända iväg hennes son och få igång bröllopsprocessen med den danska prinsessan igen. Jag gick med på det och lämnade över slottet till grevinnan." Tyrian avbröt Karl. "Jag skulle gärna villa träffa henne snarast så att jag kan se så det inte är något fuffens med henne" sa Tyrian. "Vad hände med maten?" Karl såg ner i marken och tittade upp med ett leende.

"Invånarna på Orreön har varit frikostiga och stora delar av det vi fått med oss hem har magasinerats" sa Karl. "Mer är på väg och vi väntar oss att kunna få en leverans från Danmark om nu den unge greven lyckas med sitt frieri. Det borde räcka till sommaren. Vad gäller grevinnan så är hon här på slottet. Med din tillåtelse skulle jag gärna äkta grevinnan." Karl blev röd i ansiktet. Tyrian sträckte på sig där han satt lutad mot sänggaveln.

"Oj då! Har ni fattat tycke för varandra?" frågade Tyrian. "Som sagt så vill jag gärna träffa henne och om allt är som det verkar så har ni givetvis mitt samtycke." Karl bugade och tackade för svaret.

"Vad hände med häxan då?" frågade Tyrian.

"Du högg hennes huvud i två delar om du inte minns det" började Karl.

"Men för säkerhets skull så brände vi även kvarlevorna. Man vet aldrig med de där." Tyrian nickade instämmande.

"Du har gjort bra ifrån dig, Karl" sa Tyrian. "Det kommer inte att glömmas. Imorgon skall jag klä mig och ta emot folket i tronsalen. Det är viktigt att de ser att jag mår bra. Jag vill att du och grevinnan blir mitt första ärende imorgon. Det var allt för idag." Resten av kvällen tillbringade Tyrian med drottningen och barnen. En väpnare fick en konstig order att gå ned i stallet och framföra budskapet till kungens häst att kungen vaknat. Hästen hade bara gnäggat till svar.

Dagen efter föll Tyrian tillbaka in i sina vanliga sysslor. Sakta och lugnt i början men med tiden fick han tillbaka sin vanliga ork. Det dröjde inte länge innan han satt i sadeln igen. Riddarmästare Karl gifte sig med grevinnan och blev greve över Orreön tills sonen blev myndig. Han sa upp sin post som riddarmästare men behöll marsk titeln. Riddare Tyko blev befordrad till riddarmästare och rådgivare till kungen. Året därpå gjorde Tyrian och Tindra en resa tillsammans med barnen igenom hela Bodaland. De hälsade på alla större byar och städer. De besökte även Tyrians föräldrar och bröder. Ulf och Stina hade börjat bli till åren. Tyrian och Tindra tog med sig dem tillbaka till Havsport. Tyrian regerade landet väl. Torulf och Tyr blev båda två duktiga riddare och lärde sig båda två hur landet skulle skötas. Eleonora visade sig ha en dold talang som hon kunde resa land och rike runt med. Vart hon än kom slogs folk med häpnad. Den yngste sonen Eben visade ett stort intresse för sjöfart. Han kom att bli en upptäckare och handelsman av rang. Men deras historier får vi ta en annan gång. Men för Tyrian och Tindra var det slut på de stora äventyren. De regerade Bodaland tillsammans och levde lyckliga i alla sina dagar.

Viento å andra sidan fortsatte långt efter både Tyrian och barnens tid. Han flyttades fram och tillbaka. Han dök upp här och där. Sist jag mötte honom stod han i en hage på en ridskola i Bohuslän. Han sa att det varit längesen han talade med någon. Det är han som har berättat historian om Tyrian och Bodaland för mig. Marker och land har ändrat sig sedan tiden han bar på Tyrian men enligt honom så var vi inte långt ifrån den plats där Havsport en gång legat.

Slut